JN045485

続の続 塵も積もれば

渡辺英二
Watanabe Eiji

MIYOSHI
Art Publishing

表紙カバーの作品

コロラド風景

騎馬婦人俑

《銀座四丁目》 アクリル絵具

「第３回遊彩会（２０１０年）のポスター」　コラージュ

私は五彩会とその後を継ぐ遊彩会を合わせると18年にわたって銀座四丁目の大黒屋画廊での展覧会に参加しました。当初はコラージュの小品などを出展していたものの住吉弘人さんの強い要請で油絵を描くようになりました。右の絵は大黒屋ビル五階の展覧会場から窓を通して眺めた銀座四丁目の交差点です。私にとっては懐かしい情景です。

続の続 塵も積もれば　目次

2013年

続の続 塵も積もれば　目次

2014年

２０１５年

2016年

2017年

２０１８年

２０１９年

前書き

私は昨年九十歳の節目を越えました。享年百六歳の父と百二歳の母のことを考えればまだまだというところですが三年前にガンを患い三回の手術と厳しい抗がん剤治療を経てなんとか健康を取り戻しました。しかし私に残された余命はそう長いものではないと思います。私はかつて現役時代に多くの新聞や雑誌から随筆の執筆を依頼され、それらを纏めて『塵も積もれば』『続・塵も積もれば』という本を出版しました。現在は財界人文芸誌季刊『ほほづゑ』に定期的に寄稿する以外は筆を取る機会はありません。今回九十歳の節目に生涯最後の作品として三冊目の『続の続・塵も積もれば』を世に出すことにいたしました。この本を手に取って私との交友を思い出していただければ幸いです。

二〇二一年二月二十八日

絵を描くことの楽しみ

私は子供の頃から絵が好きだった。絵を描くことよりも父の本棚から世界美術全集などを取り出してページを繰ることに無上の喜びを感じていた。父もそれを知ってか上野で開催される美術展によく私を連れて行ってくれた。また父は若い無名の絵描きを応援する意味で作品を買い上げたり私に絵の手ほどきをさせたりした。私が幼い子供ながらデッサンとかクロッキーという言葉の意味するところを知っていたのもそんなことからだ。成人してからはもっぱら美術館巡りを趣味としていたのだが、仕事の上で知り合った住吉弘人さんが主宰する五彩会という画会に加えていただき遅まきながら油絵を描きはじめた。この画会はメンバーの入れ替えはあったものの二十数年続き、私はそのうち八年ほどをご一緒させていただいた。メンバーの平均年齢が八十歳をこえたところで五彩会は解散となったがその衣鉢を継ぐ形で遊彩会という画会が発足し、今度はそちらで十年を共にさせていただいた。歳をとってから仕事を離れて親しくお付き合いした仲間との時間はたいへん楽しいものだった。しかし遊彩会もメンバーの平均年齢が八十歳をこえたところで解散した。解散にあたっての私の挨拶をここに掲げておく。

遊彩会解散の辞（二〇一七年）

みなさん　長年にわたってご愛顧いただきました「遊彩会」は本十回展をもちまして幕引きとさせていただくことになりました。「遊彩会」の前身である「五彩会」発足から数えますと三十二年間にわたって続いたユニークな画会であります。

「五彩会」は一九八五年にコスモ石油社長であった住吉弘人さんと昭和電工社長であった鈴木治雄さんが友人三名と語らって始められたものです。その後「五彩会」はメンバーの変遷があったものの二十二年間の長きにわたって続きました。二〇〇七年、メンバーの平均年齢が八十歳を越えた時点で「五彩会」は解散となりました。翌年メンバーのうちまだ八十歳に達していなかった三名が中心となって「五彩会」の衣鉢を継ぐ「遊彩会」を立ち上げました。「遊彩会」の特徴は一人として同じ画風の人がいないことです。素人の画会となるとどうしても特定の先生の指導を受けた弟子達の集まりが多く、画風も似たり寄ったりになりがちですが遊彩会は文字どおり、それぞれ自由に絵の世界で遊んできた人の集まりです。仲間同士の交流も、会場においでいただいた方々との交流も、心に残る貴重な十年でありました。ここに深い感謝の言葉を捧げます。有難うございました。

散歩の植物誌 29

クスノキ

我が国のどこにでも見られる樹木のなかで、私が一番好きなのはクスノキだ。楠とも樟とも書く。大漢和辞典を引くと樟が正しく、楠の字は本来タブノキを指すとある。クスノキは樹高二、三十メートルにも達し、樹冠は豊かに葉が茂り、大きな枝は優美にくねって子供が木登りするには絶好だ。大木になるだけに神社の境内などでご神木として崇められているものも多い。葉は典型的な三行葉脈で分かれ目にダニ袋がある。私は虫瘤になっているのを探してはカミソリで注意深く切ってみるのだが、いまだに生きたダニの姿は見つからない。ダニ袋を持つ樹木は我が国ではクスノキだけだとのことだ。葉を揉むと、かすかにカンファーの芳香がする。小枝をフライパンに入れて水を少量加え、蓋をして熱すると水蒸気蒸留の原理で強い香りを出す。昔はクスノキから樟脳を採取した。樟脳は医薬・防虫剤として広く利用されていた。子供の頃、母親が桐の箪笥をあけるとプーンと樟脳の良い匂がしたのも懐かしい思い出である。樟脳はまたセルロイドの可塑剤として我が国の特産品でもあったが、セルロイドは引火性が高く危険なため塩ビのようなプラスチックにとって替わられ、医薬としてのカンファーは合成品が広

クスノキ

く市販されるようになった。クスノキは常緑樹だが、春先になると見事に紅葉した葉がぽつりぽつりと見つかる。もみじのように木全体がいっせいに紅葉するわけではない。真紅に紅葉した葉を拾って机の上に置いておくと一晩で灰色に変ってしまう。其の変化の激しさは魔女の杖の一振りで美しいお姫さまがヒキガエルに変身させられたかのようだ。

（『ほほづゑ』73号）

麻布十番・六本木界隈

私は小学校三年生の頃から麻布に住んでいた。家は麻布小学校のまん前にあり、通学には一分もかからなかった。このあたりは戦争ですっかり焼けてしまったのだが、再建された小学校は今でも当時の場所に残っている。父は日本銀行勤務のサラリーマンであったがまだ珍しい洋行帰りの人だったので、小さな和洋折衷の借家住まいでも畳の上にカーペットを敷き、家族はテーブルを囲んで椅子に腰掛けて食事をしていた。おおかたの男性が自宅では和服で懐手をしている時代に、父は洋服姿でセーターを着ているモダンな人だった。お隣は岩本さんという歯医者さんで玄関に大きなキササゲの木があって細長い実が風にゆられていたのを覚えている。百何歳かで亡くなった歯医者さんのあとは三男が継ぎ、今ではお孫さんが私の歯の面倒を見ていてくださる。三河台町のあたりに骨董屋があって息子が同級生だった。国語の教科書に柿右衛門が独特の赤を工夫した話が出てきたときには骨董屋の親父が柿右衛門の鉢を学校に持ってきてみんなに見せてくれた。当時男の子はみんな丸坊主だったので、いつも母親がバリカンで髪を刈ってくれた。ある時バリカンの刃がからまって取れなくなり、やむなくバリカンを頭にくっつけたまま帽子で隠して坂上理髪店に行きバリカンをはずしてもらったことがある。この理髪店は長年ここで営業をしていたのだが戦後バブルの時期に土地の価格が暴騰し、商売をやめても一生遊んで暮らせるといって莫大な金を手にして理髪店をやめたと聞いた。

麻布小学校の前の坂を下って右折してさらに我善坊の路地を抜けると神谷町の大通りに出る。その四つ辻に大きな米穀商があって、そこの息子の山口富成君は同級生だった。通りに面した店には米俵が高く積まれ、大きな精米機があったが、奥に入ると茶室があり、広い座敷があり、大きな蔵につながっていた。庭には青銅製の鶴が二羽置いてあり、水を流すと滝になるように石が配置されていた。我が家では少年講談は買ってもらえなかったが山口君の家には霧隠才蔵でも猿飛佐助でも曲垣平九郎でもなんでもあった。私はよく借りて帰ったものだ。後年私の家内になる彼の妹はまだヨチヨチ歩きの幼児だったので記憶がない。

私が小学校を出て成城学園に入ってからは空襲がだんだん激しくなり、父の意見で郊外へと引っ越していった。我が家は運がよかったのか引越したあとはすべて爆撃でやられたにもかかわらず一度も焼け出されることはなかった。終戦後、私が大学を卒業したころに再び麻布に戻り、東洋英和女学院に近い飯倉片町に住むこととなった。爾来六十年ほどこの地を動いていない。麻布は坂の多いところで、現在の住居からは青山方面を除いてどちらに向かって歩いても下り坂になる。十番方面に下ると一の橋、二の橋、三の橋、四の橋、古川橋と古川にかかる橋がいくつもある。

近年十番商店街の変容は著しい。五、六年前まで利用していた理髪店の親父は戦争中にチモールに駐屯していたとのことでインドネシアの思い出を懐かしそうに話をしていたが、病弱なかみさんを残して突然亡くなってしまい、店は閉店となった。今でも私がよく立ち寄るのは川口金物店である。昔は各家庭にトンカチ、ノコギリ、ネジ廻しなどが備えてあり、家具その他の不具合は一家の主人が自分で直したものだが、今ではそんなことをする家庭はなくなり、金物店はめったに見かけなくなってしまった。私はなんでも自分で修理するのでそのためには川口金物店はなくてはならない存在である。蕎麦屋「更科」は昔永坂にあった。どんな経緯か知らないが戦後は十番界隈で三つに分かれて営業している。「豆源」のようにまだ昔からのまま残って繁盛している店もある。笠をかぶり法被を着て掛取り帳をぶら下げた大きな狸の焼き物が軒に立っている「たぬき煎餅」も健在だ。通りをへだてた鯛焼き屋は女性週刊誌などで取り上げられ、客が群がるようになって儲かったのだろう、間口二間くらいのところに六階建てのノッポのビルを建てた。

十番稲荷は港区七福神の一つとして参詣者も多い。石段の右には七福神を乗せて帆を揚げた宝船の石像があり、左側の手水のわきには大小二匹のガマがかしこまっている。その昔、このあたりに大火があった際に山崎主税之助の屋敷だけが難を逃れたのは庭の池に住む大ガマが水を吐いて火を防いだという言い伝えによるものだ。そのガマ池は今では高級マンションに囲まれて近づくことはできない。十番通りの祭礼の賑わいはテレビでも度々取り上げられ、麻布近辺に住む外国人たちも楽しみにしているようだ。麻布には各国の大使館がたくさんあり、有栖川公園の子どもの遊び場は金髪と眼の青い子供であふれている。由緒ある麻布山善福寺は初代の米国領事ハリスがかつて居住したところとして史跡にもなっている。先代の住職麻布弘海君は成城高校時代の同級生でもある。この寺は福沢諭吉の墓所でもあり春には桜が見事だ。

豆源の横で『ほほづゑ』同人の櫻井修さんにお逢いした。淡いグリーンのスーツにソフト帽をかぶり、いつもに変わらぬダンディーなお姿である。

「やあ妙なところでお会いしましたな」

「いや実は十番で何度かお見かけしたことがあるんですよ。道路の反対側だったりして声をかけることができなかったのです。櫻井さんのお住まいはこの辺ですか」

「私は有栖川公園のそばのマンションに住んでいます。あなたはどちらですか」

「私はここからすぐ近くで東洋英和の裏あたりです」

「私は麻布中学の卒業生です」

「私は麻布小学校を卒業しました。そんなわけでこのあたりは昔からよく知っています」

「その先に鰻屋がありましたな」

「意地の悪そうな婆さんがいた店でしょう」

「たしかに一見意地悪そうな婆さんでしたが、私は親しくなっていろいろ昔話をしましたよ。でも店はなくなりましたね」

「古い店は少なくなりました。あとにできるのは若い人向けのファストフードの店ばかりです。今は店の主人と昔話をしようとしても、そんな昔のことは私には分かりませんと言われてしまいます。そこを入ったところに映画館があったでしょう」

「そうでしたな。ここに二軒、あちらの方にも一軒ありました。そう言えば東宝に入って社長までやった人が『映画館へは、麻布十番から都電に乗って。』という本を出したのですよ。今寄ったそこの本屋にもありました。映画がお好きなら読んでごらんなさい」

「そのうち二人で昔話をする機会を得たいものですな」


私は豆源で買い物をしたあと、さっそく本屋で『映画館へは、麻布十番から都電に乗って。』（高井英幸著　角川書店）を購入した。私の世代にとっては都電ではなく市電だった。片道七銭、早朝割引が五銭だったと記憶する。交差点では電車のポールからバチバチと火花が飛んでいたものだ。六本木は早くから地下鉄日比谷線の駅ができたが十番は取り残されて不便だった。それが南北線と大江戸線の駅ができて格段に便利になった。これからもこの地で穏やかに過ごしてゆきたいものだ。

（『ほほづゑ』73号）

散歩の植物誌　30

牧野富太郎

今年は我が国が世界に誇る植物学者・牧野富太郎の生誕百五十年にあたる。小学校に一年行ったきりという学歴でありながら植物探究に生涯をかけ、学閥の圧力にも貧乏にも挫けることなく、博士号を取得したばかりか、ついには文化勲章まで受章した牧野富太郎はどこから見ても異色の人物である。今年発行された牧野富太郎生誕百五十年の記念切手にはガマズミ、ジョウロウホトトギス、ヒメキリンソウ、ホテイラン、コオロギランと五種類の植物が描かれている。九十五年の生涯に発見、命名した植物千五百種、採集した植物四十万種と聞けば誰しも驚くに違いない。植物に興味を抱く人間にとって植物図鑑の原点はなんと言っても牧野富太郎の『牧野日本植物図鑑』である。ずっしりと重いこの本を手にして感心するのは、彼が自ら克明に写し取った膨大な植物の絵には、葉の特徴、花とその分解図、なかには実や根に至るまで示されていることだ。この図鑑には現代の写真による図鑑よりもはるかに多くの情報量が詰め込まれている。私は久しぶりに練馬区大泉にある牧野記念庭園を訪れてみた。私の記憶に残っている建物とはすっかり様子が変わり、牧野富太郎の仕事場であった粗末な書屋は鞘堂に覆われている。ここには立派な展示室もあって彼の自筆の絵も見ることができる。庭園は手入れが行き届いており、園内にある約三百四十種の植物の主なものにはそれぞれ名前を記した札が下がっている。庭園の隅には牧野富太郎の胸像を囲った柵の中に、生涯献身的に彼を支えた妻寿衛子の名を冠したスエコザサが密生している。こんな立派な施設が無料で一般に開放されているのは素晴らしいことである。

（『ほほづゑ』74号）

牧野富太郎の仕事場

クロアチアへの旅・城塞都市ドブロブニク――〔前編〕
(二〇一二年三月六日出発・十五日帰着)

二年前にこれが最後のヨーロッパ旅行と家内に宣言した上でスイスからフランスへと鉄道で旅をした。ところが昨年になって親しいご夫婦がクロアチアに行かれて「とてもよかったですよ　是非行ってらっしゃい」と言われると家内は忽ち乗り気になってしまった。クロアチアのドブロブニクは城壁に囲まれた中世の都市でもあり、私自身も興味があったのでツアーに参加することにした。団体旅行ははじめてで様子がわからない。三月六日出発で十五日に帰着という予定表を眺めてヨーロッパの天候をインターネットで調べると旅行の最終地サラエボは零下二十度で空港閉鎖と出た。家内は南極探検にでも出かけるつもりで懐炉などをたくさん買い込んだ。

成田空港で同行者十六名のリストを添乗員の女性に手渡されて驚いたのは男性が二名しかいないことだった。これではまるでハレムの主スルタンになったような気分だと考えていたが、おいおい集まってきたメンバーを見るとお婆さんばかりである。旅行中に話をしていてだんだん分かってくるのだが、多くは夫に先立たれて仲の良い友達と外国旅行をするのを唯

ベネチアの眺望

一の楽しみにしている人達らしい。南アフリカからジンバブエ経由でヴィクトリア・フォールスを見に行ったとか、ガイアナに行ってエンジェルス・フォールスを見たとか、あるいはグリーンランド、アイスランド旅行、はては南極旅行をしてきたという人までいる。どうやら旅行業界にとって我が国のオバアサン達は大きなマーケット・セグメントをなしているようだ。

〔第一日目〕は成田を発ってフランクフルト空港に着くと乗り継ぎのためにえんえんと歩かされる。この空港ができたばかりの頃に日本から到着してストにぶつかり、ひどい目にあったことを思い出した。夕方ベネチア空港でボートに乗り移り、本島の狭い運河をぐるぐる廻ってホテルの近くで降りる。カ・ディイ・

コンティという小さなホテルは元貴族の屋敷だそうだがベネチアらしく造作がすべてこじんまりしていてドールハウスのようだ。夕食は近所のレストランですませる。カメラを取り出したところ、隣のテーブルにいたアメリカ人が二人並んだところを写してあげようとたいへん親切だ。

〔旅の二日目〕は添乗員に引率されてサン・マルコ広場からリアルト橋を越えて青空市場まで散策。若い頃案内書片手に迷宮のようなこの街の美術館を訪ね歩いた記憶がよみがえる。ゴンドラが行き交う運河はさすがに趣がある。石畳の細い小路でゴミの収集車を引いた男が〝コンニチワ〟などと我々に声をかけて行き過ぎる。サン・マルコ寺院とパラッツォ・デュカーレと回廊式の建物に囲まれた広場は実に美しい。

十時半にホテルをボートで出発、空港近くでバスに乗り換えてトリエステに向かう。今回の旅はベネチアからバルカン半島をアドリア海に沿ってバスで南下するものなので、右側の座席のほうが景色を眺めるには良いはずだと考え、家内に「君は座席取りの名人だから素早く右の席を確保しろ」と悪知恵をさずけておいたのだが、バスは五十人乗りの予想外に大きなもので、総勢十六人の我々には問題は生じなかった。それでも添乗員の女性は我々を三つのグループに分けて座席をローテーションさせるというはなはだ合理的なやりかたを提案した。イタリアの高速道路を出てトリエステに向かう。海岸の崖の上を走っているとソレントとかアマルフィあたりの景色を思い出す。この旅行では目的地に着くごとに現地のガイドが我々に加わり、女性添乗員が通訳するようになっていて、詳細な説明がなされるので有難い。

トリエステの歴史は古く、ローマの立派な円形劇場の遺跡もあるし、丘の上のサンジュスト教会は時代の異なる二つの小さな教会があったのをつなぎ合わせて大きくしたものだそうで、六世紀のモザイクと十二世紀のフレスコ画の双方が見られる。トリエステはベネチアの支配下にあったこともあるし、オーストリア・ハプスブルク家の支配下で唯一の港として栄えた歴史もある。そのせいか街にはウィーン風の重厚な建物があちこちに見られる。ここで昼食。一行の中に肥った眼鏡の大柄な女性といつも苦虫を噛み潰したような顔の背の低いお婆さんの二人連れがいて、大柄な女性の方はしゃべり出したらいつまでも止まらない。聞いているだけで疲れてしまうので以後なるべく食事の際はこの二人組と同じテーブルに座ることを避けるように心がける。スロベニアを抜けてクロアチアに入る。クロアチア人は自分たちの国をヘブラツカとよぶのだそうだ。クロアチア語で〝オハヨウはドブロユトロ〟、〝アリガトウはフヴァーラ〟。数え方は〝イェデン、ドヴァ、トゥリ、チェティリ〟とのことでやはりスラブ語系統の言葉なのだろう。最初の街ロヴィニのパークホテルに宿泊。家内はバス旅行に酔ったか気分悪いと夕食をスキップ。

〔三日目の朝〕、ベランダに出て快晴の海を見渡すと右手にモン・サン・ミシェルそっくり

ロヴィニの街並

の景色が目に入る。頂点に教会の尖塔が聳えていてなかなか美しい眺めである。ホテル前のヨットがもやう埠頭の水は、揺れる光の波紋を通して底まではっきり見ることのできるほど澄んでいる。モン・サン・ミシェルを少々小型にしたようなロヴィニの街並は以前島だったものが街の発展とともにつながってしまったということらしい。かつて島だったおかげで十四世紀のペストの流行にも巻き込まれなかった由。バスで出島の付け根のところまで行き、ゆっくりと狭い石畳の坂道を登る。軒並み古い石造りの建物で、窓が締め切ってあるのは北欧の人たちが買い取ってサマーハウスにしているのだそうで、洗濯物を干してあるのが現地の人の住んでいるところらしい。丘の頂上にある聖エウフェミア教会の前から眺める紺碧のアドリア海は美

エウフラシウス聖堂のモザイク

しい。聖エウフェミアはディオクレティアーヌス帝の時代に殉教した少女で、ここの海岸で見付かったという彼女の石棺がこの教会に祀ってある。城壁の上のカモメは人間馴れしているのか手の届きそうなところに近づいても逃げようとしない。

ここからロヴィニの街同様の出島ポレチェに移動する。この街も城壁に囲まれ、城門にはベネチアを象徴する有翼の獅子の彫刻が誇り高く嵌め込んである。昼食のシーフード・リゾットはたいへん美味しかった。食事のあと同行者がそれぞれ自己紹介をする。「私は八十一歳ですが健康なのでみなさんの足手まといになることはないと思います」と言うと「えーっ　背筋はぴんと伸びているし、とても八十過ぎとは思えませんね」との反応。昼食後に発掘途上のローマ遺跡ネプチューン神殿と世界遺産に登録されているビザンチン時代のエウフラシウス聖堂を見る。この聖堂のモザイクはなかなか見事なもので、おそらくラヴェンナのサン・ヴィターレ教会のモザイクを製作した職人を呼び寄せて作ったものであろうとのこと。この教会を作った司祭のエウフラシウスは、聖母子を中央にして聖人が並んだ図の中に自らの姿を描きこませている。さすがに自分の頭には光背はついていない。街中にはギリシャ、ローマ時代からの石作りの建物に手を加えてそのまま人が住んでいるのが面白い。古い街を歩いていて趣があるのはつるつるに磨り減った石畳の小路だ。敷石には滑り止めの刻みが入れてあり、それがいかにも一つ一つ手で刻みましたといわんばかりに不揃いであり、しかもその石をある模様になるように並べてある。ロヴィニに戻って夜は近くのレストランで暖炉に薪をくべながらの夕食。サワラのフィレが丸ごと一匹出るが全部食べたのは男性二人だけだった。地ビールのラベルにはオズイスコとある。

〔四日目〕、バスはロヴィニを出て海岸沿いに走る。クロアチアのアドリア海沿岸には二千四十四の島があるそうだ。曲がりくねった道路の左側は切り立った崖、右側はこれまた海岸まで垂直に落ち込んだ崖だ。道幅は狭く、進行方向右側の席に座っているとアドリア海の景色を楽しむよりもバスが転落しないかとはらはらする。対向車にあまり出会わないのが救いだ。しかも山側から吹き降ろす風の激しいのに驚く。道路沿いに生えている樹木はすべて海側に曲がっている。リエカの街を過ぎたあたりから、沖合いに平行して延びているクルク島との間の海面に白波が激しく立つのが見えはじめる。ところどころでその波頭を強風がさらに吹き飛ばしてまるで白煙をあげたようだ。しばらくすると海面全体が流氷に閉ざされたように真っ白になってしまった。その隙間にところどころ青い海が見える。こんな景色を見るのは初めてである。よほど風が激しいのだろう。この強風を土地の人はブラと呼ぶとのこと。

バスは急坂を登ってアドリア海沿いに走る背骨のようなヴェルビット山脈を越えて内陸にはいる。土地は痩せていて低い樹木とブッシュが多い。ところどころに打ち捨てられた家屋があるのは内戦の時にセルビア系の住民が家を捨てて逃げたあとだという。幹線道路にあるトンネルが強風のため封鎖されたとのことで再びアドリア海沿岸に出るには大きく迂回を余儀なくされる。石灰岩の裸の山が雨に削られたものか、丸くすべすべした表面を見せてどこまでも重なり合っているのも不思議な光景だ。トンネルが通行不能になって回り道を余儀なくされたおかげで珍しい景色を眺めることができた。バスはどんどん山を下ってやっと海岸の城壁に囲まれたサダールの街に着く。聖ドナト教会の円形の建物と高い塔を眺めて海辺のレストランで昼食。クロアチアに入ってからずっと地ビールを飲んできたが、クロアチア・ワインも有名なので赤ワインを注文する。ワインも烏賊墨のリゾットもたいへん美味しかった。

ここからバスはさらに南下してシベニクの街に着く。ここは十一世紀にクロアチア王によって作られた街だそうだが、今まで見てきた街に比べると道幅も広く都会風だ。聖ヤコブ大聖堂は世界遺産にも登録されている。建設に百年もかかり、その間にゴシック様式で始められたものがルネッサンス様式に変わってしまったという。教会には珍しく外側の欄干のあたりにかつての街の有力者七十一人の頭部彫刻が並んでいる。教会入り口の両脇にはアルカイックなアダムとイブの裸体像がある。シベニクからさらに南に下り、夕方アドリア海岸最大の街スプリットに着く。今日はかなりの強行軍であった。

〔五日目〕はスプリット観光。この街は三世紀に建てられたローマ皇帝ディオクレティアーヌスの宮殿がそのまま旧市街になっているという珍しいところだ。ローマ帝国滅亡後、七世紀頃に異民族に追われて住民が城壁に囲まれた宮殿に逃げ込んだのがその発端だとのこと。現在でも三千人近くの人が宮殿跡を勝手に作り変えて住みついているため、かえって歴史的価値は減じてしまっていると言えるかもしれない。しかし何百年にもわたって住人がゴミをどんどん地下室に放り込んだため近年になって発掘されるまで地下の施設はそのままに残されていたというから皮肉だ。ディオクレティアーヌス帝はキリスト教の迫害者として後世の人々に憎まれ、その石棺、彫像その他はすべて破壊されてしまったとのこと。本来ユピテル神殿であった建物は今では大聖堂の洗礼室になっている。神殿の廃墟のドームで男性四人の

トロギールの大男

ヴォーカル・グループが素晴らしい合唱を聞かせてくれた。

青空市場では野菜も果物も豊富で、ミカンを小さくしたような果物が売られていた。

海岸沿いにどこまでも続く青空カフェは人で溢れている。今は観光シーズンでもなし、飲み物片手におしゃべりを楽しんでいるのはみんな地元の人なのだろう。クロアチアの土地は肥沃ではなく、ブドウの栽培以外に農業は向いていないようだし、工業が盛んなわけでもなく、過去の遺跡が唯一の観光資源だと思われるのだが、人々は明るく人生を楽しんでいるようだ。ヴァロスというレストランで昼食。シーフードのリゾットとボイルした手長海老はたいへんおいしかった。

このあと近郊のこれも世界遺産に登録され

ているトロギールの街を訪れる。ギリシャ、ローマ、中世に至る歴史を持つこの街は城壁に囲まれた小さな島で、この中に聖ロブロ大聖堂はじめいろいろな歴史的建造物がぎっしりと詰め込まれている。迷路のような石畳の道が四方八方につながり、歩いているのが楽しい。大聖堂前の広場で若い男が立ち話をしているのだがその背の高いのには驚く。そのうちの一人をつかまえて背丈がいくらあるかと訊ねると、自分は一九五センチだがあいつは二メートルあるよと仲間を指差す。ダルマチア地方は大男、大女が多いのだそうだが記念に家内と並んでもらって写真をとる。海辺に出てカメルレン要塞を見る。昔この街は夜間城門を閉じたので、夜遅く到着した商人達が一夜を過ごせるような簡易宿泊所が城門の外に用意されている。この街はたいへん面白かった。

—次号に続く—

(『ほほづゑ』74号)

*

*

奇数・偶数

都会でよく見かけるヤツデの葉は葉先がいくつにも割れている。しかし八ツ手とは言いながら八つに割れているものはなく、たいていは七つか、九つか、十一に割れている。カエデ、モミジの類も葉先は五つか七つか九つ或いは十一に割れている。自然は奇数を優先するのだろうか。数学者ライプニッツも「神は奇数を嘉する」と言っている。花びらを見てみよう。花びらはタンポポのような集合花は別として二枚の

キンギョツバキ

ヤツデ

ものから十枚以上のものまであるそうだが、五枚の場合が一番多いのではないだろうか。そういえば人間の指も五本である。幸運を呼ぶ四ツ葉のクローバーも、殆どが三ツ葉なだけに四ツ葉が珍しいので見つかれば幸運の印として喜ばれるわけだ。もっとも最近では人工交配により三十三枚葉とか五十六枚葉といった崎形のクローバーもあるという。

ツタの葉は三裂しているのが多いが、なかには三枚の小葉に分かれているのもある。カクレミノの葉は三裂していて、打ち出の小槌と共に八宝の一つとされている「隠れ蓑」に形が似ているところからカクレミノの名が付いた。ところがカクレミノの葉は老木になると切れ目なしの卵形になって名前とは縁もゆかりも無いものになってしまう。不思議な形の葉としてあげられるのはキンギョツバキだ。写真に示したようにまさに金魚の形をしている。中央の葉脈が葉先で三つに分かれてこんな形に成長するらしい。葉の形には多くの謎が隠されている。

（『ほほづゑ』75号）

クロアチアへの旅・城塞都市ドブロブニク――〔後編〕

〔六日目の朝〕、ドブロブニクに向かって出発。ドブロブニクとの間には九キロほど海岸線にボスニア・ヘルツェゴビナの領土があっていわば飛び地になっている。かつて都市国家ドブロブニク（ラグーサ共和国）はアドリア海沿岸を支配していたベネチアに取り込まれてしまうのを恐れて、自らオスマン・トルコに海岸線を割譲してベネチアと直接接触するのを避けたとのことだ。虎の威を借る狐の外交というところか。それにしても同じキリスト教のベネチアよりもイスラムのオスマン・トルコを味方に選んだということはトルコが異教に対して寛容だったということなのかもしれない。二度にわたる国境通過もなんなく終わり、マリストンの街で昼食。レストラン・ボタサレは七百年前の石作りの建物を改装したものだとのこと。この小さな集落の裏から英国ハドリアヌスの城壁に次ぐ長さと言われる城壁の末端が見られる。時間があれば近くから見たいものだが残念。ここからは入り組んだ海岸線を走って「アドリア海の真珠」と呼ばれる城砦都市ドブロブニクに到着。

ドブロブニクは大昔から交易都市として栄え、九世紀に独立国として自治を認められてか

ドブロブニクの守護聖人

ら十二世紀まではビザンチン帝国に、十三世紀にはベネチア、後にハンガリー王国に従属し、十五世紀以降はオスマン帝国の保護の下にあった。一六六七年には大地震に見舞われて城壁を残して街の大部分は崩壊したという。更に一九九一年のクロアチア独立戦争では連邦軍の激しい爆撃により大きな被害を受けた。どこに爆弾が落ちたかを示した地図が城壁に掲げられている。印のついた箇所の多いのに驚く。それでも住民の熱意と国際機関の援助により現在はほとんど元のままの状態に復元されたとのことで被害の痕跡は見られない。

ピレ門を入ってすぐオノフリオの噴水がある。噴水というよりは給水塔と言ったほうがいいだろう。この街は古くから上下水道が完備していたと言われる。左にはサンフランシスコ修道院がありここにはヨーロッパで三番目に古いと言われる薬局があって薬のほか観光客向けに香水とかクリームとかを売っている。時計台を遠く正面に据えたプラッツァ通りの眺め

聖ブラホ教会

はなかなか美しい。通りの突き当たりのルジャ広場にはスポンサ宮殿や聖ブラホ教会、総督邸などがある。ここの総督はベネチアと異なり、毎月交替の名誉職みたいなものであったらしい。大聖堂にはティツィアーノの聖母昇天図がある。ピレ門から広場まで全体の印象はベネチアのサン・マルコ広場をうんと小さく親しみやすいものにしたような感じだ。今回の旅行は冬の寒い時期で心配していたが、考えてみると夏にこの小さい街に世界中から観光客がやってきたらたいへんな混雑でとてもゆっくり見て歩くどころではないだろう。風は冷たいが、からっと乾いた空気で防寒具さえあればどうということはない。今度の旅は良い時期を選んだというべきだろう。

〔七日目〕は自由行動ということだが揃って城壁めぐりをする。城壁は高さ二十五メートル、一周するとニキロほどあるそうだが山側は上り下りがたいへんだと言うのでピレ門の近くから登って海側を半周することになる。城壁の上は二人がやっとすれ違えるほどの幅で右に左にと曲がりながら階段を上り下りする。雲一つ無い青空、見下ろせば外側には紺碧の海、内側には白壁に赤い屋根の家々が重なり、城壁からの眺めは想像していた通りの美しさである。壁の内側には学校が間近にあって教室の中が覗けたり、洗濯物を干した屋上に金網で囲われた小さな菜園を見かけたりと生活の匂いがする。昼食のあとは街を見おろすスルジ山にロープウェイで登る希望者が多いが強風のため運行休止とある。それでも登りたいという人たちはタクシー相乗りで出かける。我々夫婦はむしろ古い街並みを歩きまわることを選ぶ。どの小路を歩いても最後は石段で街を囲む城壁のふもとに行き当たる。住民は毎日石段を昇り降りするのがたいへんだろう。聖イグナチオ教会にいたる階段はその構成がたいへん美しい。

水族館があるようなので総督邸の裏から船がたくさんもやっている旧港に出て聖イヴァン要塞の下を歩く。外洋側はさすがに吹きつける風がきつく寒さはなはだしい。水族館はさして見るべきものもなかった。クロタという有名なネクタイの店に入る。ネクタイはフランスの語でもドイツ語でもクラヴァットだが、これは「クロアチアの」という意味で、フランスの

ドブロブニク全景

ルイ十三世時代にクロアチア傭兵がしていたショールが洒落ているということからヨーロッパ全土で流行り出したのだという。長いショールを一つ買う。ホテルに戻りベランダで城壁のかなたに落ちる太陽の素晴らしい輝きを見たのはなにか儲けものをしたような感じだった。遅めの夕食は城外のナウティカという由緒あるレストランでとり、食後数人でピレ門からライトアップされたプラッツァ通りを抜けてホテルまで徒歩で帰る。心に残る美しい眺めだった。

〔八日目〕はドブロブニクを去るにあたって高台のビューポイントから記念に街の全景を写真に収める。バスはアドリア海に沿ってしばらく走り、ネレトヴァ川の河口付近に来ると縦横に整然と区画して灌概した農地が広がっている。このあたりはクロアチアには珍しく豊穣な土地で、クロアチアのカリフォルニアと言われている由。

ここで国境を越えてボスニア・ヘルツェゴビナに入る。ネレトヴァ川沿いに次ぎの目的地モスタールまで行くわけだが、なんとなくアドリア海の明るい雰囲気が昔の東欧圏のような沈鬱なものに変わったように感ずる。この国は長年オスマン・トルコに支配されていただけにところどころでモスクやミナレットを見かける。ネレトヴァ川の河畔はさして樹木が繁茂しているわけでもなくわびしい景色だ。モスタールの街に入るとコンクリート作りの家の壁に銃弾の跡がたくさん見られる。内戦の時は初めカソリックのクロアチア人とムスリム人とが協力してセルビア人と戦ったのだそうだが、セルビア人を追い出したあと、今度はカソリックとイスラムとの戦いになり道路を隔てて撃ち合ったとのことだ。現地の若いガイドに「それで現在は両者とも平和に暮らしているのか」と訊ねると、「イエス　アンド　ノウ」と答える。「自分は自身をユーゴスラビア人と考えているが、そう考えている人は少ない。宗教が違えば子供たちは学校も別だし教科書の内容も違うからね」と言う。イスラム地区の土産物屋の通りを歩く。アドリア海沿岸の町と違って歩道の敷石がどれも不揃いなうえにデコボコしていて歩きにくい。川にかかる石作りの太鼓橋は大きな滑り止めが逆に足に突っかかって転びそうだ。橋の上で犬が二匹激しく争っている。これもイスラム犬とカソリック犬の闘いなのだろうか。墓地が二つ並んでいてムスリムの墓は石作りで杭にターバンを載せたような形になっており、キリスト教徒の墓は勿論十字架である。新しい墓がたくさんあるところを見ると内戦で多くの人が亡くなったのだろう。デル・リオというレストランで昼食。窓から見る山は樹木が少なくほとんど岩山といってもよいくらいで、積雪がかなり残っている。

ここからサラエボに向かってバスが山を登るにつれ青空が急速にどんよりと雲に覆われ、あたりの雰囲気が暗くなってくる。峠にかかると積雪が深くなり、なにかブリューゲルの有名な絵、「雪の中の狩人」が頭に浮かぶ。これだけ暗くなっても道端の家々には明かりが灯されている気配がない。やっとのことでサラエボ市内に到着。中心部には大きいだけで羊羹を切ったような画一的集合住宅がどこまでも密集している。なにか共産主義時代の東独の街を思わせる。道を歩いている人々の衣服も表情もなんとなく暗い。ホテルはサラエボで一番立派なホテルと聞くが部屋は大きいものの、浴室の設備は超モダンなデザインにもかかわらずいずれもうまく機能しない。

〔九日目〕は朝食のあとホテルのすぐ裏にあたるサラエボの旧市街を見物する。大通りは内戦の名残りでスナイパー（狙撃者）通りなどと物騒な名前で呼ばれているとのこと。オーストリア皇太子夫妻が射殺されて第一次世界大戦のきっかけとなったラディンスキー橋でガイドの説明を受ける。バシチャルシャ地区はモスクのまわりに軒の低い木造の店が並んでいてイスラムの雰囲気が濃厚に感じられる。どの店の飾り窓の下にも折り畳みの腰掛けになる板がついているのが面白い。サラエボの人口の八割はムスリムだとのこと。ここをはずれると立派なカソリックの大聖堂やセルビア正教会の建物もある。大きなユダヤ教のシナゴグもあ

サラエボのモスク

セルビア正教会

るのだがユダヤ系住民の数が減って一時は映画館になっていたとのこと。ホテルに戻ってバスに乗り込む。空港に向かう途中、一九八四年の冬季オリンピックの会場跡を廻って行く。サラエボの空港は我が国の地方空港といったところで便数も少ないのか我々のほかには誰もいなかった。ミュンヘンで東京行きの便に乗り継げば今回の旅は終わりとなる。若い頃から仕事で数え切れないほど海外旅行をしてきた私にとっても今回の旅はなかなか興味深いものだった。

旅に出る前に下調べのためバルカン半島の歴史について数冊の本を購入して読んだのだがその歴史は複雑ですんなりとは頭に入らない。それでもこの地域が東ローマ帝国と西ローマ帝国との境界線に位置しており、中世にはビザンチン・東方正教会と西方カソリック教会とのせめぎあいの場でもあったこと、さらに海洋国家ベネチアによるアドリア海沿岸の長年にわたる支配、カソリックのハプスブルク帝国とイスラムのオスマン帝国との接点でもあったことなども考えればその歴史が複雑なのは無理もないことであろう。第二次大戦後チトーが作り上げたユーゴスラビア連邦共和国はよく六つの共和国、五つの民族、四つの言語、三つの宗教、二つの文字、からなる一つのモザイク国家と言われていたが、チトーの死後はばらばらに分解してしまった。西ヨーロッパの人でもこの地域の歴史を詳細に理解している人は少ないのではないだろうか。

（『ほほづゑ』75号）

散歩の植物誌 32

鳥と樹の関係

私は集合住宅の五階に住んでいるのだが、ちょうどベランダから手の届くあたりに大きなトウネズミモチの梢がある。年の暮れになるとネズミの糞のような黒い小さな実がたくさんなる。そしてこの実を目当てにたいへんな数の鳥がやってくる。私は鳥類に関してはまったく知識がないので、双眼鏡で観察して山科鳥類研究所にメールで問い合わせたところ、ヒヨドリではないかとのことであった。

トウネズミモチ

私が毎日のように通りかかる裏小路にヒバの樹があってスズメが群れていた。葉のかげに隠れて姿を見ることはできないのだが、チュンチュン、チュンチュン鳴いているのを聞いているると少なくも何十羽、もしかすると百羽近くもいるのではないかと思われるほどの騒がしさである。通りがかりの小学生が上を見上げて「こいつら　うるせえな　なにやってんだろ」と言っていた。この群がいつの間にかいなくなったと思ったら今度は駐車場の向こうのトウネズミモチで同じように群れているのを発見した。私が見上げていると駐車場に車をとめた宅急便の運転手が近寄ってきて「これはいったい何でしょうね。こんなのは初めて見ました」と言う。時々ぴたっとおしゃべりが止んで二、三羽が飛び立つのだが暫くするとまたおしゃべりが始まる。スズメの学校ならぬ議会でも開催されているのだろうか。同じトウネズミモチの樹がそばにあっても、そのうちの一本だけに集まるのが不思議だ。近頃スズメの姿を街中でみることは少なくなったが、どなたか同様の現象を見たら教えてください。

（『ほほづゑ』76号）

「散歩の植物誌」裏話

私が「散歩の植物誌」を『ほほづゑ』誌に連載し始めてから八年、写真を添えた原稿書きもすでに三十篇を上回ったことになる。このコラムは福原編集長の発案で、私が執筆することになったものである。当初筆者の友人の間では「すぐ種切れになるのではないか」と心配していたらしい。しかし植物を題材にしているかぎり、種切れになる懸念は当面なさそうである。

植物採集と標本作りは私の趣味の一つでもある。植物採集などと言っても、山野を渉猟して希少種を採集するというわけでもなければ、禁断の高山植物をひそかに栽培するということでもない。東京あるいは軽井沢での散歩の途次、路傍の植物に興味あるものを見つけると小枝や花を切り取って標本にする。一晩新聞紙の間で湿気を取り、形を整えてから濾紙に挟んで重石を載せて乾燥箱の中で乾燥する。モレキュラーシーブを乾燥剤に使うようになってからは急速乾燥で植物本来の色をある程度保持できるようになった。現在このような標本が八百点ほど手許にある。一方で四十冊近い植物図鑑が自宅に揃えてあり、それぞれの特徴を活かして標本の同定をする。素人が図鑑だけを頼りにしていると間違った結論になる恐れがあるので、目黒の自然教育園や軽井沢町植物園の専門家と親しくしていて、分からないことは教えを乞う。

植物図鑑の基本は『牧野日本植物図鑑』と平凡社の『日本の野生植物・草本三巻、木本二巻』である。牧野富太郎は小学校中退という学歴でありながら、貧窮にも学閥の圧力にも屈せず、ただただ研究に精進し、博士号のみか文化勲章まで授与されている。五千種とも六千種とも言われる我が国の野生植物のうち、約千五百種は牧野富太郎の命名によると聞けば驚かない人はいないだろう。昭和十五年に発行された牧野日本植物図鑑の特色の一つは彼の自筆の細密画が多く掲載されていることである。彼はそのために石版画製作の技術まで習得している。牧野記念庭園に陳列されている彼の原画を見ると、これはもう学術資料であると同時に見事な芸術作品でもある。最近の図鑑はほとんど写真が主だが、一枚の写真に葉から花、果実にいたるまでの特徴をまとめて収録することは不可能である。牧野日本植物図鑑では、小さい紙面に葉や花ばかりでなく、場合によっては実や根までが詳細に描かれている。私の所持するこの図鑑の初版本は『ほほづゑ』発行人であった故鈴木治雄さんが亡くなってから、イト夫人が「もう我が家にはこの本を開く人もいないから」ということで私に下さったものである。この図鑑はその後も後継者によって度々改定されており、最新版は二〇〇八年に出ている。

図1

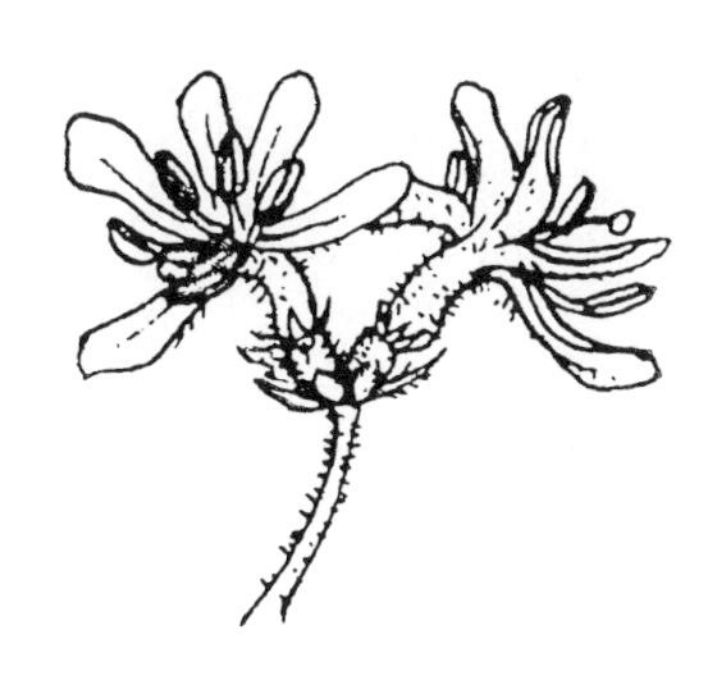

図2

私は軽井沢近辺に多いヒョウタンボクに興味があって「散歩の植物誌」でも取り上げ、ヒョウタンボク（キンギンボク）、ハナヒョウタンボク、オニヒョウタンボクの標本が手元にある。ところが初版牧野日本植物図鑑の「へうたんぼく」の記述と花の図が私の標本とは一致しない。牧野日本植物図鑑では「合弁花冠ハ五深裂シ、稍不整斉ナリ」として（図1）のような図が描かれている。

しかし私の標本では花はむしろ唇状花に近い。多くの図鑑が牧野日本植物図鑑の記述を踏襲しているなかで、寺崎日本植物図譜のみが「花冠は深く五裂し、長さ約一・三センチ、筒部が短い」として上記のような図が描かれている。（図2）

さらに日本野外植物図譜を見ると詳細な記述があり、掲載されている花の絵は寺崎日本植物図譜に近似している。これらの資料のコピーをまとめて軽井沢植物園の専門家を訪ねて意見を求めた。「牧野日本植物図鑑も初版本は昔のものですから間違いがないとは言えません。最新版で調べて見ましょう」ということで二〇〇八年版を取り出してあたって見たところ、花の記述は「やや不整形であるがこの属中では最も整形に近いものである」と簡単な記述となっており花の詳細図は削除されて小枝全体の図になっている。やはり改訂版では花の詳細図は問題ありとして削除されているのであろう。

私が植物図鑑の誤りを見つけたのはこれが初めてではない。図鑑の発行で有名な出版社の植物図鑑に三つの誤りを見つけ、その会社に手紙を書いた。一つはカラマツを常緑樹としてある。カラマツは落葉松と書くとおり、秋の終わりになると針状小葉が雪でも降るように舞い落ちる。これは図鑑作成担当者の単なるうっかりミスである。二番目はギンモクセイの葉を互生と記述してある。キンモクセイもギンモクセイも葉は対生である。三番目はカクレミノの写真で葉が卵形になっている。カクレミノの名前は、葉の形が吉祥とされる八宝の一つの「隠れ蓑」に似て先が三つに分かれているところにある。この写真ではその特徴が見られない。私の手紙による指摘に対し出版社からはすぐに返信があり、三点のうちの二つは明らかな誤りなので改訂版で訂正しますとあった。カクレミノの写真については老木では葉が三裂しなくなるので写真を取り違えたわけではありませんとのことであった。しかし私の意見では、カクレミノの名前の由来からして三裂した葉の写真を掲げたうえで「老木では葉が三裂せずに卵形となる」と注釈すべきであろう。それにしてもこの出版社の反応が素早く、しかも良心的なのには感心した。図鑑というものは多分一人の人間が全体を監修するわけではなく、複数の人が分担して作業し、互いの担当部分以外についてては目をつぶってしまうことからこんな過ちが起こるのだろう。私が「散歩の植物誌」の原稿を書くにあたっても不特定多数の方に読まれるだけに、間違いがないようにかなり慎重を期しているつもりである。

「散歩の植物誌 二十七」でギリシャの国花アカンサスを取り上げた。日比谷公園にある狼の乳を飲むロムルスとレムスの銅像の周辺に密生すると書いておいたのだが、昨年の秋にこのあたりを散歩したところ、春までは確かにあったアカンサスが全く見あたらない。驚いて公園事務所で訊ねたところ「アカンサスは風に弱く、今年は強風の日が多くて枯れてしまったので取り除きました」と言う。アカンサスは多年草であり、地下鉄六本木駅近くの植え込みにあるアカンサスは秋になっても青々としているので納得がいかない。詳細な説明を求めても公園事務所の係員は「根は残してありますから来年はまた生えてきますよ」と言うばかりだ。私の書いた記事を読んで現地に行かれた方がおられるとすれば、これは私の面目にかかわる問題であると不満に思っていた。ところが年があけて再び日比谷公園を訪れたところ、なんとアカンサスは株数こそ少ないものの五、六十センチもある大きな濃緑色の葉を拡げて密生している。古代ギリシャの伝説ではアカンサスは生命力のシンボルとされていたそうだが成る程と納得した。

「散歩の植物誌 二十九」で「まつぼっくり」の原稿を書いたおりのことだ。私が六十年も前に米国のヨセミテ国立公園で拾ってきた三十五センチもある大きな「まつぼっくり」を私はジャイアント・セコイアのものとしてなんの疑いも持っていなかった。ところがたまたまテレビ番組でジャイアント・セコイアの「まつぼっくり」は意外に小さなものであるという事実を知り、いろいろ調べた結果、私が拾ってきたのはシュガー・パインのものであることが判明した。あやうく間違ったことを『ほほづゑ』に記載するところであった。これだから原稿を書くにあたっては油断はできない。

「散歩の植物誌」は愛読してくださっている方もおられるようなので今後も私が健康であるかぎり連載を続けてゆきたいと考えている。

（『ほほづゑ』76号）

世界の国々での女性の在り方

座談会「日本の男と女」（2013年1月15日収録）
前列 福川伸次 / 小松としゑ
後列 中村紀子 / 渡辺英二　（敬称略）

『ほほづゑ』七十六号に座談会「日本の男と女」の内容が掲載された。男性顔負けの活躍をしておられる女性二人の相手に八十歳を越えた私が選ばれた理由は不明だが、仕事で世界を渡り歩いた私の見解を聞きたいということだったのかと想像している。世界経済フォーラムの報告書によれば我が国は男女間の不平等では調査対象の一三五の国のなかで一〇一位とはなはだ不名誉な地位にあるとのことだ。

女性の立場がもっとも難しいのはイスラム

の国である。宗教的な規範はそれぞれの国で温度差があるが最も厳しいのはサウジアラビアである。最近は経済的な理由から少ないと聞くが一夫多妻は四人まで公認されており、私の友人にも二人の妻を持つ人がいた。女性は家の外ではアバヤと呼ぶ黒い布を頭から被らなければならないし、自動車の運転もできない。したがって買い物も夫の同伴なしには難しい。窮屈な生活のようだが文化人類学者片倉もと子さんの著書によるとムスリム社会は「男の世界」「女の世界」とはっきり分かれているが女性は「女の世界」の中ではかなり自由を楽しんでいるとのことである。サウジアラビアからヨーロッパに向かう飛行機にはアバヤを被った女性が多く乗り込んでくるのだが飛行機が離陸してしまうと次々とトイレに入り、出てくるときはヨーロッパ風の衣装に着かえているのだった。

私が最初にロシアを訪問したのはソビエト連邦の時代だが建前上は男女に区別はないとされ、道路工事などでは頬被りをした女性達がシャベルを手に働いている姿を多く見かけた。化学公団での私の交渉相手は肥満体の大女だった。食事を共にしながらこのあとダンスをしようと誘われたらどうしようと気が気でなかった。モスクワ滞在中に地方の建設現場に駐在している社員が長時間かけて私に会いにきてくれたのだが三十歳前後のグラマーな女性が一緒なのには驚いた。聞けば現場を離れるときには彼女を常に同伴しなくてはならない決まりなのだと言う。社員は「ナニ私の身の安全を考えていてくれるのだと思えばどうということはありませんよ」と言っていたものの労働力不足のロシアで監視業務にたいへんな人手をかけていることを実感した。それにしても男の監視にグラマーな女性である。

一九五五年頃スイスに住んでいたのだが当時この国では婦人参政権がまだ認められておらず「スイスが平和なのは女性に参政権がないからだ」という冗談をたびたび聞かされた。婦人参政権が成立したのは一九七一年である。チューリッヒはスイス最大の都市とは言っても実際には小さな街なので勤め人は帰宅して昼食をとる人が多かった。したがって主婦は朝食後夫や子供を送り出したあと、すぐまた昼食の支度をしなければならず、主婦連のような団体から男は昼は外食すべしという運動が起こったことを記憶している。

一九六二年頃は北アイルランドの歌に名高いロンドンデリーに住んでいたがここでは男女の比率が甚だしくアンバランスなのだ。周辺にあまり産業がないので男はみんな出稼ぎに行き、先々で結婚してしまうからである。工場の終業時間などはロンドンデリーの街は女、女、女であふれ、男は顔をあげて歩けないような感じだった。それでは男に希少価値が出るかというと、この地の男どもは若くして女につかまって結婚するらしく、子供十人という家族も珍しくなかった

一九八六年ロンドン滞在中に読んだ新聞記事には驚かされた。表題は「英国ではキャリア・ウーマンが増えているが彼女たちははたして bright, single and lonely（優秀で未婚でひとり

ぼっち）なのであろうか」というものであった。「十年前までは三十五歳以上で未婚の女性は十四万九千人であったのが今や六十萬人以上である。彼女達はその購買力からして一つのマーケット・セグメントをなしており、the new unromantics と呼ばれている。男というものは自分よりも知性の優れた女性とは結婚したがらないのが問題である」と書いてある。一九八六年と言えば「鉄の女」サッチャー首相の時代である。結論として「Perhaps British women are being offered a stark and unpalatable choice, either stay single successful and lonely or to be married and bored.（多分英国の女性はきびしい、不愉快な選択をせまられている。すなわち成功者ではあるが独身で淋しい生活を送るか、結婚して毎日の生活に退屈するかのどちらかである）」とある。三十年ほどさかのぼれば英国でも女性の立場は弱かったのだと納得した。

シンガポールのオフィスには二人の女性秘書がいて穏やかでありながらまことに有能で仕事の上ではいろいろと助けられた。聞いてみると夫婦共稼ぎなのだが食事はすべて外食で自宅で料理をすることはほとんどないとのことだった。たしかにシンガポールではどこの通りにも魅力的な屋台の店が並んでいて自分で料理するまでもなく好きなものが食べられるのだ。

オーストラリアは巨大な土地に少数のアボリジニ原住民を除き英国を主とした移民で成り立つ国だが白豪主義を唱え、ベトナム戦争で多くのベトナム難民が流れてきた時などは人種問題が新聞紙上で大きく取り上げられた。しかし白人の男でアジア人の女性との結婚を希望する者もかなりいたらしく、それを仲介する業者があったと聞く。それは不真面目なものではなく、幸せなカップルの誕生も多かったとのことだ。アジア人の女性のほうが男に尽くしてくれるというのがその理由だったらしい。私が乗ったタクシーの運転手も日本を訪れたことがあり、日本の女性のほうがオーストラリアの女性よりも優しいと言っていた。

私の女性にかかわる観察は以上だがだいぶ昔のことになるのでどの国でも現在では事情はかなり変わっていると思われる。最近のニュースではサウジアラビアでも女性に運転免許があたえられると聞く。人口の減少に悩む我が国としては女性の活躍の場を広げることにいっそう努力しなくてはなるまい。

＊

＊

散歩の植物誌 33

気の毒な名の植物

図1　ヘクソカズラ

図2　ハキダメギク

植物の名前といえば総じて優雅なものが頭にうかぶ。オミナエシ、ミヤコワスレ、ナデシコ、ハツユキソウ、キンミズヒキの類である。しかしなかにはまことに気の毒な名前の植物もある。ヘクソカズラ、ハキダメギク、ヤブジラミ、ショウベンノキなどである。なかでも聞いただけで鼻をつまみたくなる屁と糞をつなげたヘクソカズラはその最たるものだ。その由来は葉を揉むとメルカプタンのようないやな匂いがするところからきている。しかし空き地でよく見かけるヘクソカズラの小さな花はよくよく観察すると写真のように意外と美しい。中心部は紫色で白い花弁は拡大鏡で見ると浅く五つに割れた構造になっている。匂いも便所臭とはいうものの、強く嗅がなければ意外に不快な匂いではない。女性が愛用する香水にもインドールのような大便臭の成分が微量ながら加えられているのは周知のことである。

ハキダメギクは北米原産で大正年代に掃溜めで発見されたのを牧野富太郎が命名したものである。ハキダメギクは全体の姿が写真で見るようになんとなく貧弱な感じだが、小さな花はよく観察すると美しい。ヤブジラミの花は五弁だが小さくて拡大鏡で覗いても観察は難しい。その実には曲がった針が一面に生えていて、衣服などに付着するのがシラミを思わせるということで気の毒な名前がついた。しかし現在の日本ではシラミはおろかノミですら見たことのない人が多いのではないだろうか。

（『ほほづゑ』77号）

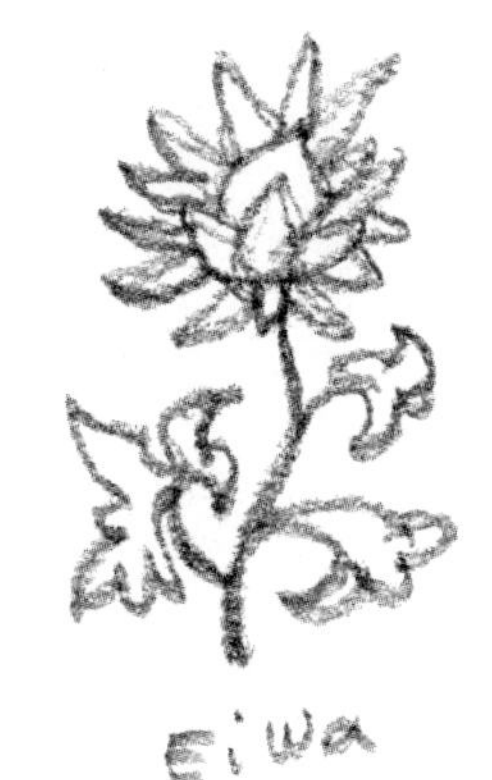

アルジェリアにおけるテロ事件について

本年一月十六日アルジェリアのイナメナスにおいてイスラム過激派のテロリストが天然ガス生産設備を包囲し、日本人を含む四十一人の外国人を人質にとって立て籠もった。人質全員が無事解放されることを祈っていたにもかかわらず結果としては二十三人の犠牲者を出し、そのうち十人が日本人であるという最悪の結果となった。これほど多くの日本人が海外でのテロにより命を落とした例はいまだかつて無い。私は日揮の会長を退任してからすでに十年を経ているので新聞やテレビの報道以外に本件についての詳細を知る立場にはないのだが、私なりに感じたことを記録にとどめておくことにしたい。

テロリストは砂漠のただ中にあるイナメナスの天然ガス生産設備を包囲してまず現地で働く関係者の居住区を襲い、人質として捕らえた者のなかからイスラム教徒には害を加えないとしてアルジェリア人を解放したとのことだ。報道によれば危うく難を逃れた日揮社員の一人の話として、事件が起こった際にまわりのアルジェリア人従業員が「布を巻いて顔を隠せ」と言って仲間数人で彼を取り囲み、テロリストの包囲を抜け出させてくれたとのことである。日本人社員とアルジェリア人社員との間の交流と信頼を示す事実として感動的である。

翌十七日にアルジェリア軍が攻撃に転じた結果、テロリストを排除することはできたが人質二十三人の犠牲者を出した。そのうち十人が装置建設に携わっていた日揮の社員である。アルジェリア政府の情報規制により実態の詳細はなかなか分からなかったが、二月十七日になってNHKが現地での取材をもとに本件についての特別番組を放送した。これによって日揮の社員達がどのような状況のもとで命を奪われたのか大筋で把握することができた。まことにもって残念なことである。それにしてもまだ分からないのはテロリストが特に日本人を標的にしていたのかどうか、もしそうだとするとその理由はどこにあるかということである。それによってアルジェリアのみならず危険を伴う海外での仕事をするにあたってセキュリティーに対する考えを変えなくてはいけないのではないか。

アルジェリア内務相の談話では「日本人が特に狙われたとは思わない。外国人の一部として殺害されたのだと思う」とのことであるがNHKの報じる生存者の話によればテロリストは「日本人は手を上げろ」と言って施設へのバスによる移動では日本人だけをまとめて乗せたことがわかっている。そのバスがアルジェリア軍ヘリコプターによる無差別攻撃で破壊されて一挙に多数の日本人犠牲者を出した理由であると見られる。テロリストが日本人を特に集めた理由はどこにあるのだろうか。非イスラム教徒の外国人をジハードの対象にしていたことは勿論だが、日本人が特に標的になっていたのかどうかがはっきりしない。日本人が標的であったとするとその理由は二つ考えられる。一つは日本人は人命尊重を第一に考えるから自分達の要求を通す取引材料として都合が良いというものである。もう一つはテロリストが打倒を目指している現アルジェリア政権は国家収入の殆どを石油・天然ガスの輸出に頼っており、その生産施設を建設しているのが日本の会社であるがゆえに日本人を狙ったというものだ。この点は今後のためにも解明しておかなくてはならない。日揮が長年にわたってアルジェリアのために貢献してきたという事実はテロリストの頭の中では多分プラスには働かなかったのであろう。

アルジェリアの独立までには十年にわたって多くの血が流れた激しい闘争があった。当時はパリでもFLNによるテロが頻発し、我々もパリ滞在中はプラスチック爆弾を恐れて人々の集まる場所は避けるようにしていた。一九六二年にドゴール政権のもと国民投票が行われてアルジェリアの独立が承認された。しかしそれに不満の軍人達がOASなる組織を作ってドゴール大統領の暗殺をたびたび企てた。その経緯がフレデリック・フォーサイスの小説『The Day of the Jackal（ジャッカルの日）』となり映画化されてもいる。それによればドゴール大統領は間一髪で暗殺を免れたとされる。

日揮はすでに一九六九年にアルジェリア石油公社ソナトラックからアルズー製油所の建設プロジェクトを受注し、その後現在にいたるまで継続して石油・ガス設備の建設にあたってきた。アルジェリアは独立後政治的に比較的安定した時期と不安定な時期が交錯し、安定した時期には我々もカスバの中をさして危険を感ずることもなく歩くことができた。しかし私が最後に経団連のミッションで首都アルジェを訪れた一九九三年の頃は外国人に対するテロが多く、首相はじめ政府要人に面会に行く際には我々の自動車の前後に複数の銃を構えた軍人が乗ったジープが護衛としてついていたし、宿泊したホテルの部屋の入り口にも武装した軍人が立っていた。当時は地中海沿岸の都市部が危険で、ガス・石油の生産設備があるサハラ砂漠の中に入るとテロリストも動きがとれないのでむしろ安全であると考えられていた。従って我々も空路フランスからアトラス山脈を越えて直接ガルダイアとかウアグラのようなところに入り、そこから陸路イナメナスとかティンフイエのガス生産施設に向かうのを常としていた。

当時経団連のチュニジア委員長であった私はアルジェリアからチュニジアに入ったこともあるが、笑顔のない猜疑心に満ちたアルジェリア人の表情に比してチュニジアの人たちの穏やかな表情がとても印象的であった。この国では一九八七年にベン・アリが独立後穏健な政策で国を率いてきたブルギバを大統領の地位から追い落として数年後のことであったが、天然資源を持たないがゆえにチュニジアは他国からの侵略に巻き込まれることもなく、まことに平穏な国であった。その後ベン・アリの独裁が続いて今日のジャスミン革命に至るとは想像もできなかった。

一九八九年にアルジェリアでは複数政党を認めた選挙が行われ、イスラム原理主義政党が圧勝すると、軍はクーデターを起こして選挙を無効と宣言した。その頃からイスラム原理主義者の地下にもぐったテロ活動が盛んになってきた。特にアフガニスタンで米国の支持のもとにソ連軍と戦ったいわゆるアフガン帰りが過激派に加わるとテロは凄惨さを増したと言われる。一九九九年にブーテフリカが大統領となってからは政治的には比較的安定していたが、二〇一〇年の「アラブの春」以降、北アフリカ地域全体が混迷の度合いを増してきた。隣国のリビアでカダフィ政権が倒れるとリビアにあった大量の武器がテロリストの手に渡り、特にリビア国境からわずか六十キロほどしか離れていないイナメナス周辺で危険度が高くなったことは間違いない。昔と違ってテロリストは衛星を使った通信手段とGPSを持っており、砂漠の中でも自由に行動することができるようになっていると思われる。この点では昔の「砂漠の中はむしろ安全だ」という先入観からアルジェリア政府にも日揮にも油断があったのかも知れない。

今回のような事件を回避するにはまず日本政府が現地政府や欧米諸国とテロリストにかかわる情報を共有することが必要である。また日揮の現地会社ではすでにかなりの人数のアルジェリア人エンジニアを育成して仕事にあてていると聞くが一層の努力により現地に駐在する日本人の数を減らさなくてはならない。難しいのは現地雇用の下働きのなかにテロリストへの内通者がいないという保障はないことだ。欧米には高度に武装した民間警備会社も存在するが、米国のように誰でも武器を携行できる国や政府が治安の維持を実質的に放棄しているような国ならともかく、アルジェリアでは国家主権の問題からもセキュリティーはアルジェリアの軍に頼るしかない。武器を携行した自衛手段が認められていない以上、日本政府の側からアルジェリア政府に対して日本人の安全確保への強い要請をすべきである。

アルカイダのような宗教がらみのテロリストの動きは我々日本人にはほとんど理解の外にあると言ってよい。それだけに対処の方法も難しい。

米国の映画「ゼロ・ダーク・サーティ」を見た。九・一一のテロ以降ビンラディンの所在を執拗に追及し続けたＣＩＡの女性職員がついに彼の隠れ家を探し当て、米軍の特殊部隊がアフガニスタンの基地からヘリコプターで急襲してビンラディンを殺害した経緯を映画化したものである。実話にもとづいて制作されたとのことだが、この映画を見たアルカイダは更に報復を考えること必定である。

このような宗教がらみの殺し合いが今後も続いて、キリスト教徒でもイスラム教徒でもない日本人にまで災害が及ぶのはまことに憂慮すべき事態である。

今後さらに大きな影響を与えるのではないかと思われるのはシェールガス革命であろう。

シェールガスが米国をはじめ世界の比較的安全な地域で大量に採掘されるようになると、アルジェリアやナイジェリアのように危険かつ居住しにくい場所は天然ガス開発の場所としては敬遠されるのではないだろうか。そのためにこれらの国で国家収入が減少するとますます貧困化が進み、それはとりもなおさずイスラム過激派の活動が盛んになるということでもある。現段階では先を予測することは難しいが、我が国の会社が危険だからという理由で海外活動から手を引くことはできない。今後とも危険をいかに避けるかについて企業、政府ともさまざまな対策を検討しなくてはならない。

三月二十六日に犠牲者の合同慰霊祭が行われ、安倍総理を初め五人の閣僚が参列され献花をしてくださった。日揮は一般消費者とは接点がなく、会社としての知名度もさして高くはないが、国のために大切な仕事をしていることを政府としても認識されてのことであろう。関係各位には心から謝意を表したい。

（『ほほづゑ』77号）

絵画と真実――絵画における真実とはなにか

よく新聞などでスポーツ欄に相撲の好取り組みの決定的瞬間が写真で掲載されている。そしてその写真を見ていると、全力をつくして闘っているはずの力士の表情や体が、あたかも静止してポーズを取っているように見えることがある。この場合は視覚的・物理的な真実が必ずしも見る者に対象の全体像を示してはいないことを物語っている。むしろ絵描きが土俵の傍らで同じ勝負をスケッチしたら、もっと迫真的な動きが捉えられるだろう。ただしその場合は、逆に絵が物理的に真実ではないことになる。

たまたま手にした雑誌で「懐かしき原風景」という昔の横浜を描いた絵のページを繰っていると、黒田清輝の「夏木立」という作品が目にとまった。パリで印象派の運動に影響を受けて帰国した頃の作品である。黄色と赤を主体に、青い陰が夏の陽射しをみごとに捉えている。この絵が私の心を動かしたことは間違いない。では仮にこの絵の景色そのものをカラー写真で撮って、絵と同じ大きさに拡大してみたら同じような感動が得られるだろうか。多分それは無理だろう。写真は視覚的には絵よりも対象を正確に写してはいても、なにかが欠けているのだ。写真と絵の違いはどこにあるのだろう。ここに描かれた「夏木立」は画家が筆を動かしている間にも微風でかすかに揺らいでいたかも知れないし、まわりでは蝉が競って鳴いていたかも知れない。たぶん絵を描いている画家も夏の暑さに汗ばんでいただろう。写真はそんなところまでを写し撮るわけではない。しかし画家は対象とした景色の中にあった色、動き、音、その他もろもろのエレメントを全て一旦自分の感覚に取り込んだ上で、その印象を絵の具でキャンバスに描いたのだ。そうだとすると同じ対象を捉えた場合でも、絵は写真よりももっと真実に近いことがあり得るのではなかろうか。勿論画家の捉えた真実と絵を鑑賞している私の心に移入された真実が違っていることは十分に考えられる。

ヨーロッパの風景を独特の美しいタッチで描く安野光雅が、バイオリニストの千住真理子とエルベ河に沿って旅をしたテレビ番組を見た。プラハの街をスケッチする画家の横で千住真理子が「ずいぶん細かく描くのですね」と感心すると、「いや自分に都合の良いように描いているんですよ。景色が楽譜でこちらが演奏ということかな」と答える。見ていた私はなるほどうまいことを言うなと感心した。絵と写真の違いがなんとなく分かるような気がする。

物理学者、寺田寅彦は高校生の頃から夏目漱石に師事していたばかりではなく、弟子というよりはむしろ漱石の側が十分な敬意をもって遇していた人物であると評されている。寺田寅彦は文系・理系という人間の仕分けについて異を唱え、「世間の人は知らないだろうが、科学者というものは仕事の上で美的感覚を楽しんでいるのだ。大科学者が大きな発見をし、優

ヨハネス・フェルメール
《真珠の耳飾りの少女》

れた理論を組み立てているのは、先ず直感的に結果を見透し、あとでそれに達する論理的な経路を確立した場合が多い。この直感は芸術家のいわゆるインスピレーションと似たものである」と書いている。彼は専門の物理学を離れて、漱石につながる俳諧の世界は勿論のこと、音楽や美術、映画について常人の及ばない深い理解をもって、含蓄のある随筆をたくさん残している。その彼が絵を描くようになってから書いた随筆でおおよそ次のようなことを言っている。

油絵を描くに際して、正直に実物の通りに各部分の色を塗ったのでは出来上がった結果としての全体はさっぱり実物らしくない。全体が実物らしく見えるように描くには部分を実物とはちがうように描かなければいけないということになる。印象派の起こったわけがやっと少し分って来たような気がする。こうなると思ったことを如実に言い表す為には思った通りを言わないことが必要だという場合もあるかも知れない。

ＮＨＫのテレビ番組で「心奪われる瞳の謎　フェルメール　真珠の耳飾りの少女」という番組をやっていた。世界で三十数枚しか作品が残っていないと言われる謎の画家フェルメールの最高傑作「真珠の耳飾りの少女」をもとに、写真家篠山紀信が同じような衣装を着せたモデルを同じような照明の下に写真をとる。ふと振り向いたという姿勢でやや唇をあけたところまで同じようにポーズを取らせる。篠山紀信の「画家はウソをつくからなあ」という言葉が面白い。いろいろな検討の結果、この絵には現実に反した虚構がいくつか描きこまれていることを発見するのだ。まず一つは瞳の上で光が反射した斑点である。本来ならそこには窓が映っていなければならない。それがただの白く輝く点になっている。これは美人を撮るためのキャッチライトと称する写真の技法で、フェルメールは写真が発明される三百年以上も前にこの技法を取り入れていることがわかったとのことだ。また振り向いた姿勢からすると右の瞳の位置がかなり外側に寄っていていわゆるロンパリになっている。しかし同じポーズをとったモデルの写真と比較すると絵の方が数等魅力的だ。さらに光を反射している真珠にトリックがあり、この姿勢では真珠は顔の影に入ってこれほどの輝きは見えないはずであるし、だいたいこんな大きな真珠は日本で養殖に成功するまでは存在しなかったとのことである。篠山紀信の最後のコメント「フェルメールは現実を描いたのではなくて、自分が見たいと思ったものを描いているのですよ」という言葉には納得した。

写実絵画の巨匠と言われる画家の展覧会を訪れた。磯江毅は十九歳でスペインへ渡り、写実絵画に独自の表現を追求した。三十年余の滞欧において彼はグスタボ・イソエの名でヨーロッパでも写実絵画のマエストロとして認められることになる。彼は「写実は出発点で最終目的ではない。写実を究めるということは写実ではなくなってしまうことだ」と言っている。彼の描いた横になった裸婦は、彼と同様に絵描き志望の女子学生がモデルになってくれたものだそうだが、人間を超越した神秘的な存在として周辺に静寂を伴っている。彼が描いた「高橋由一へのオマージュ」は我が国洋画界の先達高橋由一の絵「鮭」にならったものだが、二つの絵を並べてみたらきっと面白い発見があるに違いない。

ゴヤ・光と影という展覧会が西洋美術館で開催された。プラド美術館から「着衣のマハ」をはじめ、なかなかお眼にかかれないような絵が見られるということで大いに期待していた。意外だったのは多くのゴヤの版画が国立西洋美術館の所蔵と記されていたことだ。通常版画などはあまり熱心に見ないのだが、今回は特別招待日で混みあっていなかったこともあり、間近でじっくりと眺めることができた。その感想は「こんな小さい、三十センチ四方程度の画面にどうして人間の表情がこれだけリアルに表現できるのだろうか」というものだった。全く信じられないほどだ。これは写実というのとは違う。写真で写したよりも人間の本質がそのままに出ていると思った。

抽象絵画の巨匠カンディンスキーにしても、ジャクソン・ポロックにしても、彼らは最初から抽象絵画を描いていたわけではない。当初法律家を志していたカンディンスキーは、三十歳で絵描きになることを決意してドイツにやってくる。彼がムルナウに住んでいた頃に描いた小さな風景画は、いずれも原色に近い絵の具が無造作にキャンバスに置かれているように見えるが、その不思議な存在感は写実的な絵をはるかに超えたものがある。後年彼が初めてアブストラクト絵画を描きだしてからはその不思議な魔術に世界が魅了された。
絵画作品を前にすると「真実」とは何かをあらためて考えさせられる。

（『ほほづゑ』78号）

散歩の植物誌 34

内から外へ、外から外へ

　キャベツを真っ二つに切ってみると、葉が中心部から外に向かって重なりあいながら成長しているのがよく分かる。つまり、外側の葉がもっとも古くて硬く、芯に近いほうが新しくて柔らかいのだ。タマネギやラッキョウの場合も同じことだ。

　樹木の場合は、反対に樹皮の内側にある形成層で細胞が分裂して外へ外へと成長し、内側の死んだ細胞は硬くなって木化が進む。つまり外側が新しくて内側は古くて死んでいるということになる。我々人間は死んで木化した部分を利用させてもらっているわけだ。そのため場合によっては、内側が死んで腐って空洞になっているのに、外から見た木は立派に葉を茂らせてい

上野公園のムクノキ

る場合がある。
上野駅のパンダ橋を渡った公園側に大きなムクノキがある。写真のように見事に葉の茂った

幹はほとんどが空洞で空が見える

大木である。ところが、よく観察すると幹はほとんどが空洞で、カメラを穴に差し入れて写真をとるとご覧のとおり空が透けて見える。通りがかりの人はほとんど気がつかないが、私が木のまわりを廻って写真をとっていると、何か珍しいことでもあるのかと野次馬気分で近付いてきた若者が、「アレ、中はまったくカラッポだ」と驚いている。外見は葉が茂って見事だがこれだけきれいに内部が空洞になっている樹も珍しい。

（『ほほづゑ』78号）

男子厨房に入る

わが家では食事のまあ八割は私が作っていると言うと、同年輩の友人達は感心して、それは日本料理かフランス料理かと訊ねる。私の手料理はそんな高級なものとはまったく関係がない。手許にある材料を使ってなるべく美味しく食べるということが基本だから、そのレシピは私だけに通用するもので門外不出である。私は料理教室に通ったこともなければ料理の本を買い込んで勉強したわけでもない。たまにテレビの料理番組を見たり、新聞の家庭欄に載っている料理記事を見て、これはよさそうだと思うとすぐにやってみる。試行錯誤がすべてである。従ってとんでもない失敗をすることもあるが、他人様に迷惑をかけるわけでもないので気にしない。

料理を始めた理由は簡単だ。仕事を引退して毎日が日曜日になって気がついたのは、我が家のオバサン（オバアサン？）は毎日三度三度食事の支度をすることに飽きているということだ。「私は宇宙食があればそれで結構」などと言っている人間が作る料理が美味しいわけがない。それなら自分でやるかと思い立ったわけだ。やってみると料理はまことに面白い。頭を使う手仕事だけに老人性痴呆症の防止にも役立ちそうだ。気を入れて作るようになるとオバアサンは、「あなたが料理した物のほうが私の作った物よりも美味しいからこれからはみんなやってよ」と言うようになる。オバアサンの深謀遠慮の罠にはまったというか、いっそう料理に興味がわいたというか、こうしたらもっと美味しくなるのではないか、同じことを別な材料でやってみたらどうかといろいろ工夫をするようになった。私は六十数年前に大阪大学理学部化学科を卒業しているので、料理を化学実験の一種と見なすことで再び学生気分になれる。

我が家には料理の本がたくさんある。すべてオバアサンが買ってきてはパラパラ写真を眺めて、「うん　これはおいしそうだ」などと言ったまま自ら手を下して料理することなく棚の中にしまいこんだものだ。私もときどき取り出して参考にするのだが、味付けに醤油大匙二杯、酒大匙一杯、砂糖小さじ一杯にゴマ油少々などと書いてあるのは無視する。大体老人二人分の量を基本に書いてある料理の本なぞは存在しない（いや　私が知らないだけで実はあるのかも）。

私は調味料は適当に加えておいて後で味見をしながら足したり（引くことはできないが）するだけだ。私がよく使うのはイノシン酸ソーダとグルタミン酸ソーダ（すなわち味の素）の他に鰹節、ニンニクとショウガ、塩麹、唐辛子、だしの素に昆布茶である。

私のように戦中・戦後の食糧難時代を経験した人間にとって若い頃は腹いっぱい食べるの

が楽しみだった。しかし歳をとってくると腹いっぱい食べるのは楽しみであるよりも苦しみである。テレビの旅番組で旅館の食卓を覆いつくした皿小鉢が画面に出てくると目をそむけたくなる。一汁一菜とは言わないまでも一汁三菜くらいでよいから美味しいものを少量食べたいと思う。正直のところ八十歳台のオジイサンと七十歳台のオバアサンの食べる量などは知れたもので、若い人が聞いたらびっくりするだろう。我が家では米一合を炊いたら二日分のご飯に充分である。朝はトーストと目玉焼きか野菜いため程度で済ますし、昼は麺類一人前の三分の二を私が、三分の一をオバアサンが食べるというあんばいだ。従って夜だけが我が家にとっての正式なディナーということになる。オバアサンが食事を取り仕切っていた頃は、夕食時の三十分前になって「ねえ　今晩はなにを食べようか」などと言い出してがっくりしたものだが、今では昼食をとりながら私が「今晩はイカとショウガの炒め物だ。イカのハラワタは里芋と煮付けにしよう。それに温泉卵をのせたオロシ納豆とキャベツに油揚げの味噌汁だ」とか「今日はジャガイモとキノコとタマネギにコーンビーフでグラタンを作るから味噌汁の代わりにコンソメスープを卵とじにするぞ」などと宣言する。

日常の仕事をすべて私がやってしまうとオバアサンがボケてしまうおそれがあるので、カレーライスとマーボー豆腐を作るのは彼女にまかせることになっている。食後のテーブルの片付けとか皿洗いも本来なら私が手早くすませてしまうのだが、我が家のオバアサンは夕食のあと「牛になる」と宣言すると「食器洗いはあとでやるからそのままにしておいて」と言って寝てしまう。子供の頃に食事のあとすぐ横になると「牛になるよ」と親から叱られたことを覚えている人はもうあまりいないかもしれない。オバアサンは夜中か明け方に起きだして洗い物をしているようだ。かくして我が家の分業体制は一応確立している。

厨房に入るようになって台所用品についても男の立場からいろいろ思いつくことがある。流しの底に敷いていたゴムのパッドはすぐ黒く汚れるので閉口していたが、木製のスノコを買ってきて時々乾かしてはペンキで白く塗り直せば問題は解消する。通販大好きのオバアサンが衝動買いして使わないまま棚の奥にしまっておいた小さなジューサーはクリームスープを作るのにたびたび利用する。掃除しにくい魚焼き器は全く出番がなくなった。魚を焼くにはフライパンとクッキングペーパーないしアルミフォイルで済ませてしまうからだ。テレビでは焦げ付かないフライパンとか千変万化の野菜スライサーの宣伝を盛んにやっている。私も使ってみたがフライパンなぞはお値段が高いわりに性能が長持ちしない。むしろ中華鍋のほうが具合がよい。手のかからない便利なことばかり追求するよりは、多少手間がかかっても昔流のやり方で人間様の機能を保持することの方が大切ではなかろうか。そうでないと鉛筆をナイフで削れない小学生やリンゴの皮を一つなぎに剥けない若者ができてしまう。

料理にくわしい男性は世の中にゴマンといるだろうが、多分この原稿を読んで「オマエのやっていることは料理の名に値しないよ」と言うこと必定だ。それでも台所で鍋を手にしたことのなかった同年輩の男性が私の言うことに触発されて、「ではオレもやってみるか」という気になれば定年後の夫をかかえた主婦には喜ばれるのではなかろうか。いやいや「夫のオママゴトの跡片付けをやらされるくらいなら男子厨房に入ることを禁じておいたほうがいい」と言うかも知れない。

食事のことを書いたのでついでにこんな話を紹介しておこう。私はさる由緒正しいクラブの会員であり、しばしばダイニングルームで食事をするのだが、ここのカーヴは素晴らしいワインが揃えてあるばかりか美味しいバゲットが供されることでたいへん満足していた。ある有名外交官の著書によるとパンのお代わり請求はマナー違反だとのことであるが、私はおいしいので時々追加をしていた。ところがある時期からバゲットの味が変わってそこらのパン屋のものとさして変わらないようになってしまった。担当者を呼んでパンの入手先が変わったのか訊ねたところ、「いえそんなことはありません」と言う。でも最近のバゲットには発酵の過程でできる空気の穴がほとんど無いではないかと言うと、「さる会員の方からパンに穴がぼこぼこあいているのはけしからんと叱責されたので穴が多いところは取り除いて出しているのです」との返事である。教養高き筈の会員の中にもアホなことを言う人がいるもののだと呆れた。それから数日後ＮＨＫテレビの旅番組「世界ふれあい街歩き」を見ていたら、パリのブーランジュリーの親父が登場してこう言っている、「パンは空気の穴が適度にあいていることで味がよくなるのだがこの加減がとても難しい。これこそは長年の経験のたまものだ」。パンに穴のあいていることに文句をつけたクラブの会員がこの番組を見たかどうかは知らないが、暫くしてバゲットがまた元の状態に復したのは喜ばしいことである。

（『ほほづゑ』79号）

散歩の植物誌　35

ヤマフジはどのようにして道路を越えたか

ヤマフジ

この写真を見ていただきたい。ヤマフジの蔓が道路を越えて右下から左の高木の梢へとつながっている。しかし蔓性のヤマフジが空中に直立して成長することはあり得ない。ヤマフジはどのようにして道路を越えたのだろうか。左の高木をよじ登って梢から垂れ下がったところを風に揺られて右側に到達したのなら理解できるのだが、これはどう見ても成長の方向が反対である。不思議に思ってよくよく周囲を観察してやっと謎がとけた。右側にもかつては高木があったのだ。ヤマフジはその木に巻きついて梢にのぼりつめた。都合のよいことに右側の高木の梢と左側の高木の梢は互いに相接していたため、ヤマフジの先端は容易に右側の高木から左側の高木にとりつくことができたのだ。その後ヤマフジが成長して右側の高木を強力に締め付け、ついにはこの木を枯らしてしまったらしい。枯れた木は年月とともに腐って倒れてしまい、根元にとぐろを巻いたヤマフジと共に僅かに根の部分が残っている。かたわらには倒木となった幹が腐り果てて横たわっている。その結果右側の今は無き高木のてっぺんから左側へと道路を越えたヤマフジがいまだに垂れ下がりながらも伸び続けているというわけだ。成長するに際してお世話になった木を締めあげて殺してしまったヤマフジの残酷さは恐ろしい。

（『ほほづゑ』79号）

瀬戸内海を経て韓国への旅（二〇一三年九月二十三日―二十八日）

最後の最後の最後のヨーロッパ旅行と家内に宣言してクロアチアへ旅したのが二年前のことだった。昨年になって旅行会社から韓国ツアーへの誘いがあった。長時間飛行機の座席に縛り付けられるのが嫌いな私にとっては船で瀬戸内海を通って韓国に行くのは魅力的だ。韓国は仕事で二度ほど行ったことがあるのだが三、四十年も前のことなので殆ど記憶に残っていない。慶州は日本の京都・奈良にあたる古都と言われる街でもあり参加することにした。

釜山まで乗船する船はパシフィック・ビイナスで総トン数二万六千五百トン、全長百八十三メートル、乗客定員七百名である。我々夫婦が初めてクルーズに参加したのは二十数年も前、クルーズ船のはしりでもあったオセアニック・グレイスだった。総トン数五千二百トン、全長百四メートル、乗客定員百三十名の小さな船である。処女航海の時は乗客わずか十二名でダイニングルームから専属の楽団まで借り切ったような状態だった。我々はこの船が大好きで十数年にわたって海の旅を楽しんだ。瀬戸内海を航行するのも今回で多分五回目くらいになろう。

今回出発に際して長男の家族が船出のシーンに出てくるテープ投げをやってみたいからと横浜大桟橋まで送ってくれた。残念ながら午後七時の出航時には風が強く、投げたテープは横に流れて互いの手には届かなかった。船の上から眺める横浜の夜景は大観覧車を彩る千変万化のネオンをはじめとして豪華絢爛、何度見ても楽しい。横浜ベイブリッジの下をくぐって外洋に出る。

旅の二日目は新鮮な空気を胸いっぱいに呼吸しながら神戸まで外洋の航海を楽しんだ。遥かに眺める本州の最南端、潮岬は白波に洗われていた。

三日目は最も楽しみにしていた瀬戸内海のクルーズだ。瀬戸大橋を過ぎると大きな島、小さな島が次から次と現れては背後に流れてゆく。天気に恵まれ、幸せいっぱいというところだ。来島海峡大橋はいくつもの島をつないで全長四一〇五メートル。その美しさは人工構築物として世界遺産に登録するだけの価値があると思う。

昔イスタンブールを訪れた際、日本の援助で完成した第二ボスポラス海峡大橋の橋脚のてっぺんまで登ったことを思い出す。建設事務所の所長さんの案内で棺桶のように小さい、ギア駆動のエレベーターでゴトゴトとてっぺんまで登りつめ、梯子を伝って橋脚の上に出ると、海面まで一六四メートルの頂上は六畳間くらいの広さで手摺はあるものの私は立ち上がる勇気がなかった。風のある時はかなり揺れるとのことだったがその日は快晴で風もなく海峡を往来する船がはるかに見下ろされて素晴らしい眺めだった。

夕暮れ時になって関門海峡を通過する。両岸の距離は狭いところでは泳いでも渡れるのではないかと思われるほどである。玄界灘に出ると白波がたって船が大きく揺れるのが感じられる。夕食の最中に楽団が我々のテーブルの横でハッピーバースデイを演奏してくれる。本当は明二十六日が私の八十三歳の誕生日なのだが明日は下船してしまうので一日繰り上げて祝ってくれたというわけだ。食事のあとライブラリーでこのツアーの同行者が集まって自己紹介をする。クロアチアへの旅では十六名の同行者のなかに男性は二人しかいなかったが今度は十八名中五名が男性である。お仲間の平均年齢は七十五歳くらいであろうか。今回この会社のツアーに参加したのが五十三回目だという女性がいたのには驚いた。

龍頭山公園の寺院の鐘楼

　四日目の朝は釜山に到着して名残惜しくも船を下りる。ここからはバス旅行となる。現地のガイドとして我々に加わった韓国女性のキムさんはなかなかの美人なだけでなく才気煥発、韓国の歴史から現在の状況、日本の男性と韓国の男性がどう違うかまでいろいろと教えてくれる。最初に訪れた龍頭山公園はさして見るべきものもないが、寺の鐘が日本のものと構造がかなり違うのが興味深かった。鐘の下面は地面に近く、その下を浅く掘り下げ、反射した音が鐘の内部を通して上の通気穴から外に出るようになっている。鐘を突いて音を聴いてみることができないのが残念。

キムさんの話では昼近くなるとここに老人がたくさん集まって来るのだそうな。韓国の会社では定年が五十四歳なので暇な人が多いのだという説明にみんな驚く。定年後はどうやって生活するのかと訊ねると韓国は儒教の国なので親は老後を子供に面倒を見てもらうのだとのこと。そのためには子供に出世してもらわなくてはならない。従って子供の教育にたいへんな金をかける。しかし一流大学を出て一流会社に就職できないと韓国での出世を見限って外国に行ってしまう人が多いそうである。韓国では儒教の教えから長幼の序が厳しいので、老人に対してはたいへん親切だが周囲の人に対する思いやりというものがない。どうしても他人を押しのけてもということになりがちだとのこと。日本の男性は女性に拒否されるとすぐ諦めてしまうが、韓国の男性はどんなことをしてでも好きな女性を手に入れようとするのだとか。ただ結婚してしまうと夫の方が威張るし、妻は夫の親にどこまでも仕えなければならない。だから日本の女性が韓国の男性と結婚するとがっかりすると思いますよとのことだ。

釜山の名物、国際市場と魚市場を見学。

良洞民俗村

いう。ここでは太刀魚が日本の鯛にあたる高級魚なのだと煮のようなもの。味が薄くて私の舌にはぴんとこない。

レストランで海鮮料理を食す。魚と貝類のごった

慶州への途上、良洞民俗村に立ち寄る。山の合間に朝鮮時代の古い村が重要民俗資料として残されている。高いところには両班（貴族）の瓦葺屋根の家、その下には農民の藁葺き屋根が並んでいる。藁葺き屋根は鋭角に上に突き出した日本のものとはかなり違って、全体が丸くこんもりしていて網で全体を抑えてある。この村に住む人々は今でも年に一度、遠くに住む親族までが集まって先祖の霊を祀るとのこと。ただし儒教による祭祀なので仏壇を拝むわけではない。この村の訪問はたいへん興味深かった。夕方慶州着。

六日目はメインの慶州見物。仏国寺は七五一年に当時の宰相であった金大城によって創建された。次々と

仏国寺大雄殿

いろいろな建物を案内されるのだがとても覚えきれない。境内はどこも幼稚園児から小学生まで先生に引率された子供達でいっぱいだ。韓国中の子供が今日ここに集まったのではないかと思われるほどである。韓国では三十年ほど前からハングルと漢字の併用をやめて学校では漢字を教えなくなったそうだが、このままでは歴史にかかわる知識は人々の頭から消失してしまうのではないだろうか。ここから石窟庵への道は森の中の崖道で歩くには快適だった。石窟庵の有名な釈迦如来像を見るには急角度のけわしい石段を息つきながら登らなくてはならない。仏教美術の白眉と言われているここの仏像は実に穏やかないい表情をしていて見飽きない。しかしガラス窓越しにしか拝観できないのが残念だ。我が国の寺で見られる仁王像はいずれも憤怒の表情が見事だがここの仁王様はなにか間の抜けた表情で「ヤアいらっしゃい」とでも言いそうな感じである。韓国にも日本の廃仏毀釈のような儒教による仏教弾圧の時代があったとのことである。ここから古墳公園に向かう。

穏やかな表情の仁王像

十二万五千坪の敷地に二十三基の新羅王朝の古墳がある。こんもりと盛り上げられた美しい緑の小山の中には石窟があり、そのうちの一つは発掘されて内部に納められていた黄金の冠をはじめ装身具、馬具、武器などが展示されている。この公園の古墳群は小さいながらその柔らかな盛り上がりが実におだやかな優しい感じを与える。韓国の歴史には高句麗、新羅、百済間の長い抗争の時代があり、現在でもそれぞれの地方間で住民の性格の違いとか相互の反発があるらしい。豆腐料理を食べてから国立博物館を見学。最後に新羅の城址、半月城の丘を眺める。ここには何も残っていない。

夕食は「李王朝」という店で典型的な韓国料理を食べる。床で胡坐をかくのが苦手な私は閉口。金属製の細い箸が扱いにくい。韓国では食事にスプーンを使い食器を手に持ってはいけないというが、それでは我々は食べることもできない。日本流で勘弁してもらう。料理は小さな皿にのせた品が次から次と出てくる。韓国料理というと我々日本人は唐辛子入りで辛いという先入観があるのだが饅頭のような甘いものがいくつも出てくるのは意外だった。キムチに見る赤い唐辛子が実は日本から伝えられたものだということは我が国でも韓国でもあまり知られていない。

七日目はバスで直接釜山金海空港に向かって帰国の途につく。釜山郊外の丘に立ち並んだ高層アパート群はいずれも同じ形をしていて、遠くから眺めるとまるでマッシュルームが群生したようだ。韓国ではアパートは何ヶ月分かの敷金を入れれば家主はこれを銀行にあずけて金利を稼ぐことができるので借家人は実質的にただで住むことができるという。

飛行機が離陸すると僅か二時間で成田に到着。近くて遠い国韓国への旅は終わった。朝鮮半島と我が国の間には長い交流の歴史があるわけだが、大昔は言葉の問題がどのようにして克服されていたのだろうか。百済・新羅の言葉と我が国の大和言葉は互いに或る程度意思の疎通が可能なほどに似ていたのだろうか。今は外交上難しい問題をかかえた両国だが、ドイツとフランスの様に歴史を清算した関係改善が望まれる。

(『ほほづゑ』80号)

散歩の植物誌 36

花粉アレルギー

北アイルランドのロンドンデリーに住んでいた頃のことだ。冬になると日照時間が短く、出勤の際も帰宅の際も真っ暗で自動車のヘッドライトをつけなければならなかった。北海から絶えず吹きまくる激しい風と大粒の雨や雪には悩まされた。それが春になると四月頃には野原が一面にハリエニシダの黄色い花で覆われる。

その頃から私の花粉アレルギーが始まった。目が猛烈に痒くなり、鼻がつまる。私は口を真一文字に結んで眠るので鼻がつまると窒息してしまう。夜中に息ができなくて飛び起きたことがたびたびあった。帰国する際、アイルランドを離れてフランクフルトに着いた途端にアレル

スギ雄花

ギー症状は完全に消失してしまった。帰国後数年は何事もなかったが今度はスギ花粉のアレルギーになり、これには何十年もの間悩まされた。眼の痒みなどは極端な言い方をすれば眼玉を抉り出して水で洗いたいと思うくらいだ。

昔は我が国でアレルギーが話題になることはあまりなかった。現在多くの人を悩ませているアレルギーの原因は人間の側にあるのだろうか、あるいは環境の側にあるのだろうか。戦後木材の復興需要を満たすために成長の早いスギをたくさん植えたのが今になって花粉をばらまく原因だとする説が有力だ。大気汚染が原因であるとする説もある。日本人の体内に回虫がいなくなったのが原因であると奇抜な説を唱える学者もいる。私の経験からすると現在のところアレルギー症状を治癒する有効な方法はない。しかし年齢が七十歳を越えると体の抗原抗体反応が鈍くなるせいか症状は収まってくる。八十歳を越えた現在では鼻つまりや眼の痒みに悩まされることは殆どない。

(『ほほづゑ』80号)

散歩の植物誌 37

似て非なるもの

ハルジオン

ヒメジョオン

植物には明らかに別の種でありながら互いにとてもよく似ていて区別することが難しい場合がしばしばある。軽井沢あたりで早春に花を咲かせる草としてハルジオンがある。蕾は首を垂れていかにも乙女のように恥じらう風情だ。これが白とピンクの花を開くとしっかりと首をもたげ、どうぞ私を見てくださいと言わんばかりに様変わりする。この花は秋口まで咲いているように見えるのだが、実はこれは六月頃から別の植物ヒメジョオンと選手交替しているのだ。名前もハルジオン、ヒメジョオンとまぎらわしいが花も互いによく似ていて区別するのは難しい。しかしこの二つの花にはよく観察すれば素人でもはっきりわかる区別がある。ハルジオンの茎は中空であるのに反してヒメジョオンの茎には白い髄がある。またハルジオンの葉は付け根が耳形で茎を抱くように着いているのに反し、ヒメジョオンの葉は茎を抱いていない。春先に恥じらうように蕾が下を向くのもハルジオンだけでヒメジョオンにはそのようなことはない。またハルジオンには白にピンクのものが混じっているがヒメジョオンは白色だけだ。ヒメジョオンは漢字で姫女苑と書き、ハルジオンは春紫苑と書く。名前の由来についてはいろいろな本で数ページを費やして解説されているがはっきりしたことは分からないらしい。どちらも米国から入ってきた外来種だが今では日本全国に広く分布しているようだ。

（『ほほづゑ』81号）

パウル・クレーと『ほほづゑ』

私は若い頃からパウル・クレー（一八七九―一九四〇）の絵が好きだった。パウル・クレーの展覧会があれば必ず訪れ、クレーに関する美術書をいろいろと買い求めた。クレーの絵に音楽を感じる、あるいは詩を感じるという人は多い。私はクレーの絵を見ていると宮沢賢治（一八九六―一九三三）の詩集『心象スケッチ・春と修羅』が頭に浮かぶ。

わたくしといふ現象は
仮定された有機交流電燈の
ひとつの青い照明です
（あらゆる透明な幽霊の複合体）
風景やみんなといっしょに
せはしくせはしく明滅しながら
いかにもたしかにともりつづける
因果交流電燈の
ひとつの青い照明です

（ひかりはたもち　その電燈は失はれ）
　　……

なかでも「真空溶媒」（Eine Phantasie im Morgen）は詩でありながらパウル・クレーの絵のようでもある。賢治の友人はこう語っている。「彼は目で見たものは耳から聞いたように、耳から聞いたことは、目で見たように自由に感じられる人でした。音を聞いては色とか形を思い浮かべ、それが叙情詩となる人でした」。クレーの作品にはこれと類似した感覚があるような気がするのだ。

クレーはスイスで音楽教師の息子として生まれ、自身もバイオリンを学んで十一歳の時にはベルン市のオーケストラの一員として演奏活動に参加している。後年音楽家としての道を進むか、絵描きとしての道を進むかで悩んだ彼は「音楽が偉大だった時代は遠い昔のことだが、絵画の時代はこれからだ」と考えて絵画の道を選んだと言われる。後にヴァイマールで建築家グロピウスによって創始されたバウハウスにカンディンスキー等とともに参加している。ドイツにおけるナチスの台頭によりクレーの作品は頽廃芸術として非難の対象となったことからクレーは生まれ故郷のベルンに移住、この地で生涯を終えている。

大分以前の話になるが『ほほづゑ』発行人であった鈴木治雄さんが私をつかまえて「パウル・クレーの作品に頬杖をついた天使というのがありましたよ」と満面に笑みをたたえて言

われたことがある。早速教えられた本、『クレーの天使』を取り出してページを繰ると谷川俊太郎の詩と共にパウル・クレー晩年の作品である天使シリーズから三十の天使たちが収録されている。これらの絵はパウル・クレーを知らない人が見たらせいぜい子供の悪戯描きくらいにしか見えないだろう。そのなかには「まだ手探りをしている天使」「泣いている天使」「醜い天使」「幼稚園の天使」「忘れっぽい天使」のように面白いタイトルがついた天使達がいる。その一枚が「無題・両手で頬杖をつく天使」（図1）である。その脇にはドイツ語で Ohne Titel「Engel hält mit beiden Händen den Kopf」と記してある。これは直訳すると「天使が両手で頭を持っている」だがこれがはたして鈴木さんの喜んでおられるように頬杖をついていることを意味しているのかが定かでない。絵を見ていると「頬杖をつく天使」よりもむしろ「困って頭をかかえた天使」に見える。

図1　パウル・クレー
《無題・両手で頬杖をつく天使》

パウル・クレーは丹念に自身の作品総目録を作っていて、素描作品は四千八百七十七点にものぼるとのことである。いわゆるタブローは八百点ほどだということだから作品の大部分は素描と言ってもいいだろう。悪戯描きのような素描にまで制作年と表題が記されている。ところが問題の天使の絵には制作年も表題も自筆では記されてはいない。ではOhne Titel つまり表題なしとしながら「Engel hält mit beiden Händen den Kopf」という説明を付けたのは誰なのだろうか。またこれを「両手で頬杖をつく天使」と日本語に訳したのは誰なのだろう。私の所有するいくつかのクレー展のカタログにもそう記載されているところを見ると『クレーの天使』の著者谷川俊太郎ではなさそうである。

木村謹次の和独大辞典で hōzue（頬杖）を引くと die Wangen auf die Hände stützen. あるいは die Wangen auf die Hände gestützt とあって納得できる。あごを支えている場合は das Kinn auf die Hände gestützt. となっている。白水社のフロイデ独和辞典を引いても同様だ。しかし一方で（困って）頭をかかえたという表現はドイツ語にはないのだろうか。白水社の独和辞典には sich an den Kopf fassen（理解に苦しんで頭をかかえる）という例文が挙げてある。しかし文章として完結していないとこれが日本語の「困って頭をかかえている」にあたるかどうか分からないのだが、この方が絵から受ける印象に近い気がする。

私は国立新美術館のライブラリーに出向いて美術作品のなかで頬杖をついている人物像を探した。まずはロダンの「地獄の門」の上端に位置する「考える人」（図2）だ。この像は有名で誰しも知っている。余談だがこの人物の姿勢はどう考えても不自然だ。頬杖をついてい

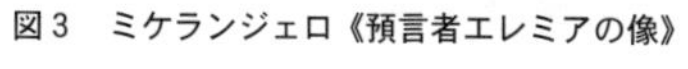

図3　ミケランジェロ《預言者エレミアの像》

図2　ロダン《考える人》

る右手の肘は右膝の上になくて左の膝の上にある。通常なら右手の肘は右の膝の上にあるのではないだろうか。自分でポーズをとってみればすぐにこれが非常に窮屈な姿勢であることが分かるはずだ。

次はヴァチカンのシスティーナ礼拝堂にあるミケランジェロによる障壁画の預言者エレミアの像（図3）、ラファエロの絵「アテナイの学堂」の中央で石段に腰かけて難しい顔をしているミケランジェロと目されている人物（図4）、それにルネッサンス期の肖像画集の中で見つけた片手で頬杖をついた女性像（図5）である。

これら四人の像のコピーを取り、これをクレーの「頬杖を突く天使」と一緒にドイツ語を母語とする知人に示して意見を聞こうと考えた。

年末の東京倶楽部の忘年会でたまたまスイスのドイツ語地域出身の友人と同席したので彼に訊ね

図4　ラファエロ《思考する人》

図5　ルネッサンス期の肖像画

てみた。私が示したクレーの「頬杖をつく天使」のコピーを見ての彼の意見は次のようなものだった。これは天使が耳をふさいでいるか、あるいは頭を叩かれるのを避けようとしているかのどちらかではないだろうか。いずれにせよ頬杖をついているとは見えない。頬杖をついている場合は stützen という動詞を使わなければならないがこの説明文では halten になっている。ロダンの「考える人」もミケランジェロの「預言者エレミア」もラファエロの「アテネの学堂」に出てくる人物も頭あるいは頬を手で stützen しているから疑いもなく頬杖をついているのだ。彼の意見で私の疑問もかなり解明された。鈴木さんの喜びに水をかけるようなことになって申し訳ないのだがやはり天使は頬杖をついているわけではなさそうだ。残された疑問はドイツ語の説明文をつけたのは誰かということと頬杖と日本語訳をつけたのは誰かということだ。

私はスイスのベルンにあるパウル・クレー・センターに質問状を送ろうかとも考えたが日本語の頬杖という言葉の意味するところを説明するのも面倒なのでとりあえず日本パウル・クレー協会にメールで問い合わせてみた。協会の新藤さんという方がご親切にすぐ返事をしてくださったのでその内容を簡単に述べると次の通りである。

天使シリーズ「無題」に個々のディスクリプションを付けたのは息子のフェリックス・クレーで作品整理のために付けたのだと思われる。頬杖の訳語を誰が付けたのかは不明である。クレー作品の画題邦訳には定訳がなく、画集の出版、展覧会の開催時などで、その都度、著者、翻訳者、監修者らが邦訳を作ってきた。絵は頬杖をついているわけではなく、両手で頭を抱えていて指摘されたとおり困った表情である。将来クレー協会が関わる画集出版や展覧会への展示の機会があった場合には正しい訳語を付けるようにしたい。

これで私の疑問も解明されたわけだが、ふと考えた。頬杖をついた姿が最も相応しい日本人は誰だろう。ワンマン宰相吉田茂だろうか、酒仙横山大観だろうか、はたまた鼻下に髭を蓄えた夏目漱石だろうか。吉田茂はやはり葉巻をくわえた姿が似合っているし、横山大観は脇息にもたれて酒杯を手にしているほうが彼らしい。頬杖ナンバーワンはどうやら夏目漱石に落ち着きそうだ。

最近の若い人たちは頬杖をつくことはあっても頬杖という言葉を知らないのではないだろうか。

（『ほほづゑ』81号）

インドシナ三ケ国世界遺産への旅　二〇一四年三月十一日―二十一日

初日

昔からアンコール・ワットを訪ねるのが私の夢だった。東南アジアへは仕事で数え切れないほど旅しているものの、インドシナ半島はベトナム戦争とかポルポト派の支配とかいろいろ問題があってこれまでタイしか行く機会がなかった。今回旅行社から「インドシナ三国とっておきの世界遺産めぐり」と称するツアーへの誘いがあったので参加することにした。参加者総数十九名、うち男性五名である。成田空港から六時間半でハノイ着、カンボジアのシェムリアップへの飛行機を待つことになる。待合室は原色に近い派手な服装の韓国人旅行者で大賑わいだ。あたりかまわず大声で仲間を呼んだり荷物を拡げたりしている。昔日本の農協団体が海外で顰蹙をかったものだが今や韓国の団体がそれにとってかわりつつあるようだ。機内に搭乗して窓際の席だけがどれも空席になっているのを不思議に思っていると、後から乗り込んできた韓国人たちがそれぞれ窓際の席に座る。多分韓国の旅行社がベトナム航空に手を廻して自社の客に窓際の席を確保したのだろう。入国手続きをしていてカンボジアが今も王国なのに気がつく。シアヌーク殿下が中国で客死して以来この国は共和国になっているものと思っていた。五十三歳の現国王はシアヌークの息子で未婚であるとのこと。夕暮れのなかを宿泊先ソッカレイ・アンコール・ヴィラに向かう。

アンコール・ワット遺跡

二日目

四時半にモーニングコール、五時半にバスでアンコール・ワットに向け出発。ホテルに出入りするたびにドアマンが両手を合わせて頭を下げるしぐさがとても優雅だ。アンコール・ワットではまず事務所で行列して顔写真入りのパスを発行してもらう。これを入り口で提示してはじめて域内に入場できる。まず眼に入るのが東西一・五キロ、南北一・三キロ、幅一九〇メートルの大きな濠だ。西の参道から眺めるとまだ薄明の空にアンコール・ワットの象徴でもある五つの塔のシルエットをくっきりと見ることができる。アンコール・ワットが作られたのはクメール文化の最盛期にあたる十二世紀スールヤバルマン二世の時代とされているがその規模の大きいのに驚く。観光客が日の出を待って大勢集まっている。まだ五、六歳の小さな子供たちが絵葉書を買ってくれと付きまとう。三、四十分もしてやっと白く輝く太陽がアンコール・ワットの向こうに顔を出して人々の間から歓声があがる。

明るくなったところで三重になった回廊の一番外側を眺めながら歩く。ヒンズー教の神話ラーマーヤナやマハーバーラタの物語を壁一面に浮き彫りにしてある。たびたび美術書などで眼にしてきたものだ。彫刻というよりは壁を埋め尽くした長大な絵巻物のような感じである。出雲神話のヤマタノオロチならぬ七つの頭を持つ蛇ナーガがあちこちに登場する。神々と悪魔がナーガの体を抱えて綱引きをする姿は面白い。天女アプサラスの美しい姿を写真におさめる。この回廊をじっくり見て歩いたら一日がかりになりそうだ。アンコールの遺跡群はヒンズー教と仏教とが複雑に混交して出来上がったものと考えてよいのだろう。

濠のそばで派手な服装の女性たちが群がっている。これから結婚のお祝いをするのだとか。ガイドのチョムさんの話では結婚の祝宴は二日にわたり、最初の日は花嫁の家で近親者が宴会を催し、二日目は花婿の費用持ちで大勢の知人をレストランに招待するのだという。日本の金にして五十万円ほど貯めないと結婚できないとのこと。婚活中のチョムさんにみんな同情する。カンボジアの第一印象は力強く高く伸びた木だ。わが国の樹木に比して自由奔放、誰に遠慮することもなく天高く成長したという感じがする。道端の林の中でハンモックを吊って寝ている人をあちこちで見かける。

ホテルに帰って朝食。朝早かったので休憩して昼食を済まし、三時頃からバンテアイ・スレイの遺跡見物に出発。陽射しきびしく暑さ甚だし。バンテアイ・スレイは女の砦を意味し、十世紀にジャヤバルマン五世が作ったとされている。リンガの列柱を通った先に男女の交合を象徴するヨニとリンガを組み合わせた石が置かれてある。バンテアイ・スレイはアンコール・ワットよりも規模は小さいがバラ色の砂岩を刻んだ模様は彫りが深く精緻な出来だ。東洋のモナリザと呼ばれる女神デヴァーターの像は優雅そのものである。フランスの作家アンドレ・マルローがその美しさに魅惑され、盗み出そうとして逮捕された話はよく知られている。番人にチョムさんが金でもやったのか周囲に張った縄をはずして我々を中に入れて見せてくれる。見物中絶えず不気味な鳥の鳴き声がする。なんの鳥かとチョムさんに尋ねてもバードと言うのみ。

バンテアイ・スレイ遺跡

三日目

早朝アンコール・ワットの東門から入場。澄み切った青空を背景に遺跡全体が一望のもとに見渡せて実に見事だ。インドネシアのボロブドール遺跡を訪れた時の感動がよみがえる。しばし感嘆して言葉がない。これほど巨大な遺跡が一八六〇年に再発見されるまでジャングルの中に埋もれていたというのは信じられないような話である。第二回廊では数え切れないほどのアプサラスの姿を見かける。姿態はさまざまだが豊かな乳房が特徴だ。第三回廊へは傾斜三十五度の階段四十七段を手すりにつかまって登る。頂上に王の沐浴場がある。ここからの眺めは素晴らしいものだった。ホテルに戻って休息。

夕方になってアンコール・トムへ。ここは十二世紀にジャヤバルマン七世によって作られた都で、中心にあるバイヨン寺院が有名である。アンコール・トムを構成する石はアンコール・ワットよりもサイズが小さく対角線上に穴があけてある。チョムさんの説明によるとこの穴に棒を差し込んで縄をかけて石を運んだとのことだ。基壇に登ると四方から巨大なブッダの顔がいわゆる「クメールの微笑」をたたえてこちらを見下ろしている。ボロブドールのブッダは日本人になじみのある穏やかな表情だが、ここの仏像の謎めいた顔つきは優しく微笑んでいるようでもあり、不気味な感じでもある。開いているとも閉じているともつかない瞳、厚い唇が印象的だ。四十九ある仏塔に全部で一九六の顔があるという。ホテルに戻る途中スラ・スランで濠のかなたに赤く夕日が沈むところを眺める。夕食は屋外にしつらえた舞台でアプサラ・ダンスを見ながらとることになる。

四日目

タ・プロム遺跡

早朝タ・プロム遺跡の見学に出発。ここはジャヤバルマン七世が母を弔うために作った寺院とされている。ここでは大きなガジュマルの木がまるで大蛸が獲物を絡めとるかのように建物に根をまきつけ異様な眺めだ。奇観というしかない。熱帯植物の生命力の強さを感じさせる。アンコールの遺跡も再発見された際はこれに似た状態であったのを木の根を取り除いて旧に復したのだという。

昼食後国立博物館を見学して空港に向かう。タイを含めてインドシナ半島の四ヶ国の関係は現在どうなっているのだろう。チョムさんの話によるとカンボジアはラオスとは友好関係にあるがタイやベトナムとはあまりよい関係にあるとは言えないとのこと。タイ、カンボジア、ラオスの言葉は似ていてある程度相互に理解できるらしい。しかし旅行社から配布された資料を見ると数の数え方はカンボジア語がモイ、ビー、ハイ。ラオス語とタイ語がヌン、ソン、サーム。ベトナム語がモット、ハ、バ。とかなり違う。文字はどれもインド由来のようだが見た目はそれぞれ少しずつ異なっている。ベトナムは歴史的に中国の影響が強く、漢字の借用が多かったらしいが十七世紀にフランスの植民地となり、宣教師がローマ字をもとに考え出したクォック・グーという独特の文字が広く使われるようになった。今では漢字やクメール文字を理解する人はあまりいないということだ。

ラオスのルアンプラバンに着陸にあたって窓からあたりを見回すと、ここはまさに山に囲まれた盆地である。空港ビルは小さいながら完成したばかりの清潔なものだ。ホテルに向かうミニバスの中で現地ガイドのトクさんが達者な日本語でいろいろ説明をしてくれる。空が曇っているのは天気のせいではなく、焼畑のせいであるとのこと。周辺国では米は二毛作だがラオスは一毛作で、しかも作るのはモチ米だけだそうな。普通の米は逆に輸入に頼っているとか。ベトナム人は自分に都合の悪いことには反抗するがラオス人はすぐあきらめてしまう。ボー・ペン・ニャン（まあいいじゃないか）というのが挨拶代わりになっているという。ルアンプラバンは世界文化遺産に指定されているがそのために交通信号の設置もスーパーを建てることも禁じられており、住宅の改築も難しい。新しい家を建てたい人はこの町の土地建物を三十年契約でリースしてよその街に家を建てているとのこと。宿泊するホテル・ジュリアナはバンガロー風のしゃれた建物である。

五日目

今日はメコン川クルーズだ。木で組んだ長い階段を降りて細長い屋根付の船に乗り込む。流れはさほど速くなく濁り水である。増水期には水面が十数メートルは上がるとのことで岸にある家からは長い仮の梯子が川面まで下がっている。現在は渇水期で中洲が広がり一時的に畑になっている。中洲は国のもので賃料を払って耕作するのだという。川沿いは鬱蒼とした森で特に見るべきものもなく、ところどころで水牛や象が群れている。焼酎を作っている小さな村に立ち寄る。仏像が多数奉納されているパークー洞窟を訪れたあと対岸のレストランで昼食。竹の筒に入れたモチ米を炊いたものはなかなか美味しかった。水牛の肉は硬くて美味しいとは言いかねる。街に戻ってワット・シェーントンという寺院を訪れる。この街にはたくさんの寺院があるが私の目にはワット・シェーントンが際立って美しく思えた。均整のとれた屋根の重なり具合や黒地に黄金の彩色を施した内部はブッダの像もふくめて素晴らしいものだった。夕方大通りの賑やかなマーケットを歩く。

六日目

早朝五時半ホテルを出てルアンパバンの僧侶たちの托鉢風景を見に行く。ルアンパバンには八十ほどの寺院があり、それぞれ二十人ほどの僧がいるとのことだ。彼らは毎朝オレンジ色の衣をまとって寺院の周辺で托鉢を行う。老いた僧侶から始まってまだ幼い子供僧侶までが行列を作って裸足でやってくる。肩肌を半分出しているのは一時的に修行に加わっている若者だという。メイン・ストリートの片側に茣蓙を敷いて横座りのまま並んだ女性たちは、それぞれ炊きたてのご飯を容器に入れておいて前を通る僧侶のささげる丸い盆に少しずつ入れて手を合わせる。逆に老いた僧侶が托鉢鉢の中から空のまま置かれた箱の中にご飯を喜捨してゆくこともある。これは貧しい人たちがあとで分けて持ち帰るらしい。托鉢が早朝に毎日行われ、住民がそれを当然のこととして受け入れているということは驚きだ。ホテルに戻って食事。旧市街を散歩し、王宮博物館を見学。夕方の便でベトナムのハノイに向かう。ハノイまでは一時間たらずのフライト。ホテルはハノイ・ソフィテル。

ラオス、ルアンパバンの托鉢風景

七日目

朝は八時半にホテルを出発。ハノイは大都会なので私は海岸に近い所にあると考えていたのだが実はハロン湾まで一五〇キロもあり、バスで四時間かかるというのが意外だった。バスに乗り込んだ際に私が手荷物を前の座席の下に押し込むと家内がそんなところに置いてはいけないと言う、頭上の網棚にのせると今度は置き方が悪いと文句を言う。思わず「うちのバアサンは全く口うるさいな」と大声で言うと前の席に座っていたオジさんが振り向いて「渡辺さん聞こえましたよ。同情します」と笑った。この人は写真が趣味でよく旅行をするそうだが奥さんを同伴したことはないとのことだ。ところが通路を隔てて隣の席に座っていた女性が「仲良く喧嘩できる相手がいて羨ましいわ」と言うのだ。夫を亡くして一人旅をしている女性のいかにも実感のこもった言葉に私はシュンとなった。このあとバスを降りるに際して私はバッグを置き忘れてバアサンに叱られることになる。やれやれ。バスは街の中心を抜けて郊外を走る。雨空の下どこも道路工事で泥だらけだ。新しく舗装された道路に面した家はいずれも幅が三、四メートルしかなく奥行きばかりが長い。まるで京都の町屋だ。しかも殆ど三階建てである。土地の値段が道路に面したところの幅で決まってしまうためにこんな構造になるのだという。道路わきを観察しているとどの店も内部はきれいに掃除されているのに、家の周囲はゴミで一杯だ。長時間のバス旅行なのでガイドのチイさんがいろいろとベトナムのことを説明してくれる。この国では何をするにも大なり小なり裏金が必要ですと言う。役所に何か頼むときはもちろん、子供の成績を良くするにもお金がいるし、医者も先にお金を払わないと診察してくれないそうだ。この国で羨まれる仕事は役人、医者、警官、先生です、などなど。

ハロン湾に到着。ユネスコにより世界自然遺産として登録されたこの海域には大小二〇〇〇もの島や奇岩が散在していて海の上の桂林とも言われている。港には白く美しい観光船がいくつも停泊している。歓迎の太鼓の演奏を見ながらオウコウ号のキャビンに入る。オウコウ号は三層になっていて船室が三十二あり、小さいながらも宿泊施設としては完璧だ。昼食のあとテンダーボー

ハロン湾をクルーズ船で行く

手漕ぎの舟に乗り換えて水上漁村を見学

トでヴンヴィエンの水上漁村を訪問。手漕ぎの船に乗り換えて海に浮かんだ村の生活を間近に眺める。いくつも並んだ筏の上に粗末な家があり、子供が犬と戯れている。小さな幼児は海に落っこちたりしないのだろうか。右に左に通り過ぎてゆく大小さまざまの島は水際の崖から木が生い茂り、うっすらとかかった靄の中で水墨画のようだ。忘れがたい景色である。夕食時にはベトナムの二弦琴と一弦琴にチターのような楽器で音楽を聞かせてくれる。

八日目

朝食のあと希望者は救命胴着をつけてカヤックを漕ぎランハビーチまで行く。我々はテンダーボートで後を追う。素人の漕ぐカヤックでも結構速いのに感心する。これだけ島が多いとボートを漕いでいて行く先が分からなくなったりはしないのだろうか。ビーチで揃って記念撮影。昼食のあとはハロン湾最大の鍾乳洞スンソット洞窟を訪れる。私が今までに見たいずれの鍾乳洞よりもはるかに大きく見事だ。天井までの高さは三十メートルもあるという。夕食は船の停泊場所からすぐ近い天然洞窟の中でとることになる。イルミネーションで飾られた洞窟の内部は夢物語に出てきそうな美しいレストランといった感じだが、実はこのツアーのために船員たちがテーブルや舞台、さらには調理道具まで持ち込んでアレンジしたものだという。昨夜の一弦琴奏者が口琴までくわえて熱のこもった演奏をしてくれる。かつて聴いたことのない音楽だが激しく心を揺さぶられる思いだった。

ハノイの街を行くバイクの洪水

九日目

今日はクルーズの最後の日だ。朝食のあと鉛筆のように尖ったティートップ島にテンダーボートで渡る。石段を息つきながら展望台まで登る。かなりの高みから眺める景色は天気がよければ素晴らしいだろう。オウコウ号に戻って上陸の準備をする。船員たちと名残を惜しみながら下船。バスでハノイに戻る。

十日目

ハノイの街には大きく枝を拡げた街路樹がかなり行儀悪く並んでいる。その下はバイクの洪水だ。私は世界のいろいろな街を歩いてきたがハノイの街を一人で歩く勇気はない。ハノイを一言で表現すれば「混沌」だろう。バイクは三人乗りまでは公認されているとのことだが四人乗りも見かける。これだけの人間が生存競争に揉まれれば強靭な性格になること疑いなしである。朝食のあと人力車シクロを連ねて旧市街を廻る。

家々は狭いところに上へ上へと三階四階に積み上げ、

建築基準法などなんのそのといった感じだ。電線が両手で抱えるほどの黒いスパゲッティの塊になってあちこちでぶら下がっている。配線が故障したらどうやって直すのだろう。商店街に歩道はあるのだが、軒先には品物が並べてあり、バイクが停めてあり、人々がプラスチック製の低い腰掛にかけて話し込んでいる。日本で言えば風呂場の腰掛のようなものだ。いわゆる「しゃがむ」姿勢で尻を台におろしていると形容したら分かってもらえるだろうか。

食事のあとベトナムの伝統文化が保存されているドゥンラム村を訪れる。周辺の田んぼの中に石造りの墓が勝手な方向を向いてばらばらに点在するのは不思議な眺めだ。村に入ると煉瓦積みの塀に囲まれた狭い石畳の道路を車が通り牛を引いた爺さんが通る。どこの国にも伝統文化保存のためにきれいに整理された村があるのだが、ここはまったく日常の生活がそのままだ。古い寺院の中にはたくさんの仏像が並び、親子で線香をあげて手を合わせている姿を見かける。ハノイに戻って夕食をとり、東京までの夜行便を待つことになる。

今日で「インドシナ三国とっておきの世界遺産めぐり」の旅は終わった。年寄りにはかなりハードなツアーだったので十九名の参加者のうち五名は体調をくずしたようだ。添乗員の石田彩奈さんは背も高く気は優しくて力持ち、我が家の孫の慶子そっくりである。嫌な顔ひとつ見せずにみんなの世話をしてくれたことに心から感謝。

（『ほほづゑ』82号）

散歩の植物誌　38

葉っぱは左右対称か

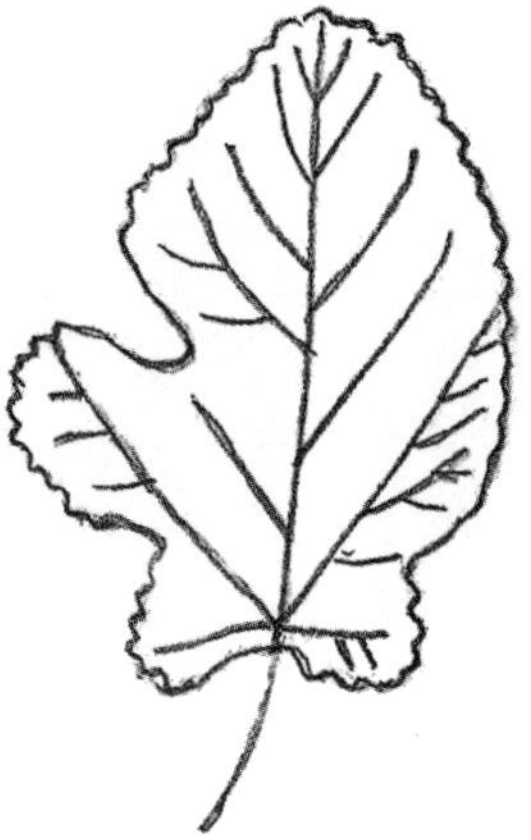

草や木の葉は一見すると葉軸をはさんで左右対称に見える。しかし個体間の僅かな違いは別として、草木の種類によっては葉の左右が必ずしも対称ではない。私は樹木の葉だけを対象にした図鑑を七冊ほど持っているが、そのなかには葉の特徴として左右不同または左右非対称と記載されているものがいくつかある。念のため葉が左右不同とされている植物を書き出してみると次のようになる。ヤマグワやコウゾのようなクワ科の木は葉が図のように左右で形が大きく異なっている場合が多いし、ボダイジュのようなシナノキ科の葉やマンサク科の葉は左右がねじれたようにゆがんでいる。ハルニレのようなニレ科の葉は左右で面積が異なっていることが多いがそれほど極端な差ではない。チョウセンアサガオは一年生の草の類だが大きなトランペット状の花を咲かせるキダチチョウセンアサ

キダチチョウセンアサガオ

ガオは二メートルほどの高さの木になる。自宅の近くで見つけたキダチチョウセンアサガオの葉が葉軸に対し根元のところで左右がかなりずれているのに気がついた。（写真参照）

当初これは突然変異の個体かと思っていたが、あちこちで見つけたキダチチョウセンアサガオについて調べたところ、個体によって異なるが、多くの場合に右側が切れ込んだ葉と左側が切れ込んだ葉と左右対称の葉とがそれぞれ同じくらいの割合で存在することが分かった。他の樹木でこのような現象を見かけることはめったにない。私にとっては新しい発見である。

（『ほほづゑ』82号）

散歩の植物誌 39

ハナイカダとナギイカダ

ハナイカダとはいかにも百人一首にでも出てきそうな優雅な名前だが、その由来は葉の表面の中央部分に花が咲くところからきている。花といっても小さく淡い緑の四弁の花だが、これが実となって黒く熟すると図のようになる。一見この木のすべての葉に蝿が一匹ずつとまっているような不思議な姿だ。（図1）よく観察すると主葉脈が実のところまで太くなっている。これは葉脈と花軸が癒着しているということらしい。

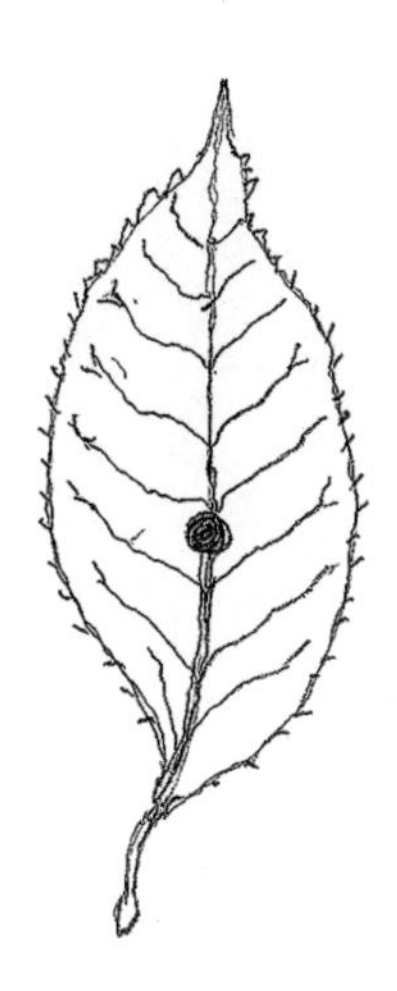

図1　ハナイカダ

ナギイカダはやはり葉に花が咲き実がなるところからハナイカダにあやかって名付けられた外来種だが、ハナイカダのように優雅な感じはない。葉はまるで鋼鉄で固めた装甲車のようで写真に見られるごとく硬く尖っていて触るとはなはだしく痛い。これは葉のように見えるがじつは枝先の変化したものだとのことだ。本当の葉は退化してほとんど見分けることができない。

写真1　ナギイカダの花

写真2　ナギイカダの実

したがって実態としては枝先に小さな花が咲き（写真1）、熟すと赤い実がなるわけだ（写真2）。
日比谷公園の外堀通りに沿ってナギイカダがかなりの距離にわたって植えられているのだが気がつく人はいない。花はハナイカダ同様に淡い緑の小さいものでよほど注意しないと見落としてしまう。花弁は六つあり外側の三つが大きい。実は美しい赤色に熟す。鋭い棘に引っ掻かれて痛いのを我慢してどうやら花と実を写真に収めることができた。日比谷公園内にある日比谷花壇の店員にこの植物が何か知っているかと訊ねてみたが「知りません」の一言でまったく興味を示さなかった。

（『ほほづゑ』83号）

『「大発見」の思考法』読後感
ノーベル賞受賞者山中伸弥・益川敏英両教授の対話

昨年青色発光ダイオードの研究にかかわった我が国の学者がノーベル物理学賞を受賞された。まことに喜ばしいことである。今後も受賞者が続出されることを期待したい。

本稿主題の『「大発見」の思考法』（文春新書　二〇一一年）はそれぞれ異なった分野でノーベル賞を受賞した二人の研究者の対話を記録したもので多くの示唆に富んでおり読んでいて興味がつきない。

山中さんの説明によると人体を構成する六十兆の細胞はすべて同じ遺伝子を持っているが、分化のために特定のページしか読めないようなメカニズムが働いている。精子と卵子が合体して受精卵になった時にのみ初期化が起きる。ところが山中さんがマウスの細胞に四つの遺伝子を入れたら同じような初期化が起こった。三万個もあるとされる遺伝子からこの四つを突き止めるのは難しかった。百個に絞ってさらに二十四個に絞り込み、そこから先は足し算でなく引き算の考え方で解明することができた。同じことを人間の細胞でも発見し四つの遺伝子は〝ヤマナカ・ファクター〟と呼ばれるようになった。iPS細胞と命名するについては当時世間でポピュラーになっていたiPodにあやかろうという期待もあったとのこと。

益川さんのノーベル賞受賞の理由は「自然界にはクォークが少なくも六種類以上あることを予言する、CP対称性の破れの起源の発見」だが、益川さんがクォーク四元モデルから六元モデルに閃いたのは風呂から立ち上がった瞬間だったとのことだ。山中さんもシャワーを浴びながらなぜ特定の遺伝子がガンを引き起こすのかを考えていたところ、ふと素晴らしいアイデアが閃いたので大声で「よし」と叫んだため夫人はびっくりしたらしい。風呂やトイレは外から雑音が入ってこない状況の中に自分だけの世界があってインスピレーションが湧きやすいのではないか。

益川さんはもし自分がノーベル賞を受賞するとしたらそれは二〇〇八年であると正確に予想していた。益川さんがノーベル賞受賞の連絡を受けて「そんなに嬉しくありません」と答えた真意は次のようなことだったとのこと。通常は賞を出す側が「受けていただけますか」と打診し、受ける側が「たいへん光栄です」と受ける。ところがノーベル賞の場合は「貴方に決まりました」という連絡だったのでカチンときたとのことである。

山中さんがiPS細胞ですごいと感じたのはiPS細胞から心筋に分化した細胞がトックトックと脈を打っていたのを見た瞬間である。なにか自分の心臓も同じタイミングで拍動しているような不思議な感覚であったとのこと。その感動がいかばかりであったかは素人の私にも想像できる。

二人とも子供の頃から数学が得意だった。また機械をいじるのが好きだった。数学が好きだということは計算が速く出来るということではない。物事の論理性に興味を持ち、それを面白いと思えるかどうかである。しかし国語力がすべての基本にあるということでは二人とも意見が一致している。益川さんも山中さんもサラリーマンではなく自営業の家庭に育っている。

山中さんは自身をサイエンティストというより技術者のように感じているとのことだ。益川さんは大学に入ってからも数学と物理のどちらに進むか日替わりで迷っていたという。数学は目鼻立ちがはっきりしているのでとっつきやすい。益川さんは他人の意見に常に異論をたてることから坂田研究室では「いちゃもんの益川」と呼ばれていた。

二人とも言っているのは科学が発展すればするほど科学的な事柄が人の生活から乖離してゆくということ。それを「科学疎外」という。二十年前は「なぜこの実験はこういうことをするのか」を理解しながらすべての実験を自分でやっていた。けれども今は例えば次世代シークェンサーの中で起きていることを普通の生物学者が実際に理解するのは現実的に不可能。研究が分業化の方向に進んでいくのは止められない。

人間には直線型の人生と回旋型の人生がある。山中さんはずいぶん回り道をしてきたように思えるが回り道したからこそ今日の自分があると感じている。ベンチャー企業を興して失敗した場合、日本人だと「もうダメだ」とお先真っ暗みたいな気持ちになって立ち直れない人が多いが、アメリカでは「ベンチャーを興して潰した」ということ自体がすごい経験だと評価される。

野球では打率三割は大打者だけど研究では仮説の一割が的中すればたいしたもの。二割打者ならすごい研究者、三割打者だったら逆にちょっとおかしいんじゃないかと心配になる。つまり実験データをごまかしているんじゃないかと疑われる可能性がある。山中さんはｉＰＳ細胞を発見したあと、別の研究者に追試してもらい、再現性を確認している。ここが昨年世間を騒がせたＳＴＡＰ細胞の事件とは異なるところである。

科学というと理詰めの世界で、四角四面で、感受性とはほど遠いところにあると思っている人も多いが、心からびっくりできる、感動できるということが研究者にとって必要な才能である。

益川さんは二晩三日にわたって眠らずにプログラムを書いたことがある。夢中になっていると眠っている間にも思考が進む。（レム睡眠で脳が働いていることの実証か）大きな構想を練っている時は机の前でじっと座って考えていたのでは行き詰まってしまう。むしろ歩きまわることがよい。山中さんは学生時代に「ひとりごと賞」をもらったことがあるとのこと。

小林誠・益川敏英理論発表から二十年後トップクォークが発見された。六種類のクォークが「ｃｐ対称性の破れ」を起こすことが実験により証明されたのはそれからさらに十年近く過ぎた二〇〇二年であった。物理学では理論と実験がはっきり分かれている。高エネルギー実験では一つの論文を書くのに千人単位の人間が参加している。トップクォークが見付かった時の論文はわずか五ページの論文だが、そのうちの一ページ半はオーサーの名前の羅列である。一方理論の方のオーサーは一人か二人に過ぎない。現在の科学研究には組織全体を廻してゆくチームリーダーと個々の研究で中心的な役割を果たすゲームリーダーが必要である。

遺伝子の世界では世界中の研究者が協力して二十年以上かかって一人の人間のゲノム配置を決めていたのが最新のシークェンサーを使えば十日で全部分かってしまう。

山中さんは研究者にとってプレゼンテーションの技術がいかに重要かを強調している。日米でここに大きな違いがあるとのこと。

「なぜ一番でなくてはならないか」という政治家の発言。一番を目指さなくては新しい発見はない。

益川さんは挫折を知らない人生である。山中さんは米国から帰国して挫折した。勤め先探し、研究環境で我が国は米国に遠く及ばない。海外で大きな仕事をしていた人が帰国すると鬱状態になって臨床医に戻るケースがかなりあるとのこと。

『ネイチャー』誌による科学者の幸福度の調査では日本は最低。

益川さんは音楽好き。バッハ、ベートーベン、バルトークが好きでモーツァルトは好きでないと言う。その理由はモーツァルトはやりっぱなしで作品に磨きをかけていないからとのこと。

日本の科学者はみんな天才ではない。秀才の延長だ。南部陽一郎さんだけは天才である。

益川さんは単なる無宗教ではなくて他人の信心もやめさせたいほうである。科学は「肯定のための否定」の作業である。科学者にとって「神」の英語訳は「ゴッド」じゃなくて「ネイチャー」だ。

山中さんは医者として病に苦しむ患者さんに良くなってもらいたいという気持ちは強いが、iPS細胞から生命体をつくろうという考えは持っていない。

読後感、益川・山中お二人の強烈な個性に感銘を受けた。この対談を読んで、私自身は理

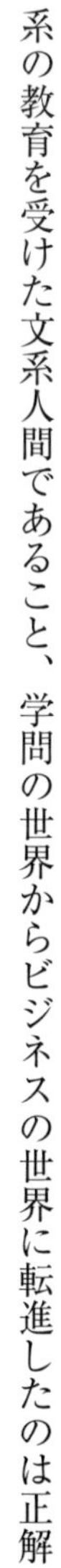
系の教育を受けた文系人間であること、学問の世界からビジネスの世界に転進したのは正解であったことを再認識した次第である。

（『ほほづゑ』83号）

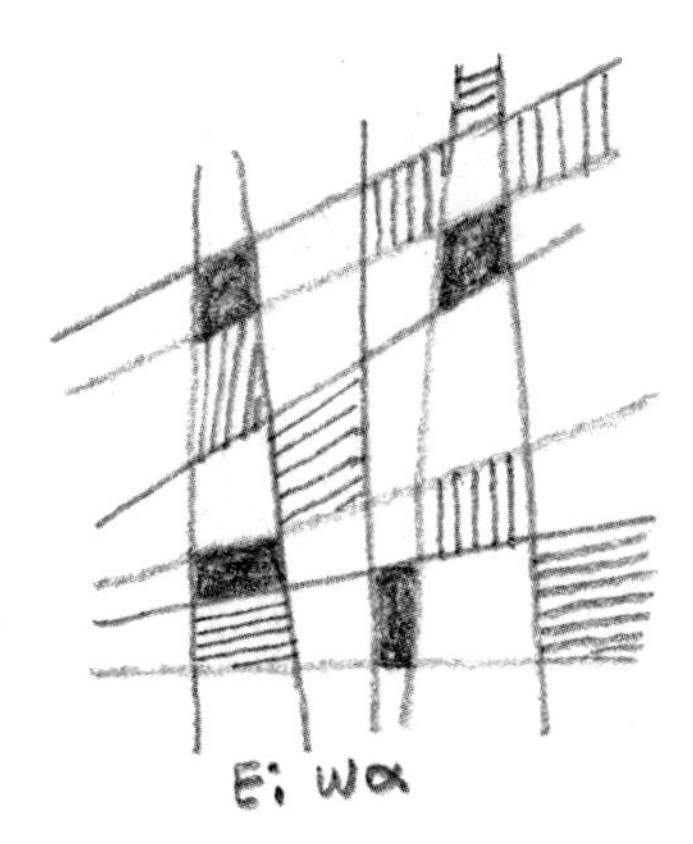

嵐のような音楽を聴きました

我が家はサントリーホールから歩いて十分の距離にあって毎月読売日本交響楽団の定期演奏会を楽しんでいます。九月の定期演奏会でモーツァルトのピアノコンチェルト二十四番を聴いたあと、凄い音楽を聴きました。

演目はバッハの「ゲッセマネのわが主よ」とあったのでまあ穏やかな宗教音楽だろうと考えていたのですが、演奏前に次々といろいろな打楽器が運びこまれ、これではステージがあふれてしまうのではないかと心配しました。プログラムを読み返してみるとバッハの原曲をストコフスキーが弦楽合奏曲に編曲し、それに指揮者の下野竜也がカレル・フサという現代作曲家の合唱曲を付け足して一つの音楽として演奏すると書いてあるので驚きました。ストコフスキーと言えば若い頃「オーケストラの少女」という映画に出演していた姿を思い出します。この曲では管楽器も三管編成どころか四管編成でシロフォンの類も四台並んでいます。楽団員がステージに揃うと足の踏み場もないほどでした。後ろの観客席には上野学園大学の合唱団が並んでいます。

さて音楽は静かなビオラとチェロのメロディーで始まったのですが暫くするといろいろな

楽器が加わってだんだんと音が大きくなります。しばらくして全ての楽器が参加してトゥッティになると嵐のようなという表現を超えて、狂瀾怒涛の音の洪水です。ベルリオーズの曲には楽器として大砲を撃つという場面もあるそうですが、そこまではないにしても私としては大いに驚かされました。指揮をする下野竜也が指揮台からころがり落ちそうになりながらも小さい体で見事にオーケストラを動かしてゆきます。合唱団もただ歌うだけでなしに楽譜を小脇に抱えて手を叩く、足をガタガタ踏み鳴らすという異例の参加です。聴衆も酔ったように音の渦に巻き込まれました。こんな音楽はテレビやＣＤでは迫力が感じられないでしょうね。生音楽の魅力はこんなところにあるのだとつくづく思いました。

演奏が終わったあと、各楽器の演奏者達が指揮者の指示で立ち上がって聴衆の拍手にこたえたあとも下野竜也自身が繰り返し繰り返しステージに呼び戻されました。私が会場を引き上げるときに後ろを振り返って見たところ、楽団員がもう誰もいないステージに向かって座席に残ったまま拍手を続ける聴衆がかなりいました。こんな嵐を思わせる音楽を聴いたのは初めてで私も興奮しました。

（『ほほづゑ』83号）

散歩の植物誌 40

イノコズチとチヂミザサ

私の幼い頃には東京のど真ん中にも子供達の遊び場になる空き地がたくさんあった。そこには雑草が生い茂っていて、夕方遊び疲れて家に帰るとズボンや靴下にはイノコズチの実が一面についていて手で払ってもなかなか取れなかった。イノコズチの実を顕微鏡で観察してみると図のような形をしており、矢印の方につまめば容易に取れるが反対方向に払っても取り除くことはできない。軽井沢の家のまわりに地面を這う小さな笹の葉のような草が増えてきた。これはチヂミザサで笹の類ではないのだが葉のふちが縮れているのが特徴だ。この草があたりに生え揃ったらなかなか趣があるのではないかと喜んでいた。チヂミザサは繁殖力が強くどんどん勢力範囲をひろげてゆく。ところが秋になって穂を出し小さな実を結ぶと、まったく予想して

イノコズチの実

チヂミザサ

いなかったことで閉口した。実には鋭いノギがあってイノコズチのように衣類の裾にとりつく。それだけならイノコズチ同様でまだ許せるのだが、チヂミザサの場合は同時に粘液を分泌してベトベトと張り付くのだ。チヂミザサの生えているあたりを歩くとズボンの裾がじめじめと湿ってくる。つまりチヂミザサは物理的手段と化学的手段を併用して人間に種子散布の手伝いをさせるわけだ。初めは葉に趣があるとチヂミザサが増えるのを喜んでいた家内も「可愛さ余って憎さ百倍」というわけで手当たり次第に引き抜くことになった。そのうちにチヂミザサとほとんど変わらないが、葉に縮みがない草が目につくようになった。調べてみるとこれは近縁のコブナグサで葉の形が鮒に似ていることからこう名付けられているらしい。

（『ほほづゑ』84号）

アルジェリアとチュニジアの思い出

二〇一三年一月にアルジェリアでエンジニアリング会社日揮の社員十四人がテロリストの犠牲になった。まことに残念なことであった。我が国では一般人でアルジェリアとかチュニジアについての知識を持った人はほとんどいないと言ってよいであろう。日揮の人間としてこの地域をたびたび訪れていた私は、昔の心覚えをここに再録することとしたい。

一九八七年（二十八年前）の記録から

長年アルジェリアで仕事をしている我が社が地中海に面するアルジェーから内陸へ一、〇〇〇キロ、サハラ砂漠のただ中にあるティンフイエで天然ガス処理プラントの施設を完成した。完工式出席のためサハラ砂漠への何度目かの旅をする。

まずパリのオルリー空港からアルジェリアに向かう。機内はパリの街中ではあまりお目にかからない人たちで一杯だ。白いターバンを頭に巻いた老人、白いヴェールをかぶって目だけをのぞかせた女、痩せて目の落ち窪んだ男、いずれもあたりを疑い深そうに見回している。

二時間でアルジェー着。この街は海岸からの傾斜地に白壁の家が立ち並び、その間を石の

アルジェリアの首都アルジェーの街

階段がどこまでも上へ上へと這い上がって行く。中心街のどっしり構えた建物はバルコンの黒い手摺の紋様が白壁のアクセントになっていて美しい。通りは人、人、人であふれ、どこから湧き出してくるのかと不思議に思われるほどだ。ただこの国にくるとほとんど笑顔というものにお目にかからない。みんな上目使いにじっとこちらを窺っているような表情だ。若年層が人口の半ばを占めると言われるこの国で屈託のない笑顔が見られないというのはどういうことだろう。血で血を洗う独立戦争が残した傷跡ということだろうか。

昔の名画「望郷」でジャン・ギャバンが愛人と出会いを重ねるホテル・アレッティは健在だが　エス・サフィールと名前を変えられてしまった。私の宿泊するホテル・オーラッシはかなり斜面を登ったところにある新しい大きいホテルなのだが、我々の常識では理解しかねることが多い。エレベーターの階数表示はA・B・C・D・M3・1・2・・・8となっていてロビー階はDだ。部屋のガラス戸をあけてベランダに出ようとすると、右側は取っ手を縦にしないとあかないが左側は取っ手を横にしないとあかない。ベランダからはアルジェーの港が眼下に広がり、右手はるかに独立記念塔が見える。左手の上には Notre Dame d'Afrique（アフリカのノートルダム寺院）がはるかに地中海を越えてフランスの方角を見据えている。このむこうにフランスがあるのだと思うとある種の感慨を覚える。

翌日アトラス山脈を越えてガルダイアに向かうために空港に行く。空港には行く先を示す掲示板もなく、女性係員がメガホンでどこ行きに乗る人は何番のゲートに行けとフランス語で早口に告げるだけだ。パリに行くつもりでモロッコに行ってしまった日本人がいたとのことだがこれでは無理もない。

一時間ほどかけてガルダイアの空港に到着、車で砂漠の中をひた走りに走る。しばらくすると忽然と谷が開け、遥かに見下ろす台地に青く彩られた蟻塚のような街が見られる。ぎらぎらした茶褐色の大地のなかに青い壁で囲まれた家々がまるで波打ち際の岩にはりついたフジツボのように身を寄せ合っている。これがガルダイアの街だ。この眺めは初めて見る人には強烈な印象をあたえずにはおかない。ここに住むのはムザブと呼ばれる特殊な部族だとのことだ。

ガルダイアの街を横目に見て車を走らせる。砂漠は赤く輝き、風に吹かれた表面は人間の肌のように柔らかく優しい感じである。しかし一旦冷房のきいた車の中から外に出ると、摂氏四十五度の空気が体のまわりに押し寄せる。甚だしい時は五十三度くらいになるとのこと。平らなところでは周囲三百六十度、どちらを向いても何もない。これだけ徹底して何もないとこれはこれで強烈に印象深い光景である。たまたま電線ケーブルのリールがうち捨てられているのを見かける。人間をきびしく拒否する世界に人工の物が半分砂に埋まっているのを見ると、生命のない無機物が「淋しいから置き去りにしないでくれ」と懸命に叫んでいるような妙な気がする。ジョルジョ・デ・キリコの世界だ。それでも砂漠は死の世界のように見えて実はたくさんの動物が息づいているのだ。さそり、とかげ、二本の角を持つ猛毒の蛇、それらを食べる狐。ここの狐は片手に乗せられるくらい体が小さいのにとても大きな耳を持ち、不思議な姿をしている。

プラントの完工式にはアルジェリア人にまじって砂漠に住むトゥアレグ族の首長達が現れた。薄い青色のターバンを頭に巻き、眼だけを残して口もと迄覆い、同じ青色のゆったりした衣に身を包んだ姿は異国人を寄せつけない凄味がある。彼らはアラビア語も解さないそうで、一言も発することなく食事だけを我々と共にすると、駱駝の背に乗って砂漠の中に消え

サハラ砂漠の中のプラント完工式

ていった。食事のあとどこからともなく〝ディスコ〟の声がかかると会場にビートのきいた音楽が流れて誰も彼もがいっせいに踊り出す。アルジェリア人、フィリピン人、イタリア人、フランス人。女性が一人もいないこの砂漠のなかのキャンプで男性同士が熱狂的に踊る。私もフィリピン人に手を取られてその渦の中に巻き込まれた。

翌日アルジェーに戻りカスバの集落の中を歩いてみる。映画「カサブランカ」で見たモロッコ旧市街の様子そのままである。傾斜地に所狭く貧しい人たちの住居が並び、細い通路が八方につながり、汚水が流れ、子供達が不思議な顔でこちらを眺める。身に危険を感じるということはないが、勝手を知った人の案内なしに歩くことはできないだろう。たちまち迷子になって物盗りに襲われること確実である。十年以上にわたって多くの血が流されたアルジェリア独立運動ではＦＬＮ（アルジェリア民族解放戦線）の兵士達がこの地区に隠れ住んでフランス軍と闘ったのだろう。いささか驚いたのは汚れ放題の家の間にローマ時代の遺跡の一部と思われる石柱が残されていたことだ。

カスバ地区のはずれには泉水を中央に備えたパティオ形式の立派な建物があり、これが博物館になっている。内部には精巧な金属細工や見事な彩色タイルが並べてある。イスラム社会に固有のタイルはマグレブからトルコ、アラビア半島諸国まで広く見られるもので、これが現代の産業として復活したら人々の生活の糧にもなると思うのだが、その動きが見られないのは残念だ。カスバの中を覗いたところでアルジェリアの旅は終わった。

一九九三年（二十二年前）の記録から

経団連からアルジェリアとチュニジアに使節団を派遣することとなり、アルジェリア委員会の委員長である伊藤忠の米倉社長とチュニジア委員長である私が使節団員十名と同行することになった。アルジェリアでは外国人を狙ったテロが頻発し、治安は良くない。アルジェーのホテルでは私の宿泊する部屋の両脇に銃を構えた兵士が立っているし、首相をはじめ各大臣に面会に行くに際しては、我々の車の前後に銃を持った兵士が乗ったジープが必ず警護に

チュニジアの首都チュニス

ついている。政府要人と会合し、日ア両国の今後の協力関係を強化することで双方の意見が一致して使節団の親善訪問を終える。

緊張を伴った四日間のアルジェリア滞在後、隣国チュニジアに向かう。かつてアルジェリア同様フランスの植民地であった国だが、独立後の流れはかなりアルジェリアと異なっている。一九五七年に王政を廃して初代大統領となったブルギバは穏健路線をとり、社会改革を積極的に推し進めた。一九八七年にベン・アリが長期政権を維持してきたブルギバを追放してみずから大統領になってもう五年になる。この国は天然資源を全く持たないだけに列強の干渉に巻き込まれることもなく今のところ政情は安定している。街の中で行き逢う人々の表情がアルジェリアと異なり穏やかで優しい。いかにも観光立国を目指すにはふさわしい感じがする。第二次大戦後独立した多くの国で、威信をかけた重工業化が農業を荒廃させた例が多い中で、この国は農業も大切にしているのが印象的である。

チュニジアにはカルタゴやローマさらにはオスマントルコの遺跡が数多くあり、歴史に関心のある者には興味が尽きない。フェニキアを発祥の地とするカルタゴはかつて地中海全域を支配し、四十年にもわたるポエニ戦役ではハンニバルが一時ローマを滅亡の淵にまで追い込んだほどであったが、最終的にはローマに敗退して歴史の影に消えてしまった。カルタゴが残した彫刻やモザイクを見ているとその作品はどこか稚拙でローマの物ほど洗練されていないような気がする。カルタゴ人はギリシャ人ならびにその文化を継承したローマ人とは民族の気質がまったく異なっていたといわれる。ギリシャ・ローマの人たちは富を得て人生をいかに生きるかということに情熱を傾けたが、カルタゴの人たちにとっては富を得ることそのものが人生の目的であり、実利に乏しい文化・芸術に力を注ぐことはなかったとされている。

駐日大使を勤められたこともあるベン・ヤヒヤ氏を外務大臣官邸に訪れる。オスマン・トルコ時代のベイ（大守）のパレスも政府の官邸としてそのまま使用されている。コルドバのメスキータ風に白黒まだらのアーチに囲まれ、天蓋に覆われた美しいモザイク模様の内庭の隣に外務大臣の執務室がある。天井は朱塗りの木組に金で縁取りがしてあり、壁は年代物のタイルがアラベスクに嵌め込まれている。文様を彫りこんだ厚い木の扉の付いた小窓から薄暗い室内に柔らかい光が差し込み、部屋には香がたきこめてある。異国情緒に浸っていると、なにか宝石箱のなかに入り込んだような感じである。

「これがあなたの最初で最後のチュニジア訪問にならないようにお願いします」と言われる大臣に再訪をお約束して会見を終わった。

ハマメットの海岸リゾート地区ではチュニジアン・ブルーの青い空と、青い海と、白壁の家の青い窓が実に美しい。ヨーロッパの諸都市から一、二時間で全く異なった文化の中に身を置けるこの国は、治安も良く宿泊施設もととのっていて、日本からの旅行者にもっと注目されてよいのではないだろうか。

後記

二〇一五年が明け、この原稿を投稿したあと、まだ日本では正月気分も抜けきらないうちにフランス全土を震撼させるテロ事件が起きた。重装備のテロリストが新聞社を襲って社員十二人を殺害したのだ。テロリストの言い分は雑誌『シャルリー・エブド』がイスラム教の預言者モハメッドを冒涜するような記事を掲載したからであるという。犯行後逃走中のテロリストが印刷会社の建物に人質をとって立てこもった一方で、別のテロリストがユダヤ教徒の食品店を襲って居合わせた客四人を殺害した。最終的に犯人三人は警察との銃撃戦の結果射殺されたが、この事件が社会に残した影響は深刻なものがある。三人のテロリストはいずれもフランス人ではあるが、主犯の二人はアルジェリアからの移民二世で、早く両親を失い、孤児院で育ち、社会の偏見のなかで過激思想を身につけていったと報道されている。『シャルリー・エブド』誌はほんとうに「表現の自由を守る」という高邁な思想のもとに今回の事件の発端を作ったのであろうか。世間を騒がせてやろうというだけがその動機だったのではないか。西欧社会におけるイスラムの問題、貧困の問題、移民の流入と民族間の対立、どれを取り上げても簡単に解決できるようなものではない。海外で働いている日本人にとっても深刻な影響をもたらしかねない。遠い国の他人事ではないのである。

その後日本人二人がイスラム過激派に殺害されるといういたましい事件が起こった。私の懸念が現実のものとなったのは残念でならない。

（『ほほづゑ』84号）

エリーザベト・シェーンボルンとの交遊

六十年ほど前のこと、正確に言えば一九五四年から二年間、私はスイスのチューリッヒに滞在した。フラウ・エプリという小母さんのやっている食事つきの素人下宿で毎日を過ごした。エプリさんは親切な人だったがスイス人らしく、たいへんな節約家であって、断りなしに夕食をすっぽかしたりするときびしい説教をくらった。私の隣の部屋にはオーストリアのウィーンからやって来た女子学生がいて、名前はエリーザベト・シェーンボルンといった。朗らかで話し好き、朝晩食事を共にするうちにたいへん親しくなった。オーストリアの貴族の出で、父親がグラーフつまり伯爵なので娘は伯爵令嬢というわけだ。リヒテンシュタインの大公妃は従姉妹だそうで時々電話でドゥーツェン（親しい関係での話し言葉）で会話をしていた。またアレクサンドラ・ホーエンローエというい かにも由緒ありそうな名前の従姉妹がよく訪ねてきた。エリーザベトはいつも私の部屋続きのバスルームで鍵もかけずに鼻歌まじりで水浴びをするのだった。東洋の君子国から来た人間は鍵穴から覗いたりしないだろうと信用されていたのかもしれない。そんな仲なので私がウィーンに行った際は彼女の家を訪れ御馳走になった。父親の伯爵は肥った赤ら顔の陽気な人だったが、夫人はなかなか口やかましそうな人で、食事の最中にかかってきた電話を召使が取り継ぐと、食事の時間に電話をかけるとは礼儀知らずもはなはだしいとたいへんおかんむりだった。私はこの夫人に少々恐れをなして、食事が終わるとそうそうにシェーンボルン家を退散した。

私がチューリッヒを離れると、エリーザベトともそれきり音信不通になってしまった。それからほぼ四十年も経って全くの偶然から二人の間で文通が始まり、ついには再会まで果したのだから人生には予想もできないことがあるものだ。二十年ほど前、私が仕事の上で親しくしていた英国人を相撲見物に招待したところ、彼が遠慮がちに言うには「自分は今婚約中なのだが、たまたま彼女が日本に来ている。相撲見物に彼女を同伴してもよいだろうか」とのことだ。国技館の枡席はせまいけれど三人なら問題ないということでその日は三人で相撲見物を楽しみ、その後食事を共にした。会話のなかでこの女性がオーストリアの貴族の出身であることがわかったので、私は何気なしに若い頃チューリッヒで暮らしていたことを話し、下宿の隣部屋にエリーザベト・シェーンボルンという女性がいたのだが知らないだろうかと訊ねた。ところがなんと彼女はエリーザベトとは親しい仲で結婚式にも招待してあるという。これには全く驚いた。ヨーロッパ貴族の間はいろいろな関係でつながっているのだろう。エリーザベトの住所を教えてもらった私は早速手紙を書いた。折り返し返事があって、私の手紙を受け取ってとても信じられないほど驚いたこと、昔を思い出して懐かしかったこと、

ウィーン郊外のシェーンボルン城館

自分には子供五人と孫が三人いること、精神科の診療所を開いていること、親から受け継いだウィーン近郊の森で暮らしていることなどをこまごまと書いてきた。その後手紙のやりとりをするなかで、再会したいから是非ウィーンに来いとたびたび書いてきた。

一九九七年九月私は仕事で北京から直接パリに飛ぶ必要があり、それを機会にウィーンに立ち寄りエリーザベトに会う算段をした。ウィーン空港に到着すると人混みの中からエリーザベトが両手を広げて出迎えてくれ、私も彼女の肩を抱いて頬を寄せた。四十年の歳月は往年の美しい伯爵令嬢を品のいい老婦人に変えてしまってはいたが、彼女の話し方や物腰は昔のままだった。彼女の一番下の息子だという青年が荷物を受け取り、車でホテルまで送ってくれた。翌日はまた息子が迎えに来てウィーン郊外に車を走らせる。エリーザベトの生まれ育ったシェーンボルン城は現在ゴルフ場のクラブハウスとして利用されており、そこで昼食を共にすることになる。立派な門構えのなかの庭園で食事しながら昔話に興ずる。二人ともエプリさんの下宿があった通りの名前を忘れてしまった。エプリさんはあまり料理が上手ではなかったねとかホウレン草をすりつぶしてどろどろにしたのがよく出てきたとか言って笑いあった。初めて聞くことであるがシェーンボルン家はトルコ軍がウィーンを包囲した十七世紀頃からこの地方の領主であったそうで、現在はドイツとチェコとオーストリアに分れ住んでいるとのことだ。私が差し出した南川三治郎著『ヨーロッパ貴族の令嬢達』のページを繰っては「この人は結婚した」とか「この人の父親は最近亡くなった」とか感慨深そうに眺めていた。食後ワイン作りの村を案内してもらい地下に並んでいる蔵で新酒の試飲をする。エリーザベトは自分が所有する大きな森を囲ってイノシシを放し飼いにし、殖えた分を猟場に売っているとのことでその様子も見せてもらった。夜はウィーンの下町で夕食をともにして楽しく語り合った。翌日もウィーンの街を案内しようというのを辞退して、ひとり美術史博物館やウィーン分離派（ゼツェッシオン）展示館などを訪れて最終目的地パリへ向かった。

その後我々の間ではクリスマスカードだけでなくいろいろなやりとりがあったのだが、私にとってエリーザベトの自筆の手紙を判読するのが難しいこともあり、ドイツ語で手紙を書くのも億劫で、文通もだんだん間遠になり、ついには全く便りが途絶えてしまった。彼女も私とそれほど年齢は違わないはずだし、クリスマスカードも来なくなったところから察すると多分もう亡くなってしまったのであろうと考えていた。ところが二〇一〇年秋になって突然スペインから「最近便りがないけれど元気にしていますか」と手紙が届いた。これには私も驚いた。実はその年の六月に私は最後のヨーロッパ旅行と周辺の人に宣言して、スイスからフランスへと鉄道による旅をしたのだ。エリーザベトがまだ元気でいると知っていたら間違いなくスイスあたりから電話をかけていたはずである。早速手紙を書いて家族の写真を同封し、私は八十歳になったこと、仕事を引退して絵を描いたり、美術館めぐりをして過ごしていることなどを伝えた。手紙の最後にEメールのアドレスを書いておいたところ、一週間後には彼女の従姉妹でベルリンに住んでいるアレクサンドラ・ホーエンローエとの連名でメールが送られてきた。アレクサンドラ、愛称アリックスのアルバムにはいまだに私の写真が保存されていて、二人で懐かしく眺めていると書いてあった。

翌年日本を襲った東日本大震災はヨーロッパでも大きく報道されたとみえてエリーザベトからメールが入り、日本は地震、津波、放射線災害とたいへんらしいが被害はなかったか、なんなら南スペインにある別荘を提供するから孫たちだけでも避難させてはどうかと親切な申し出があった。その後は折に触れてメールでのやりとりが続いたが、昨年になって転んで怪我をしてから車椅子生活になってしまったと報告があった。自分の生まれ育ったシェーンボルン城の写真を送るから絵を描いてくれないかとの依頼があり私は写真が送られてくるのを心待ちにしていた。しかし残念なことに昨年の暮れに娘のアンナからエリーザベトが亡くなったと連絡があった。

エリーザベト・シェーンボルンとの交遊は長い空白の期間があったにせよ六十年余も続いた。まことに不思議な縁というほかない。思い出に残る一人である。

（『ほほづゑ』85号）

散歩の植物誌 41

戦中派苦手の食べ物

戦中・戦後の窮乏時代、食べ物に苦労した私の世代（昭和一桁生まれ）にはサツマイモとカボチャが苦手だと言う人が意外と多い。現在スーパーなどで売られているサツマイモやカボチャはまことに美味で私としても嫌いなわけではない。カボチャのクリーム・スープなどは好きなほうである。それでもいまだに天麩羅の店でカボチャが出てくると、それは家内に譲って他のものに取り替えてもらう。戦中・戦後の食糧難の時代に食卓にのぼったカボチャは味のまったくないベトベトしたまずいものだった。その恨みが私の舌から消えることは生涯ないだろう。私の両親は北海道の出身なので当時も時々親類から北海道産のカボチャを送ってもらったが、これはとても同じものとは思えないほどホクホクして美味しいものだった。しかし北海道のカボチャの種子をとっておいて東京で植えても決して美味しいものはできない。やはり気候・風土によって出来が変わってしまうのだろう。戦争直後に主食として配給された農林何号とかいうサツマイモのまずかったことも私は忘れることができない。サツマイモの蔓を煮付けにして食べさせられたこともある。戦後の食糧難の時代に苦労した私にとっては長年にわ

サツマイモとカボチャ

たりウドンもパンも代用食という感じがなかなか抜けなかった。良い米をかために炊いたご飯なら、おかずなしでゴマ塩だけでも美味しく食べられる。そんなことを言うと若い世代からは縄文時代の生き残りのように思われるかもしれない。

(『ほほづゑ』85号)

互生・対生・輪生

樹木の枝に葉がつくには決まったルールがある。図のAのようにつくのを対生といい、Bのようにつくのを互生という。Cのようにつくのは輪生だ。樹木の葉のつき方は多くはこの三つのうちのどれかである。対生か互生かは植物の同定の際には有力な手がかりになる。しかし植物の命名は必ずしも理にかなったものではないので同じような名前でありながら葉のつき方が違っていたりして混乱のもとにもなる。例えばモチノキはモチノキ属で葉は互生だがネズミモチ、トウネズミモチはイボタノキ属で葉は対生である。またツゲはツゲ属で対生だがイヌツゲはモチノキ属で葉は互生である。なかには対生になったり互生になったりする曖昧な樹木もある。ところがミカンの類のコクサギは互生は互生でもDのように葉が二枚ずつ左右につく奇妙なつき方になっている。珍しい付き方なだけにコクサギ型葉序と呼ばれている。植物図鑑によってはサルスベリもコクサギ型だということになっているが私が観察したところではコクサギのように正確に葉が二枚ずつ互い違いについてはいないようだ。コクサギは頭の中でこの前は右に二枚の葉を出したから今度は左だぞと順番を考えているのだろうか。間違えて一枚になったり三枚になったりしないところが面白い。

（『ほほづゑ』86号）

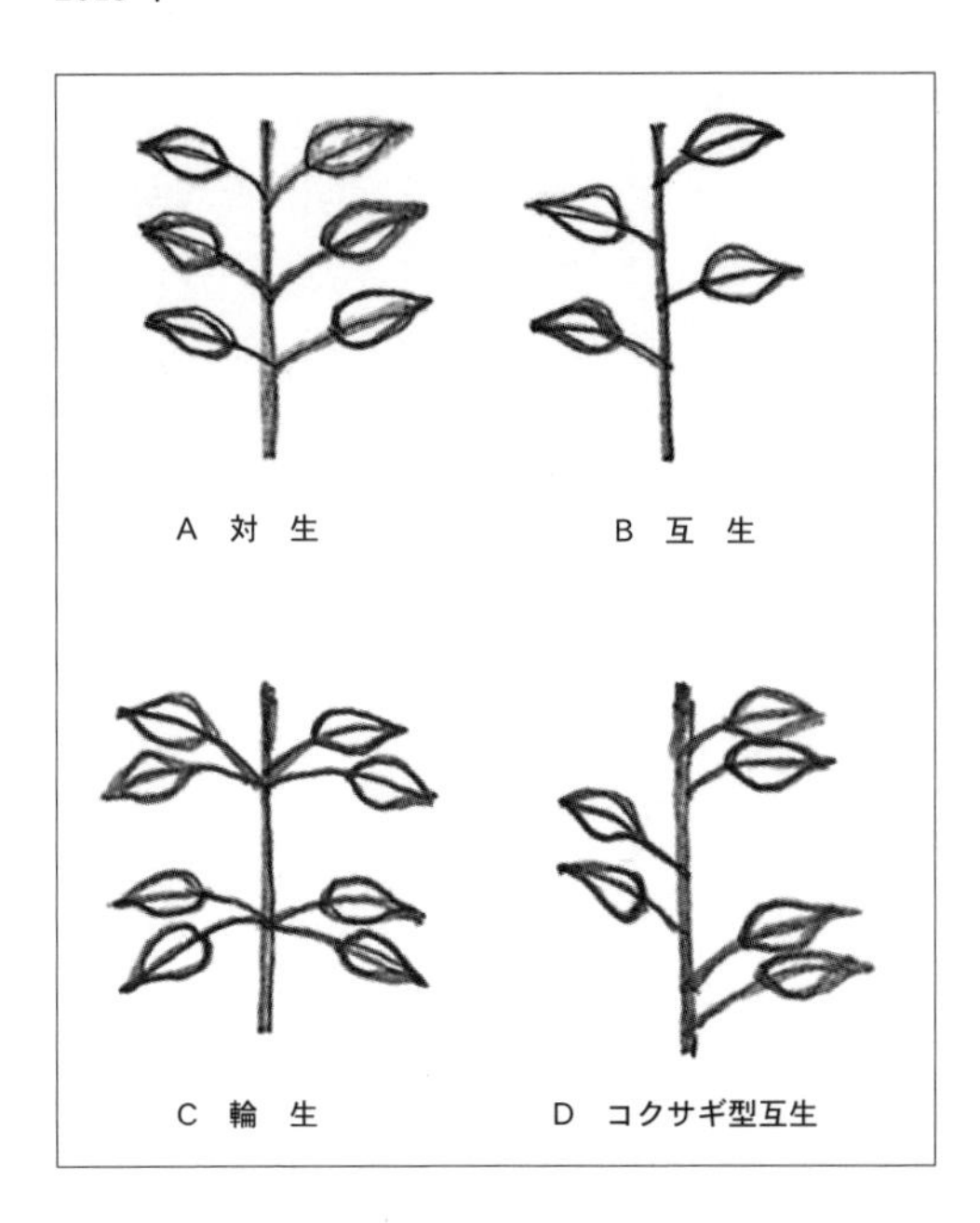

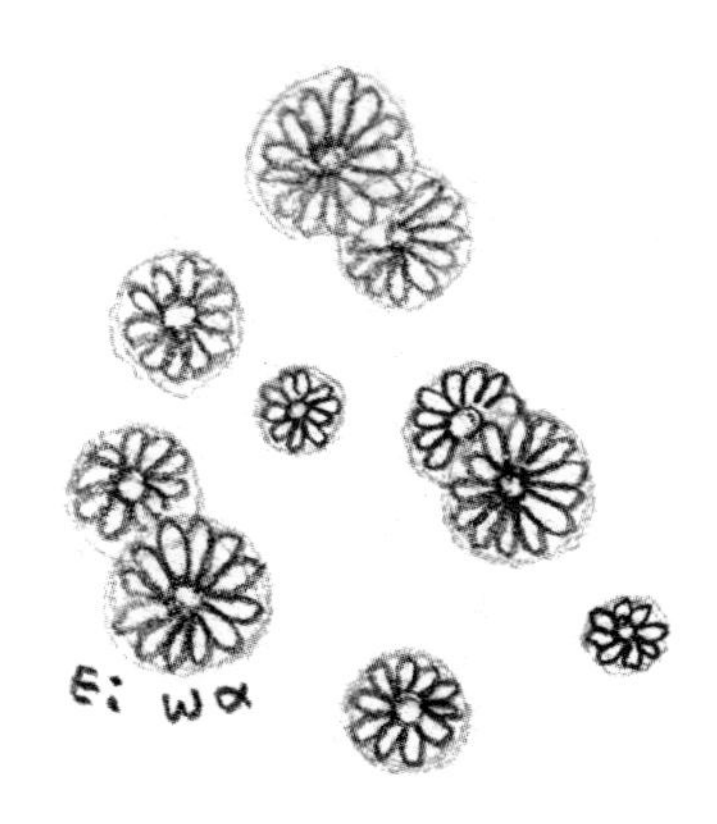

横須賀での一日

横須賀はだいぶ前に横須賀美術館を訪れ、観音崎灯台から浦賀水道を出入りする船を眺めたことがあるきりだった。今回家内を同伴してヴェルニー公園で花の盛りのバラを眺め、そのあと軍港めぐりのクルーズに参加し、最後に戦艦三笠を見物することにした。五月二十六日晴天。地下鉄大江戸線の麻布十番駅から大門に出て九時四十分発の京浜急行特急に乗車、金沢八景で乗り換え汐入に十時半到着、ヴェルニー公園に向かう。幸い好天気に恵まれ、やや満開を過ぎたとはいえ美しいバラの花を眺めることができた。

軍港のクルーズは正午の便を事前に予約してあったので切符を手にして乗船口に並ぶ。たまたま我々の前にいた老人はかつて巡洋艦酒匂の乗員だったとのことで雑談しながらいろいろと教えてくれる。舳先に菊の紋章をつけていたのは空母、戦艦、巡洋艦までで駆逐艦には菊の紋章はなかったとのことだ。巡洋艦は川の名を付けていたので酒匂というわけだ。八千トンで出力十万馬力、四軸で最高速度三十五ノットだったという。戦艦大和や武蔵にも乗ったことがあるそうだが大きいのですぐ迷子になってしまったそうな。クルーズ船の屋上に席をとっていざ出発。クルーズの説明者は詳細なことまでユーモアまじりで教えてくれる。イー

ヴェルニー公園

ジス艦は正面に六角の白い布を貼ったようなところが一番大事な高性能のレーダー部分だそうだ。一艘の値段は千五百億円とか。幸い原子力空母ジョージ・ワシントンも停泊中だ。長さ三百三十三メートル、マストの高さ七十五メートル、十万トン級と巨大なものだ。搭載機は八十五機とのこと。ジョージ・ワシントンは今日の午後三時半頃に最終的に日本を離れて帰国するという。この空母の乗員は五千六百人で、食堂では一日に一万八千食を供給しているという。洗濯物も毎日三トンに達するとか。艦載機は強い向かい風がないと発進できないので空母が入港する前に全部厚木基地に移動させるとのこと。退役した潜水艦が上部を露出したまま浮いているのを見る。わが国は潜水艦を十六隻しか保有していないそうだ。潜水艦は隠密行動が主体な

三笠公園の戦艦三笠

ので胴体にも識別サインなどは描かれていない。横須賀の艦船では年に一度カレーライスのコンテストが行われるのだが潜水艦のカレーがいつも一位になるとか。潜水艦の乗組員は狭い空間で寝起きを余儀なくされ、食べることしか楽しみがないので食事にはできるかぎり心を配るからだとのこと。外洋に出て対岸の造船所の巨大なクレーンを遠望する。市の広報活動の一環としてクレーンに「よこすか」の文字を入れるために一字あたり二百五十万円かかったよし。機雷除去のための船は磁力に反応しないようにプラスチックと木造だという。長浦港と横須賀港をつなぐ新井掘割水路は手掘りで山を崩して作ったものだとか。ここ横須賀軍港では大晦日の夜には多くの船が帰港して船体をイルミネーションで

戦艦三笠の操舵室

飾るので眼を奪う美しさだという。新しい年の変わり目には船がいっせいに汽笛を鳴らし花火が打ち上げられて胸がわくわくする眺めだとのこと。

軍港クルーズを終えて通称「ドブ板通り」を歩く。船の乗員がいっせいに上陸した際はたいへんな賑わいなのだろうが今日は人影も少ない。テーブルが三つ四つしかない小さな食堂で横須賀名物の海軍カレーを注文し、家内と分けて食べる。中には肉片二個、ジャガイモ四片、ニンジン二切れ、玉ねぎ半分。これに小さなコップのミルクがついているのが面白い。

食事のあと三笠公園まで歩き戦艦三笠を見学。三笠は日本海海戦のあと横須賀港で火災を起こし沈没したのを引き上げたとのこと。その後軍縮条約により廃艦、解体の運命にあったが一九二五年に記念艦として保存することになった。第二次世界大戦のあとは荒廃したままで一時は米軍向けのキャバレーになっていたそうだ。東郷元帥を尊敬していた米国海軍のニミッツ提督はそれを知って激怒し、復元運動に火をつけたという。理由は分からないが東郷平八郎の時代から第二次世界大戦にいたるまで、各国の海軍軍人はたとえ相互に敵対した状態にあっても相手に対して十分な敬意を払っていたようだ。日本海海戦のあと東郷平八郎は重傷を負って収容されたロシア艦隊のロジェストウェンスキー提督を佐世保の海軍病院に鄭重に見舞っている。また英国の『サンデイ・タイムズ』が十五年ほど前に「二十世紀を作った千人」という特集を発行した際、わが国の連合艦隊司令長官山本五十六については次のように記述している。「真珠湾奇襲の見事な成果は天才的な山本司令長官一人に帰するといっても過言ではない。皮肉なことに米国の太平洋艦隊を絶滅したこの男はハーバード大学に留学している。彼は政治的には穏健派であった。彼は強く戦争反対を唱え、日本の勝利は六ヶ月しかもたない、その後は米国の力と意思が勝るであろうと予言した。穏やかで考え深いこの男は敵からも尊敬されていた。」

戦艦三笠甲板上の東郷司令長官の絵姿は我々の年代には忘れることのできない記憶を残している。復元とは言っても操舵室や艦長室を見ることはやはり感慨深いものがある。チョンマゲを結って刀を腰にさしていた人間の国が開国して五十年もたたないうちに当時の最新鋭の軍艦をあやつり世界の大国ロシアに打ち勝ったのであるから、世界史の上でも稀有の事件であったに違いない。わが国には当時いろいろな分野で優れた人物がいたということだろう。

もっとも日本海海戦の稀に見る成果がその後も大艦巨砲主義にこだわる海軍の体質になったことも疑いをいれないであろう。

館内に展示してある資料は詳細に見れば興味深いのだろうが少々疲れたので電車で馬堀海岸駅まで移動し観音崎京急ホテルで休憩する。窓辺に座って浦賀水道を通過する船を見ていると時間のたつのを忘れる。我々夫婦はかつて毎年クルーズ船オセアニック・グレイスに乗って何度も船上からこのあたりを眺めていたわけだ。四時半頃、最終的に日本を離れる原子力空母ジョージ・ワシントンが左手から現れ、ゆっくりと視野を右へと横切ってゆく。前後に四隻の白い船が護衛しているのが見える。後で知ったことだが停泊中・航行中のジョージ・ワシントンを一度に見ることができたなどというのは稀有の幸運であるとのことだ。ホテルの支配人の話によるとこのダイニングルームは眺めが良いだけに週末は常に混んでおり、予約は難しいよし。月曜を選んだ我々は賢明だったと言えよう。夕暮れ時になって食事をとってから家路につく。横須賀での一日はまことに充実したものだった。

(『ほほづゑ』86号)

散歩の植物誌 43

秋の紅葉・春の紅葉

我が国の秋の紅葉はその多様な色彩において世界でも比類ないものである。米国北東部の秋の輝くような黄金色の林も心に残るが、やはり美しさという点では色合に富んだ日本の秋に軍配が上がるような気がする。紅葉のメカニズムについては一般にこう説明されている。

「温度が下がり、水分の補給が減ると葉柄と茎の境に離層ができ、養分の補給が絶たれる。澱粉は糖に、葉緑素はアミノ酸に分解され、アン

ベニカナメモチ　春の紅葉

トシアニン色素が生成する」

しかし紅葉は秋ばかりではない。春に紅葉する樹もあることを忘れるわけにはいかない。クスノキは常緑樹だが四、五月になるとぽつりぽつりと真紅の葉が見られるようになる。樹全体が紅葉するわけではない。紅葉した葉を取って一晩机の上に置いておくと翌日には灰色に変化している。その変化の激しさには驚かされる。魔法使いの杖の一振りでお姫様がヒキガエルに変身させられたようだ。ベニカナメモチも春に紅葉する。なめした革のように厚い葉が垣根一面に赤く色づいたところは見事だ。紅葉した葉のついた小枝を切り取ってコップにさしておくと段々と赤色があせて濁った色になり、ついには緑一色となる。この現象は明らかに秋に見る紅葉とは異なる。若葉を紫外線から保護するためにアントシアニンを分泌するのだとの説明もあるようだが必ずしも納得できるものではない。

ベニカナメモチは秋にも部分的に紅葉するのだ。

（『ほほづゑ』87号）

天変地異と伝説

地球温暖化が問題にされるようになって久しい。その主因が化石燃料の使用から発生する二酸化炭素であるとみなされており、排出規制が国際的にも厳しく問われている。しかし四十年ほど前に出版された『世界の気象』という本を読むと当時は温暖化どころか地球がいつ現在の間氷期から次の氷河期に入るかということが真剣に議論されている。現在でも「気象変動に関する政府間パネル」(ＩＰＣＣ)の報告に異論をとなえる学者も少なくないようで、気象の変化は地球の公転軌道の変化ミランコビッチ・サイクルによるものであるとか、太陽活動の周期はすでに衰退期に入り寒冷化の兆しが見えるとかいろいろな説があるようだ。人間は自分の背丈に合わせて物事を考えがちなので遠い未来のこととか歴史以前の過去のことについて確かなことを言うのはむずかしい。

しかし過去に起こった天変地異が伝説として現在に至るまで絶えることなく残されてきた例もある。その一つが旧約聖書の創生記に記されている洪水とノアの箱舟伝説である。神ヤハウェは自分が作った人間どもが悪徳におぼれているのを見て洪水を起こして滅ぼしてしまうことにした。神は敬虔なノアにだけは大きな船を作りノアと三人の息子たちとその嫁たち、

黒海・マルマラ海・地中海の位置関係

さらにすべての獣と鳥と虫のつがいを乗せ洪水を免れるようにと命じた。四十日四十夜雨が続いて地上を洪水で覆った。百五十日後に水は引き、箱舟はアラファト山に漂着した。神はノアに告げた。「産めよ、増えよ、地に満ちよ」そして荒れ果てた大地で新たな再建が始まった。従ってすべての人間は箱舟に乗っていた三人の息子とその妻たちの子孫であるとされる。旧約聖書は紀元前四世紀頃に書かれたとされているが実は今から四千年ほども前のものとされるシュメールの楔形文字による粘土板の記録、ギルガメッシュの叙事詩に洪水と箱舟伝説が語られている。ギルガメッシュはウルクの最初の王であることが明らかになっており、この叙事詩は紀元前二千三百年頃にバビロンで書かれたと推定されている。その中ではノアに当たるウトナビシュティムという男が神の教えに従って箱舟を作り六日と七晩続いた雨による洪水を免れたと記してある。旧約聖書のノアの箱舟伝説はユダヤ人の創作ではなく実はギルガメッシュ叙事詩から引き継がれたものであった可能性が高い。

ではこの洪水伝説はどのようにして出来上がったのであろうか。メソポタミアにおけるチグリス・ユーフラテス二つの大河の氾濫によるとする説が広く受け入れられていたが、最近は地中海と黒海をつなぐ地峡の変化にあると考える説が有力になってきた。地球は何度かの氷河時代を経ているが、二万年前のウルム氷河期には海面が現在より百三十メートルほど下がっていた。その頃黒海とマルマラ海は地中海とは離れた淡水の内陸湖であった。地球の温暖化によって地中海の水面が上昇し、一万二千年ほど前に海水がダーダネルス地峡を越えてマルマラ海に流れ込んだ。更なる海水面の上昇により七千五百年ほど前にボスポラス地峡が崩れて膨大な海水が一挙に落差百二十メートルの黒海沿岸に流れ落ちたと考えられる。ナイアガラ瀑布の平均落差が五十七メートルであることを考えるとその様子は想像を絶する恐ろしいものであったと思われる。水量はナイアガラ瀑布の二百倍にあたると推定されている。当時の黒海沿岸に居住していた新石器時代の住民にとってそれがいかに大きな恐怖であったかは容易に想像できよう。このあたりでは三百日もの間毎日十五センチずつ水位が上がったとされる。この天変地異は数千年にわたって語り継がれてきたに違いない。近年黒海の南岸で海面下百メートルのところに多くの新石器時代の住居跡があるのが見つかった。また湖底の地層で深いところには淡水生物の化石が、浅いところには海水生物の化石が発見されている。さまざまな事実からこの天変地異が有史以前に起こったことが明らかになってきた。これが旧約聖書にある洪水伝説の起源であるというわけだ。またこの災害が黒海沿岸に居住していた原始農耕民族の西方への移動の動機になったと考えられている。

もう一つの伝え継がれてきた天変地異は旧約聖書の「出エジプト記」にあるイスラエル人のエジプト脱出にかかわるものである。イスラエル人のエジプト脱出がいつ頃のことであったかについては諸説あるようだが紀元前千四百年頃とされている。旧約聖書の記述を要約すると次のようになる。イスラエルの人アブラハムは旱魃に苦しむカナンの地（今のイスラエル）を捨ててエジプトに移り住む。その子ヨセフはエジプトでファラオの信任を得て高い地位につく。ヨセフの時代はアジア系のヒュクソスがファラオだったがラムセス大王二世がファラオになると勢力を増してきたイスラエルの人々がエジプトではかえって疎外されるようになる。ついにはイスラエル人の男子が生まれたらナイル川に投げ込めというファラオの命令が出される。籠の中に入れた赤ん坊が捨てられたのをファラオの娘パロが拾い上げて育てたのがモーゼである。モーゼは成人してエジプトでも有力者となるが神のお告げによりイスラエルの人々を率いてエジプトを脱出し、カナンの地に向かう。紅海のほとりで追撃してきたエジプト軍に追いつかれそうになったその時、モーゼが手をあげて神に祈ると海の水は二つに割れて僅かに陸地が現れイスラエルの人々はかろうじてその道をつたって対岸に逃れることができた。エジプト軍がその後を追うと今度は高波が押し寄せてきて彼等は海に呑まれてしまう。有名な映画「十戒」の場面である。この奇跡が実はサントリーニ島の大爆発という天変地異による海水の移動によって説明できるのではないかといわれている。

サントリーニ島とエジプトの位置関係

　サントリーニ島と言えば現在ではエーゲ海観光の目玉の一つである。地図を見ればこの島が火山の噴火で中央部を吹き飛ばされ、外郭だけが残ったカルデラであることがよく分かる。今も進められているアクロティリの遺

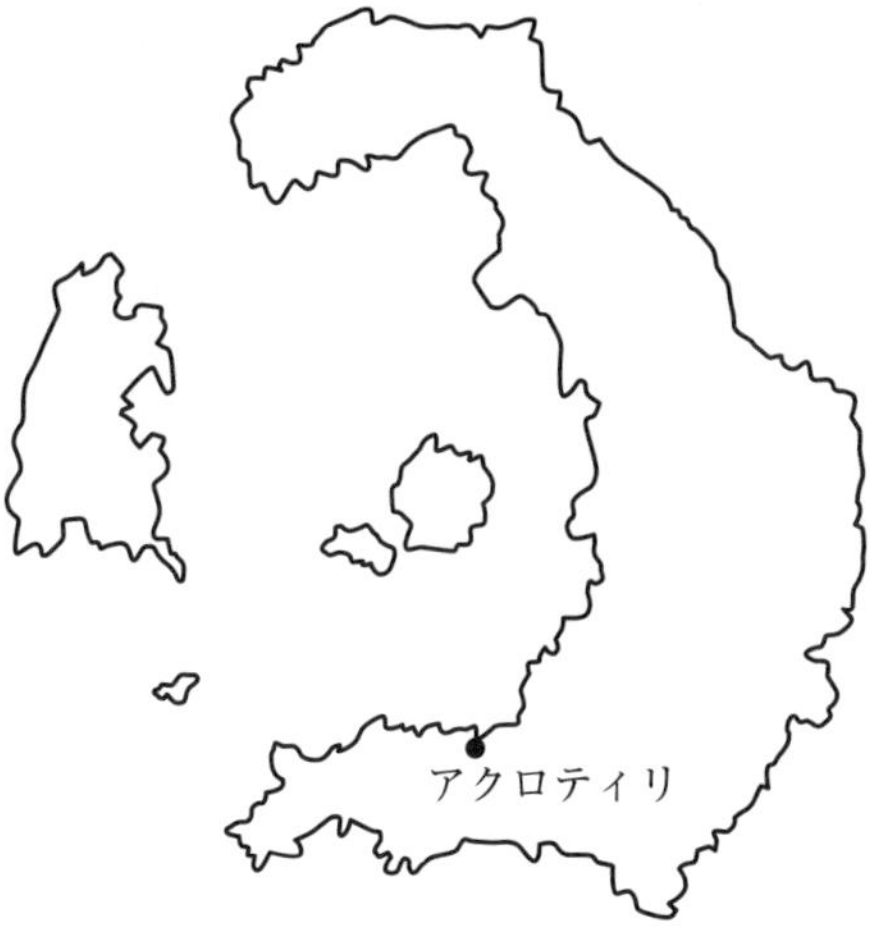

アクロティリ

サントリーニ島

跡発掘により見事な壁画が見出され、火山の噴火以前にいかにこの島が高度の文明を持ち繁栄を極めていたかがわかってきた。ところが紀元前千四百年頃に島の火山が大爆発し、後に残った外縁部分は三百メートルの絶壁として残り、それに接する内海の深さは三百メートルに達する。カルデラの大きさから爆発の規模を推定するとビキニ型水爆一千個分に相当するという。爆発によって岩石や灰が吹き飛ばされて空洞になったところに海水が押し寄せたため、周辺の海域では海水面が一時的に下がり、中央には集まった海水で水柱ができる。次の段階では海水が逆に押し出されて津波となって各地を襲う。これが何回かにわたって繰り返されて次第に落ち着いたと考えられる。

　最近の研究によれば津波の高さはサントリーニの周辺で八十九メートルに達したであろうと推定されている。モーゼたちは偶然にもサントリーニ火山の噴火によってエジプト沿岸で海水面が下がり海底が露出したために対岸に渡ることができたと考えられる。そのあと今度は津波が押し寄せてモーゼたちを追ってきたエジプト軍は波に呑まれてしまったというわけである。クレタ島をはじめとするミノア文明もこの天変地異を境に衰退したとされる。後世ギリシャのソロンやプラトンによって「失われた大陸」として語られたアトランティス伝説もサントリーニ島の噴火がもとになっていると考える人も多い。

このような想像を絶する天変地異が今後いつ地球上のどこで起こるかは人間には予測することができない。それは巨大な隕石の落下であるかもしれないし、加速する大陸プレートの移動かもしれない。そう考えると地球上で人類が相争っている現状はまことに無意味にしか思えないのである。

（『ほほづゑ』87号）

〔参考文献〕『世界の気象』　高橋浩一郎編　毎日新聞社　一九七四年
《Der Spiegel》2000 Nr.50
『旧約聖書とエーゲ海の大異変』　金子史朗著　胡桃書房　一九八三年
『アトランティス大陸沈没の謎』　小松左京監修　日本テレビ放送網株式会社、読売新聞社他多数　一九七八年

散歩の植物誌　44

木の形

樹木では花とか葉に特徴が多く現れて目につきやすい。しかし樹全体の形にもそれぞれに特徴がある。皇居の外苑にあるケヤキの大木は大体地上三メートルから五メートルの高さで枝分かれが始まって箒を立てたような見事な形になっている。枝分かれの数は十二、三本である。

マテバシイはシイノキの親類ですべすべした葉と大きなドングリが特徴だ。この樹の面白いところは幹が地上に出る境界あたりでいくつにも幹分かれして成長することである。従って本来ならかなりの大木のはずなのに地上では複数の樹が密生しているように見える。通常は四、

マテバシイ

バオバブの木

五本に分かれているのが多いのだが芝増上寺の境内で見つけたマテバシイは写真で見るように十九本の幹に分かれている。中央にたまった落ち葉を取り除いて幹が分かれているところを観察しようと努力したのだが手が届かず、ついに確認はできなかった。しかし十九本の幹が一本から分かれてできていることはほぼ間違いないと思われる。

アフリカの東に位置するマダガスカル島は動植物に珍しい固有種が多いばかりではなく、原住民はインドネシアのボルネオから五世紀に船で渡来した人たちであるという不思議な歴史を有している。マダガスカルで有名なバオバブの木は高さ二十メートルもある巨大なトックリ状の胴体のてっぺんだけに枝が広がっていて、我々の眼にはまことに奇妙に見える。幹分かれというか枝分かれというか、どうして樹によってこんな差ができるのか不思議なことだ。

（『ほほづゑ』88号）

親子四代にかかわる旅〔平成二十六年十一月二十一～二十三日〕

孫の徹也から親子三代・男だけの旅をしませんかという提案があった。二泊三日の予定で九州の宮崎、鹿児島、熊本を廻るというものだ。私の父渡辺忠雄は明治三十一年に生まれて百六歳の長寿を全うしたが若い頃に鹿児島で第七高等学校の生徒として三年間を過ごしている。孫の徹也としては曽祖父の青春時代を偲ぼうということらしい。そうすると親子四代にかかわる旅ということになる。私も八十歳台の半ばなのでこんな機会はまたとなかろうと考えて参加することにした。旅程はすべて孫の徹也にお任せである。私は移動金銭出納係の役割をすることになる。息子の雅人と孫の徹也が十一月二十一日の金曜に休暇をとり、週末を利用して出発することにする。

第一日目は朝五時過ぎ、暗いうちに集合、嫁の博子に浜松町のモノレール駅まで送ってもらう。空港ビルの中を私より背の高い息子と孫の間にはさまれて歩いていると、自分が子供になって大人に連れられて歩いているような妙な気持ちになる。これでも若い頃は身長百七十二センチで同年代の人間としては背の高い方だったのだ。まだ街は暗く眠っていて、モノレールの車内から見下ろす高速道路の上は自動車のヘッドライトがせわしく交錯している。暫くすると東の空が明るくオレンジ色に輝きだし、横に流れた雲が美しい。雨上がりで空気が澄んでいるせいか、なにか東京ではなく遠い異国の景色のようだ。これは今回の旅のハイライトの一つかも知れないなと思うほど幻想的な眺めだった。

宮崎「鬼の洗濯板」

七時二十五分羽田発。天候に恵まれ揺れることもなく、雪をかぶった富士山もよく見えた。九時十五分宮崎着。バスで「鬼の洗濯板」見物のため青島へ。

海に突き出した砂浜を周囲八百六十メートルの小さな島まで歩く。島の周りは定規で引いたように見事に並んだ石の列、しかも一つ一つがまるでジグソーパズルのように相互にはめこまれた石で出来上がっている。この島の成因を知りたいものだ。縦に積み上がった層が地面の隆起により倒れて横になったまま侵食されたのではないかと想像されるが、これほどの範囲で洗濯板状になっているのは不思議だ。だいたい今の若い人

「七高生久遠の像」鹿児島 鶴丸城址にて

たちは洗濯板など見たこともないだろう。

青島神社に参詣。島の中心部は特別天然記念物として立ち入り禁止になっており、青島固有の植物が繁茂してジャングル状になっている。平日のせいか見物客はほとんどが中国人である。バスで宮崎市内へ。昼食は地鶏の炭火焼。徹也はうまいうまいとご満悦だが私には固くて容易に噛み切れない。「特急きりしま」には南宮崎の駅から乗車する。午後二時二十分発、鹿児島へは二時間ほどの旅。この間の景色は天気ならばたいへん美しいに相違ないが雨が降り出して暗いのが少々残念。鹿児島中央駅について荷物をロッカーに入れ、タクシーで第七高校のあった鶴丸城址へ。

父は明治三十一年に北海道の東の果て厚岸に生まれた。札幌中学校を卒業してはるばる北海道から鹿児島にやってきたのは暖かい所に行きたいという願望と西郷隆盛にあやかりたいという気持ちからだったという。昔の七高校舎はすでに存在しないが三人の下駄ばき、マント姿の学生の銅像があってその前に並んで写真をとる。

「仙厳園」（磯庭園）にて

百六歳で長寿を全うした父が亡くなる直前まで口ずさんでいたという七高寮歌「北辰斜めにさすところ紫さむる黎明の……」が石碑に刻まれている。七高を卒業した父は東京大学法学部を経て日本銀行に奉職している。北海道の田舎町に生まれてからなんの後ろ盾もなく、最終的には大銀行の頭取まで勤めたのだからやはり優れた資質があったということなのだろう。城山観光ホテルにチェックイン。城山の上に位置するホテルの露天風呂は湯につかりながら街の灯を見下ろすことができてはなはだ快適である。昼間であれば桜島が正面に見えるとのことだ。

二日目は朝七時少し前に桜島の右肩のあたりから朝日が昇るのを眺める。雄大な景色である。桜島が高さ

磯庭園から桜島を望む

千百十七メートルもあるとは知らなかった。昨日とは打って変わって晴天。城山展望台まで三人で歩く。頭上を高く覆うクスの大木はいずれも幹を蔓生植物におおわれ樹齢の古さを感じさせる。木陰のひんやりとした空気が心地よい。展望台では犬を連れた二人の女の子がお握りをほおばりながらおしゃべりをしている。学校では学年ごとに城山を駆け上る競争をよくやるとのこと。タクシーで西郷隆盛の墓所である南州神社へ。石段を登ると西郷隆盛の大きな墓の両脇に桐野利秋、村田新八はじめ、ともに討ち死にした人たちの墓が並んでいる。なかには享年十四歳と刻まれた墓石もある。ここからバスで今回の旅のハイライトである仙巌（せんがん）園（磯庭園）へ。門をくぐると六十八キロの砲丸を三キロも飛ばす能力があったとされる巨大な大砲を復元したのが眼に入る。その隣には反射炉の跡がある。

島津家十九代光久が桜島を築山に、錦江湾を池に見立てて作ったとされるこの庭園はまさに桜島を正面に見据えて見事なものだ。さらに庭園全体を囲うように高くこんもりと茂った裏山が青空に映えてなんとも言えぬほどに美しい。二十八代斉彬の時代には勝海舟、グラバー、ロシア皇帝ニコライ二世たちもここを訪れているとのことだ。私は六十年も前に鹿児島に来て磯御殿というところに一泊した記憶があるのだがそれがこの島津別邸なのだろうか。たしか女中さんが昔お姫さまが遊んだという貝合わせの遊具を見せてくれた。今ではかつての殿様の居所ということで着物姿の女性が廊下を巡って観光客を案内するようになっている。私の記憶違いかと入り口に立っていた老人に訊ねてみたところ、以前は茶会とか寄り合いによく使われていたので宿泊することもできたのかも知れませんとのことで私の勘違いではないようだ。徹也は桜島の頂上から雲が消えるのを辛抱強く待って写真を撮る。休憩所に両棒（りゃんぼ）屋というのがあって棒に味噌味と醤油味のやわらかい餅を巻きつけたのを売っている。父が学生時代に好んで食べたものらしい。ここからバスで鹿児島中央駅へ。鹿児島の街ではどこを歩いても黒い火山灰と思われる砂がうすく道路を覆っている。

「特急きりしま」で昨日来た路線を隼人まで逆行し、バスで妙見温泉に向かう。川沿いを山の奥深く入ってゆくバスには我々のほか学生が一人きりだ。五時過ぎとなると山あいでは陽の落ちるのもはやく、当日の宿である田中舘についたのは暗くなってからだった。三人で家族風呂に入る。夕食の黒豚しゃぶしゃぶはとてもうまかった。徹也は二人前を追加注文。一部屋に布団を三つ並べて親子三代が寝る。こんなことはもう二度とないだろう。

三日目はゆっくりと朝風呂につかって朝食をとり、九時四十二分のバスで嘉例川に沿った山あいの細い道を行く。温泉があちこちにあるがいずれも小さな宿が道端にあるのみ。安楽温泉、新川渓谷温泉、ラムネ温泉などというのまである。肥薩線の嘉例川駅は明治三十六年開業以来そのままという九州一古い木造駅である。小さな駅前広場は駐車した車で一杯だ。鉄道の利用客ではなくて駅舎を写真にとりに来ている人々らしい。観光列車「はやとの風」の到着まじかになると駅弁が大量に持ち込まれて販売される。他にも野菜の掻き揚げテンプラ一個五十円などというのもあって、駅舎の中はおいしそうな香りでいっぱいになる。列車は途中駅で五分から八分も停車し、乗客はその間に降りて駅舎の写真をとったり駅弁を買ったりする。車窓から見る山の景色は素晴らしい。山あいの小さな村落を見ていると、これこそ本当の日本の田舎風景だと納得する。霧島温泉駅を経て吉松着。弁当を買って観光列車「しんぺい二号」に乗り換える。列車の内部はアール・デコのカフェのスタイルでしゃれている。駅弁もおいしかった。吉松から人吉までの通称「えびの高原線」は宮崎、鹿児島、熊本三県にまたがり「日本一の車窓と観光列車の山登り」と自慢するだけあってトンネルあり、スイッチバックあり、ループありで車窓の眺めも抜群だ。山越えの頂上では開聞岳から桜島まで遠望できますよとの車内放送だったが私にはどこか分からなかった。真幸駅では和太鼓を叩いての歓迎まであってＪＲ九州と沿線住民の協力による観光客誘致運動は大きな力になっているようだ。吉松駅でさらに九州横断鉄道特急六号に乗り換える。今度は列車が球磨川沿いに走る。これはこれで良い眺めである。

熊本城天守閣

二時五十九分熊本着。路面電車で熊本城へ。列車「七つ星」を設計した人がデザインしたというしゃれた路面電車が走ってくる。電車の中ではあちらでもこちらでも中国語が聞こえる。台湾からの観光客であろう。

熊本城はむかし訪れたことがあるはずなのだが、こんなに立派なものとは想像していなかった。敵の侵入を防ぐために右に左にと曲折した石段。その一段一段が高くてこれではいかに昔の人でも重い鎧を着て駆け上がることはできなかったのではなかろうか。城壁の石積みの幾何学的な曲線の美しさ、天守閣の白壁と漆を塗った黒い板張りの強烈なコントラストがその大きさとともに圧倒的に迫ってくる。城内には巨大な銀杏の木が黄金色に色づいていた。天守閣宇土櫓の上まで登るのは私だけパスして雅人と徹也が降りてくるのを待つ。今回の旅の最後が熊本城だったのはとても良い締めくくりだったと思う。

バスで空港へ向かう。十九時十五分日本航空三九八六便で熊本空港発。二十時五十分羽田着。モノレールとタクシーで帰宅。今回の旅は天気に恵まれ、たった二泊三日にしては海の眺めから山の眺め、温泉にいたるまで盛り沢山で楽しかった。雅人も徹也も祖父にいろいろと気を使ってくれて有難う。父忠雄の思い出までふくめて徹也の旅のプランは最高だった。サンキュー。

(『ほほづゑ』88号)

*

*

散歩の植物誌 45

葉の畸形

植物の葉にはそれぞれ特徴があって同定の際には大きな役割を果たす。葉の形、葉脈の形状、鋸歯の有無、葉柄の有無その他いろいろある。クリの葉は葉先が尖っていて鋸歯が鋭く先端がノギ状になっているのが特徴だ。ところが稀ではあるが葉先が尖っていないで丸い葉が見つかることがある。軽井沢の隣接地、大日向のあたりで畑の境界に三十本ほど群生したクリの木はかなりの数の葉が丸い葉先を持っている。どう

マタタビの葉

してここのクリだけが葉の形が違うのか不思議である。

蔓性の植物マタタビの葉も通常は右の写真に見るごとく葉先が尖っている。ところが私がたまたま見つけたマタタビの葉は左の写真のように葉先が尖っているどころか内側に切れ込んでいる。私は標本を持参して軽井沢植物園の専門家に訊ねてみた。葉先が尖っていないクリの葉はたまに見かけることがあるが、葉先の切れ込んだマタタビの葉は見たことがないとのことだ。特定の個体で一部の葉だけが畸形であるということは細胞分化のどの段階で遺伝子の写し違いが起こっているのだろうか。本連載の三十八回稿でキバナチョウセンアサガオの葉に左右非対称のものが多いことを記述したがこれも畸形なのであろうか。

（『ほほづゑ』89号）

感動したテレビ番組

ＮＨＫテレビの番組「渡辺謙 アメリカを行く」を見た。日系アメリカ人として初めて下院議員となったノーマン・ミネタ氏との対話を記録したものである。戦争中に十二万人に及ぶ日系人が突如財産を奪われ強制収容所に入れられたことの不当さについてミネタ氏が執拗に米国政府を追求し、四十六年後のレーガン大統領の時代になって初めて、政府が法律によって収容所に入れられた日系人に対し公式に謝罪し補償をするに至った経緯が語られている。渡辺謙はミネタ氏の一家が収容されていたワイオミング州ハートマウンテンの荒地に作られた収容所を冬に訪れているが、ここは強風の吹きまくる極寒の地であるとのことだ。彼は粗末な木造バラック建ての収容所の跡を見て、ここで暮らした日系人のことを思って暗澹とした気持ちになったと語っている。

ミネタ氏が議会において日系人達は財産のみでなくbasic human rights（基本的人権）を奪われたのだとするスピーチは聴く人を感動させずにはおかない堂々たるものであった。そして彼が渡辺謙に語っているのは自らが正しいと思ったことはどこまでも曲げてはいけないということである。indomitable mind（不撓不屈の精神）というあまり耳にすることがない英語が印象的であった。

彼は後年、九・一一のテロ事件の際に運輸長官の要職にあった。事件後アラブまたはイスラムの人たちに対する反感からエアラインは搭乗拒否をするとか特別な身体検査を行うなどきびしい対応をしたとのことだ。政府内にも人種プロファイリングを実施しろという動きがあったという。しかし運輸長官のミネタ氏は断固反対し、日系人としての過去の苦い経験から、エアラインがそれぞれに行っていた飛行場での安全検査を新しい政府の組織が一元的に行うように変えることで人種的な偏見を排除した。現在米国の大統領選挙で候補者の一人が声高にイスラム教徒の排除を唱えているのを見ると、かつてのマッカーシーの赤狩を思い出さずにはいられない。

ミネタ氏は、日本人は大きな壁の前では「シカタガナイ」という考え方で物事を決着させてしまいがちであると指摘している。渡辺謙は多くの映画でサムライの役を演じているが私はミネタ氏こそ本当のサムライであると感じた。

同じくNHKのテレビ番組「我が愛する日本人へ―ドナルド・キーン　文豪との七十年」を見た。とても印象深い番組であった。彼は日本人との最初のつながりを一九四〇年にアッツ島で戦死した日本兵が所持していた日記を読んだことにあると言っている。アッツ島では二千六百人の守備隊が全員戦死したがその多くは自決であったと伝えられている。兵士の日記には死を前にした絶望的な時間の中で「十三粒の豆を七人で分けてかろうじて正月を祝った」と書いてあったとのことだ。

後年彼は平安時代から近代に至るまでの多くの日記を読破して『百代の過客 日記にみる日本人』二巻を著している。この表題はもちろん松尾芭蕉の旅日記「奥の細道」から冒頭の「月日は百代の過客にして行き交う年もまた旅人なり」を借用したものだ。この愛蔵版二冊は私の書棚にも並んでいるのだが、恥ずかしながら私が読んだのは序文と後書きと一部の日記についての論考だけである。序文のなかで彼は日記というものが小説、随筆などに劣らぬぐらい重要な文学のジャンルだと考えられているのは、他ならぬこの日本だけであると書いている。そして紫式部に代表される平安朝の宮廷女性の日記が、日本の近代文学「私小説」の始祖であったと指摘している。私自身も多くの現代人の日記を愛読し『ほほづゑ』四十六号に寺田寅彦の『書簡と日記』、岸田劉生の『劉生絵日記』、堀田善衛の『オリーブの樹の陰に』、大岡昇平の『成城だより』、池波正太郎の『銀座日記』、山口瞳の『年金老人奮戦記』等について書いている。

このテレビ番組の中で彼が語っていることには興味をひかれることがたくさんある。たとえば日本人の特徴として曖昧さ、はかなさへの共感、礼儀正しさ、清潔さ、勤勉さを挙げている。日本文学の伝道師をもって自認する彼は、多くの日本人作家との交遊のなかでさまざまな経験をする。川端康成との対談で『雪国』の冒頭「国境の長いトンネルを抜けると雪国であった」のくだりが主語のない文章であるために翻訳に困ったと語っている。それに対して川端康成は余白というか余情というか曖昧なところに日本語の表情の豊かさがあるのだと答えている。水墨画と同様にディテールまで描かずにぼかすことで魅力を増しているというわけだ。翻訳者としては、太宰治の文章は全く問題がなく自分が書いたように翻訳できたのに反し、三島由紀夫の文章はいろいろな比喩が織り込まれていて翻訳するのは難しかったとのことである。ノーベル文学賞候補として日本人作家の推薦を求められた彼は谷崎潤一郎、川端康成、三島由紀夫の三人をあげ日本人の年功序列感覚も考慮して谷崎潤一郎を第一に推したと言っている。その後谷崎潤一郎は亡くなり、川端康成がノーベル文学賞を受賞した。彼は「これによって長い歴史を持つ日本文学の伝統が世界の文学と合流した」と感じている。

司馬遼太郎との交流のなかで新聞に評論を連載することになり、日記文学を主題に取り上げたのが『百代の過客』二巻に結実したとのことだ。彼は日本人の欠点として大きな時代の渦のなかに巻き込まれやすいということがあり、シカタガナイと自分で納得してしまうと指摘している。これは我々が心しなければならないことであろう。彼は戦時中の谷崎潤一郎の疎開日記を読んで「細雪」の『中央公論』連載が戦意高揚を求める軍部の圧力により中止に追い込まれたにもかかわらず、谷崎が世間の大きな渦に巻き込まれることをかたくなに拒否し、空襲のさなかでも「細雪」の創作に打ち込んでいることを知って感銘を受けている。日本人は西洋文化を吸収することに熱心であったが、日本文化を世界に理解させようという努力が足りなかった。彼が日本に来た当初「刺身は生魚だから食べられないでしょう。納豆もだめでしょうね」という言葉をなんど聞かされたかわからないと語っている。その裏には「我々日本人にしかわかりゃせんのだよ」と互いに頷きあっているような姿勢が感じられたという。彼は現代の日本人が貴重な伝統に対する関心の薄いことを懸念している。しかし伝統というものは時々見えなくなったり隠れてしまったりするが流れとしては続いているのだということを知ってほしいと言っている。

彼は平成二十四年東北大震災のあと多くの外国人が日本を逃げ出しているなかで日本に帰化している。九十二歳で現在もなお執筆活動を続けているドナルド・キーン氏に対する我々日本人の感謝とともに今後の彼の健康を祈りたい。

「チャスラフスカもう一つの肖像　知られざる激動の人生」というテレビ番組を見た。ベラ・チャスラフスカという舌を噛みそうな難しい名前の女性を覚えている人はもう少ないかもしれない。ベラ・チャスラフスカは一九六四年東京オリンピックの体操部門で三つの金メダルを獲得し「体操の花」とたたえられた当時二十三歳の美しい女性である。次のメキシコ・オリンピックでも体操王国と言われたソ連をおさえて四つの金メダルを獲得し、チェコスロバキア（のちにチェコとスロバキアの二つの国に分離）の国民的ヒロインとなっている。

一九六八年に共産主義政権のもとで抑圧されていたチェコの民衆の間に「プラハの春」と呼ばれた自由化の運動が巻き起こると有名な「二千語宣言」が出され、チャスラフスカをふくむ多くの文化人が署名した。この運動が他の東欧諸国にまで広がる気配を見せるとブレジネフのソ連は突如多くの戦車を送り込んでプラーハを武力で制圧した。チェコスロバキア共産党第一書記であったドプチェクは追放され、親ソ派のフサークにとって変わられて民主化運動はわずか八ヶ月で終焉を迎える。そのあとには以前よりもきびしい言論統制が行われ「二千語宣言」に賛成した文化人たちは政府の脅しによって次々と署名を取り消すことになる。人間機関車と呼ばれて世界に名を知られたマラソン選手ザトペックもついに折れて署名を取り消している。国民的ヒロインであったチャスラフスカの影響力が大きかっただけに政府は陰に陽に彼女に署名取り消しの圧力をかけ続けた。チャスラフスカが書いた自伝は検閲により反ソ的であるとの理由のもとに内容が三分の一に削られてしまった。共産党第一書記のフサークに面会を求めたチャスラフスカが署名取り消しに応じないばかりかソ連の介入を非難したところ、フサークが眼くばせをしてテーブルの下を見たことで、共産党第一書記の彼ですら盗聴の対象になっていることを知ったとのことである。さらに体操クラブを除名されたチャスラフスカは職を失い、四年間は掃除婦として生活費をかせがねばならなかった。当時のチェコ国内の様子は世界的ベスト・セラーになったミラン・クンデラの小説『存在の耐えられない軽さ』に詳細に描かれている。若く有能な脳外科の医師と彼を取り巻く美しい女性たちの運命は見る者に共産主義政府の非人間性を訴えずにはおかない。

一九八五年にソ連ではゴルバチェフのもとペレストロイカが始まり、一九八九年にはベルリンの壁が崩壊する。「プラハの春」を演出した政治家達が復帰し、チャスラフスカも彼等と共にバーツラフ広場のホテルのバルコンから民衆の歓声にこたえた。彼女はハベル大統領の新体制のもと大統領補佐官としても活躍している。

現在七十三歳になるチャスラフスカはガンの治療を受けながらもあらためて真の自叙伝を執筆中であるとのことだ。この番組における彼女の最後のメッセージは次のようなものであった。「私たちは個人的なことばかりに関心を持ち、社会や政治から眼をそらしてしまいがちです。今こそ自らの記憶と向き合ってゆくべき時です」

病院で記者のインタビューに応じた彼女が日本の浴衣をはおっていたのはたいへん印象的であった。

(『ほほづゑ』89号)

散歩の植物誌 46

クリスマスローズ

クリスマスとは関係のない春先に花を咲かせるこの植物がなぜクリスマスローズと名付けられたのかその理由はさだかでない。最近は我が国でも愛好する人が多いのか、あちこちの植え込みに登場する。クリスマスローズの花は本当は五弁のガクで白に淡い緑または紫の色がさしていて、どれも揃って頭を垂れている。いかにもしとやかにうつむいているような感じだが、私には冷たく横目でこちらをじっとうかがっている暗い性格の女性のように思える。目立たない色をして首を垂れているところはハシリドコ

クリスマスローズの花

ロの花に似ている。どちらも陽の当たるところを避けて木陰の湿ったあたりを好むようだ。両者ともにその毒性の強いことで知られている。ハシリドコロの名の由来は中毒すると苦しいあまりにあたりを走り回ってついに死に至るという恐ろしいものだ。しとやかに頭を垂れているクリスマスローズも要注意だ。クリスマスローズでもう一つ不思議なのはその葉の形である。図のように葉先がいくつにも割れているのだがいくつに割れていると見たらよいのか数え方がむずかしい。番号を振ったように五つに割れていると見るのが正しいような気もするがなんとも判断がつきかねる。

（『ほほづゑ』90号）

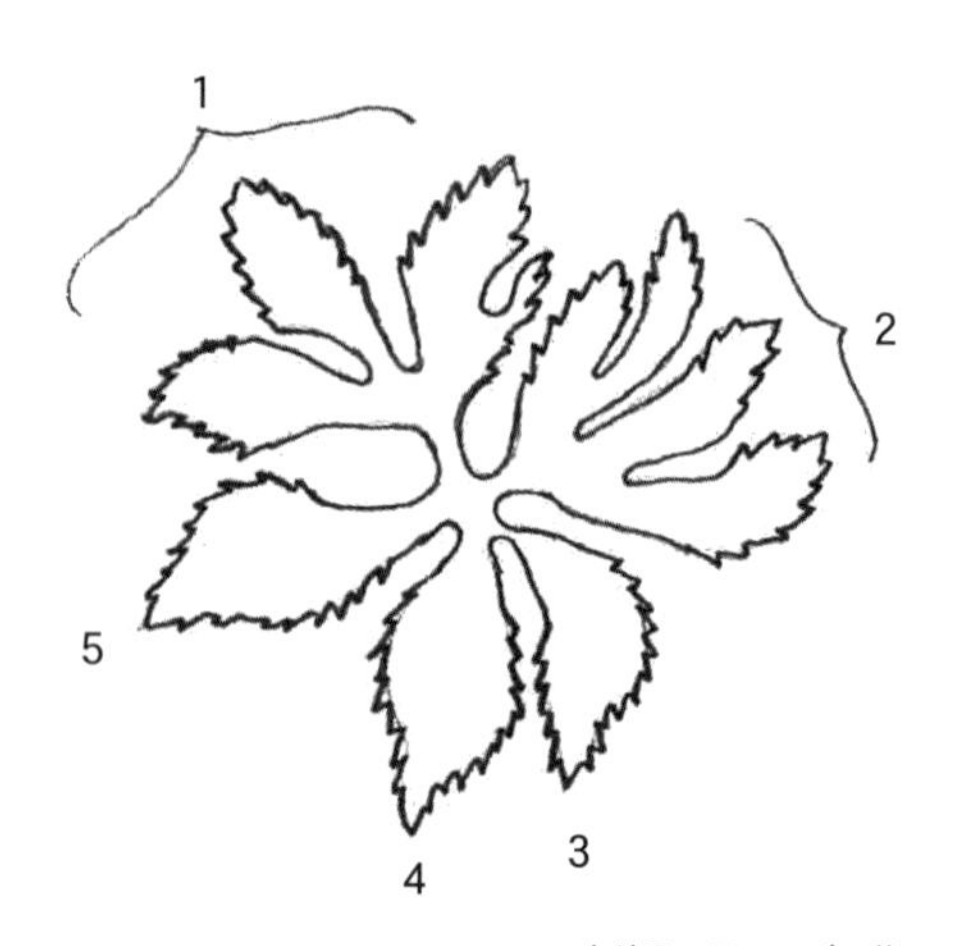

クリスマスローズの葉

東欧四ヶ国の旅（上）二〇一五年五月二十七日―六月四日

〔第一日目〕

ルフトハンザの機中で食事が度々供されるのに閉口。食べるのは少しだけにしておこうと思っても結局全部食べてしまってあとで後悔することになる。乗り換えのフランクフルト空港はだいぶ昔のことになるが完成直後にやってきてストに巻き込まれ閉口した思い出あり。当時は最新の空港だったはずだが今来てみると大きいばかりで時代遅れの不便な空港だ。

ブダペストについて空港の建物を出て外気に触れると肌寒いので思わず身をすくめる。市内へのバスは穏やかな田園風景から始まって整然とした大通りに入る。建物も街路樹もきれいに整えられ小パリの感じだ。しかし我々に空港で加わった当地在住の女性ガイドの話では「裏通りに行けば今でも銃弾の跡がたくさん見られます」とのこと。ハンガリーは観光客には物価が安いと見られているがハンガリー国民の給与水準は低いので生活は楽ではないそうだ。永年他国の支配のもとに暮らした歴史から国民にはなにがなんでも頑張ろうという気質に乏しいとのこと。

ホテル・ラディソン・ブリュにチェックイン。中央駅の地下に大きなショッピングエリアがあるそうなので散歩がてら見に行く。空港からのバスで眺めた景色では街路樹も美しく小パリのようだと思ったがあちこちの壁に落書きが多く、歩道の石も凸凹だ。歩いている人の服装も垢抜けしていない。なにか落魄した感じがする。かたわらのベンチには酒ビンを握った老人の酔っ払いが片足裸足のまま腰掛けている。地下のショッピング・モールでは大勢の人が集まり、中央で髭面の男が手を振り回してなにやら演説をしていた。

ハンガリー、ブダペストの国会議事堂

マーチャーシュ教会

〔第二日目〕

有名な国会議事堂を見学。最近はテレ

ビの旅番組で各国の風景を見ることが多いのでなにか初めて本物を見ても見慣れた感じがする。これははたして良いことなのだろうか。国会議事堂は左右対称で壮大な建物だが周囲には緑の樹木もなく裸の広場にぽつんと建っていて寒々とした感じがする。内部は金ピカで専属の案内人がいろいろ説明してくれる。ハンガリーは海も山もない国で大理石を産出しない。しかし国会議事堂は費用がかかってもすべて国産の材料で作ろうという意図で大理石に見える柱も実は木製で彩色したものだそうな。二本の柱だけがスウェーデン国王からの贈り物の大理石だという。室内に並んでいる青銅製の像と見えるものも実はハンガリーが得意とする陶磁器であるとのこと。内部には衛兵に守られて有名な王冠が安置されている。王冠の頂部にある十字架が斜めに倒れている原因についてはいろいろな説があるらしい。

ここからドナウ川を渡りブダ地区にある王宮の丘でマーチャーシュ教会を見学する。ハンガリーの歴史の中でマーチャーシュは希代の名君とされている。駐車場から長い階段をどこまでも歩いて登るのはかなりしんどい。

教会の前はせまい広場なので建物全体をカメラに収めるのがむずかしい。テラスからドナウ川の流れとペスト地区を一望する眺めは素晴らしい。ドナウ川は過去しばしば氾濫し、国会議事堂の建物が危機にさらされたこともあるとか。ハンガリーはわが国と違って火山国ではないが、千を超える温泉源があるとのことで、なかには壁が欠けたみすぼらしい建物から宮殿と見まがうような立派な施設まである。昼食はブダペストで一、二を争う高級レストランと言われるグンデル。黒豚はなかなかおいしかった。ここではハンガリーの有名な陶器ヘレンドなども販売している。

ブダペスト最大の市場

このあとブダペスト最大の市場を訪れる。どでかい丸屋根の下には三層にわたって野菜、肉、酒、衣類から家具にいたるまでなんでもありだ。野菜売り場では巨大なスイカらしき物があるかと思えば細くてひねたニンジンみたいなものもあり、なんという野菜か判定しかねる。

ここから鎖橋の袂まで路面電車に乗ることになる。地下の広場には券売機が一つしかない。しかも我々が操作してもウンともスンとも言わない。地下入り口に眼鏡をかけ駅員風の制服を着た小母さんがいたので十七人分の切符を買いたいのだがと言うと手もとに十人分しか持っていないという。それでは切符なしで乗ってもいいなとダメをおすとそれはいけない、歩いて五分くらいのところに事務所があるからそこに行けという。添乗員の中島

さんに馬鹿馬鹿しいから無賃乗車しましょうと提案し、みんな切符なしで乗り込む。問題は別に起きなかった。鎖橋の上からドナウの流れを見る。ここからイストバン教会まで歩く。我々夫婦は少々歩くのに疲れたので堂内見学を早々に切り上げ、教会正面のカフェでビールを飲んで一休み。広場では青空コンサートをやっている。ここから地下鉄でホテルの近くに戻る。地下鉄駅の下りのエスカレーターはモスクワのエスカレーターなみの速度で、初めて乗る日本人なら少々尻ごみするほどだ。

夕食のレストランにて

夕食は丘の上の王宮に近いレストランまでかなり歩くことになる。このあたりは大型バス乗り入れ禁止になっているので止むを得ない。レストランの個室では三人の楽師がウィーンのワルツの演奏で我々を迎えてくれる。男女四人の踊り手が現れて手足を激しく叩く踊りを披露する。ジプシーのフラメンコよりはむしろロシアの踊りに近い。バイオリンの弾き手に金を握らせて本当のチャルダッシュを聞きたいと注文をつけたところ、ヴィットリオ・モンティのチャルダッシュの演奏をしてくれた。

〔第三日目〕

バスでブダペストを出発ブラチスラバに向かう。郊外に出るとこれはもうどこまでも続く平原だ。この国には海もなければ山もないという表現に納得する。

ブラチスラバはかつてハンガリーの首都でもあったが現在はスロバキア領である。小さな美しい街で観光に徹している。色鮮やかな家並みと主要な道路に張り出したテントのレストランは観光客でいっぱいだ。道路わきのマンホールにヘルメットをかぶって地面から上体をせり出した労働者の銅像があるのが通りがかりの人の笑いを誘う。

ここで食べた白身魚のソテーはおいしかった。街の中央プラウネ広場の一隅に大きな日の丸が掲げてあるのは日本大使館だとのこと。バスで丘の上に登り、四隅に塔があって「引っくり返したテーブル」と呼ばれているブラチスラバ城を外から眺める。高みから見渡すドナウ川は美しい。夕方になってウィーン着。ホテル・アム・コンツェルトハウスにチェックイン。

マンホールの蓋に擬した労働者像

〔第四日目〕

ウィーンには姪の美鈴さんが現地のヴォルフガングと結婚し

て住んでいるので我々が見たいところは事前にメールで伝えてある。ウィーンは私にとっては三度目、家内にとっては二度目の訪問である。この街はかつて円形の城壁に囲まれていたので見所はすべて歩いて廻れる範囲に集まっている。ヴォルフガングは学校の先生をしていたのでウィーンの歴史についても詳しく、通り一遍の観光旅行では分からないことも教えてくれる。

ウィーン在住の姪夫妻と

カルルス教会前の広場

ホテルから有名なムジクフェルアインの建物を左に見て公園を横切りカルルス教会の前に出る。二本の螺旋形ミナレットはトルコの様式を取り入れたものだとのこと。トルコは二度にわたってオーストリアに攻め込みウィーンを包囲したが永年の敵国であるだけでなく多くの文化的な影響も残している。コーヒーを飲む習慣とか三日月形のパン、クロワッサンなどもそうだ。

中心街ケルントナー通りを歩く。高級服飾・装身具店が軒並み観光客で溢れている。スワロフスキーの店でこまごました買い物をする。ウィーンの中心シュテファンズ・ドームの前はカメラを構えた人々で一杯だ。壁の一部に小さくプラスチックの囲いがしてあって〝05〟と刻んである。ヴォルフガングの説明によるとヒトラーがオーストリアをドイツに併合してから、オーストリアという言葉を使うことが禁じられた。ナチスを嫌う人がÖsterreichの最初の文字オー・ウムラウトを0とアルファベットで五番目の文字eに分解してつないでここはオーストリアだぞという意味を示した隠し文字だという。ちなみに世界でも広く知られた「サウンド・オブ・ミュージック」の映画はオーストリアでは一度も公開されたことがないそうである。内容があまりにもアメリカ的なのとトラップ一家がオーストリアを捨てたことへの反感があったのだという。堂内の見事な木彫りの説教台の下部に小さな窓から半身を乗り出している像が彫りこまれているのは彫刻師自身の姿だそうだ。シュテファンズ・ドームの屋根の色付きタイル模様は美しい。これを塔の上まで階段を登って眺めるのが本筋だが八十五歳ともなるとその気にはならない。

モーツァルトが住んでいたフィガロ・ハウスを訪れる。イアホンで説明を聞いているとモーツァルトはたいへんな浪費家で虚栄心も強い人物であったようだ。映画「アマデウス」のシーンを思い出す。ここから裏通りにあるヴィーナーシュニッツェルの元祖フィグルミュッラーという店に入る。かつてドイツに永年暮らした家内の弟とヴィーナーシュニッツェルは牛肉か豚肉かで論争したことがあるが、この元祖店でメニューを見ると牛も豚も鶏まである。しかし牛と豚ではかなり値段に差がある。出てきた牛のヴィーナーシュニッツェルは大皿の縁をさらに大幅にはみ出したサイズだった。たいへんおいしくてビールともども大満足。

大皿からはみ出した牛のヴィーナーシュニッツェル

王宮ホーフブルク前の広場はお祭り騒ぎでたいへんな人混みだ。ホーフブルクの向い側にウィーン近代建築の創始者ロースの設計した建物がある。装飾をまったく廃した単純明快なこの建物が出来たとき、皇帝はこんな醜い建物は見るに耐えないとして王宮のこちら側の幕は締め切りにさせたと言われる。王宮の一部であるエリーザベト博物館に入る。今はシッシー博物館と名を変えたのだとか。エリーザベト、愛称シッシーはドイツのヴィッテルスバッハ公爵の娘として生まれ、十六歳でハプスブルク家のフランツ・ヨーゼフ皇帝と結婚したが、宮廷内の窮屈な生活に飽き足らず特別列車を仕立ててヨーロッパ中を旅した。

　私の昔からの疑問は皇帝フランツ・ヨーゼフとエリーザベトの時代はハプスブルク帝国瓦解の終末期であり、フランツ・ヨーゼフの弟のマキシミリアンはメキシコ皇帝に担ぎ上げられたが革命で殺され、エリーザベトの一人息子である皇太子ルドルフは娼婦と心中し、エリーザベト自身もジュネーブで無政府主義者に殺されている。さらにはフランツ・ヨーゼフの後継者フェルディナントはサラエボで暗殺されて第一次世界大戦の端緒ともなっている。まるで不幸の連続だ。それにもかかわらず今でもシッシーの人気が高いのはなぜなのだろう。ヴォルフガングの説明によるとエリーザベトは生前あまり人気がなかった。しかしハプスブルク帝国が最後の輝きを見せたフランツ・ヨーゼフとエリーザベトの時代は文化的にもウィーンが華麗な花を咲かせてヨーロッパの中心であったことでもあり、エリーザベトが絶世の美人であった事と重なってオーストリアの国民は輝かしい過去に今もなお強いノスタルジーを持っているとのことだ。それにロミー・シュナイダーが演じたエリーザベトの映画が彼女に対する憧憬の気持ちを人々の間に盛り上げたことを忘れるわけにはゆかないという。わが国でも宝塚歌劇でエリーザベトの物語が大成功を収めたがそのためにエリザベートと間違った発音が定着してしまった。

食事のあと、私の永年の知己であったエリーザベト・シェーンボルンの家を見に行く。オーストリア貴族は競って王宮近くに邸を構えたがシェーンボルン家もその一つである。六十年余も前に私はそんなことも知らずにエリーザベトの家でご馳走になったわけだが内部の様子などは全く覚えていない。そのエリーザベトも昨年の暮れに亡くなってしまった。生きていれば今回の旅行で再会することもできたであろうに残念である。

ウィーン名物のフィアカー（馬車）

ここから私の希望でウィーン名物のフィアカー、馬車に乗っての散策をする。カッカッと石畳の上の軽やかな馬の蹄の音で心がうきうきする。これはとても楽しい思い出になった。

その後有名なカフェ・ツェントラルでビールを飲む。入り口には詩人アルテンベルクの坐像があって客を迎え入れている。本来ならアインシュペナーのコーヒーとウィーン名物のケーキを食べなくてはならないのだが暑いのでどうしてもビールになってしまう。夕食はヴォルフガングの案内で地下の大きなケラー酒場に行く。地下三層の構造になっていておいしいソーセージを食べる。まわりのテーブルも多くの人でたいへんな賑わいだ。
ウィーン滞在は美鈴夫妻のおかげで一日を有効に使うことができた。感謝、感謝。歴史美術館やゼツェッシオン（分離派）のクリムト絵画は以前に見ているので今回は足を運ばなかった。

（『ほほづゑ』90号）

連載対談 博聞意伝 17
（2016年7月4日収録） 澁澤 健、渡辺英二 （敬称略）

連載対談 博聞意伝
「世代を超えて未来を語る」

第17回
渡辺 英二――〔聞き手〕澁澤 健

自然科学が好きで理系に進む

澁澤 第九十号掲載の「博聞意伝」は渡辺英二さんにご登場いただきました。事前にご提供いただいた資料を拝見しますと、渡辺さんは一九三〇年のお生まれで、私の父親は二九年生まれですからほぼ同年代であり、父親と話すようなつもりで伺って行きたいと思います。

渡辺さんのご祖父は北海道根釧平野の開拓者であり、お父上は厚岸の生まれで、札幌中学、第七高校、東大法学部を出られ、日本銀行を経て三和銀行頭取・会長を務められた。そして百六歳の天寿を全うされた。お母上も百二歳で亡くなられたという長寿のご家系ですね。

渡辺　家系的に皆が長寿ということではないのですが、父は九十歳までゴルフをやっていました。健啖家でしたね。うなぎが好物でした。

澁澤　渡辺さんのお生まれはどちらですか。

渡辺　兵庫県の芦屋です。小学校は二年生までは芦屋で、それから東京へ移り、麻布小学校は三年生からです。高校は成城高校です。

澁澤　関西でお生まれになり、東京に来られて何か変わったことはありませんでしたか。

渡辺　小学生の頃のことですから、格別違和感を覚えるということはありませんでした。

澁澤　戦争のご体験は中学生時代ですか。ご記憶はありますか。

渡辺　戦争の記憶は鮮明にありますよ。東京では空襲を体験し、敵機の機銃掃射も目前にしています。終戦時は軽井沢に疎開していました。当時疎開していた仲間でいまだに同窓会と称して八十台半ばの男女が集まります。最近亡くなられてしまいましたが浅野久彌さんとか駐米大使をされた栗山尚一さんも仲間です。

澁澤　そうですか、栗山さんのご息女とは、以前勤めていた日本国際交流センターでご一緒だったことがあります。それで大学は大阪大学の理学部に進まれたのでしたね。

渡辺　そうです。理学部化学科で同級生三十一名の中には、文化勲章を受章した花房秀三郎君（分子生物学者）、学士院賞を受賞した菅宏君（物理化学者）がいます。

澁澤　渡辺さんが理系に進まれたのはどのような経緯だったのでしょうか。数学が得意だったのですか。

渡辺　数学というよりも理科が好きでしたね。私は小学校の頃から、自分は理系の人間だと思っておりましたので、そうした進路に進みました。

澁澤　実は私も化学工学部なのですが数学というよりも自然科学が好きでした。それで大学を出られた後海外留学をされていますが、どちらの大学ですか。

渡辺　スイスの工科大学です。留学（一九五四年）当初は学者になるつもりでしたが、自分はどうやら学者に向いていないと考え産業界に転進しました。人生には必ずどこかで分かれ道に出会います。右に行くか左に行くか自分で決めることのできる場合もありますが、四囲の情況で決まってしまうこともあるでしょう。ノーベル賞を受賞された湯川先生ははじめ実験物理を目指されたそうですが、手先が器用でないので真空技術に必要なガラス細工が苦手で理論物理に転向されたと回顧されています。ニュートリノの研究でノーベル賞を受賞された小柴先生は逆に理論物理を志向されたが、ご自分の適性に見切りをつけて実験物理に転向されたと「私の履歴書」（『日本経済新聞』）に書いておられます。

学者志望から産業界へ

澁澤　自分の意志で決められない場合はいたしかたありませんが、自分の意志で進む方向を決める場合、その判断の基準はどのように決められるのですか。

渡辺　私の場合「自分は学者にはなれない」と自覚したとしか言いようがないですね。それで帰国後昭和電工に就職することになりました。当時産業界では戦後の復興期で海外からの技術導入が盛んに行われていました。理系の人間で英語・ドイツ語が話せる人はいませんでしたから会社では重宝に使われたのですが、仕事の上で会社トップの身近で働くことが多く、たいへん参考になりました。

当時昭和電工ではカルシウムカーバイドを製造しており、食塩電解の工場も持っていましたのでカルシウムカーバイドからアセチレンを作り、食塩電解の塩素と結合すれば合成ゴムのネオプレンを作れるではないかということで米国のデュポン社と交渉し、合弁会社を作ることになりました。この工場はたいへん危険がともないます。重金属のアセチライドは触れると爆発すると教科書にも書いてありますし、中間体のモノビニルアセチレンは爆発力でダイナマイトと同等であり、副生物のジビニルアセチレンにいたっては常温で自然発火します。デュポン社で私の親しくしていたエンジニアは米国の工場の爆発事故で亡くなってしまいました。危険なプラントだけに工場長以下二十七名がアイルランドにあるデュポン社の工場に半年にわたり実習に行かされました。こんなことは化学業界では未曾有のことだったと思います。川崎の工場が完成して稼動してからも、就寝中に電話が鳴ると、事故ではないかとギョッとして飛び起きたものでした。今はプロセスが変わってしまっていますから、そういう危険はないでしょうが。

その次は米国のユニオン・カーバイド社と合成ゼオライト製造の合弁会社を設立しました。その製品は現在福島原発の汚染水処理に大きく貢献しています。当時昭和電工には十指をこえる海外との合弁会社があったと思いますが今なお立派に稼動し、かつ利益を上げているのは私がかかわったこの二社だけであり、これは私が大いに誇りにしていることです。

澁澤　そのように早くから昭和電工で活躍されていて日揮に移られたのはどのような経緯があったのですか。

渡辺　私が日揮に入社したのは一九七〇年で、当時、日揮の社長の鈴木義雄さんと昭和電工の副社長の鈴木治雄さんとは兄弟だったのです。つまりトレードですね。当時日揮はエンジニアリング・コントラクターとして、これから海外に乗り出そうという志向を強くしていた時期でした。エンジニアリング会社というのは、一般消費者とは全く接点がありませんから、馴染みもありませんが、原発の多くが停止している現在、わが国で消費される電力の四十六パーセントは日揮のような会社が海外に建設した液化天然ガスプラントから作られるＬＮＧを燃料としています。日揮に移ってからは世界中いたるところに毎月のように出張しました。

澁澤　当時日揮の展開の中心はどちらだったのですか。やはり中近東ですか。

渡辺　はじめは単発的に南米とかアルジェリアの仕事でしたが、東南アジアが多かったですね。中近東はもっとあとです。

澁澤　東南アジア、南米、中近東と風俗も文化も異なるところですが、ビジネスの習慣も違ったでしょうね。日揮は海外で仕事を展開する上での方針とか、社是というか企業のＤＮＡのようなものはあったのですか。

渡辺　日揮がメイジャー・オイル、特にシェルとかカルテックスの仕事をしたことで、彼等からの引き合いに応じるために世界中に出かけていったのが大きな要因でしたね。また日揮が大きく発展したのはさきほどお話したＬＮＧプラントを手がけたことによるものです。ＬＮＧプラントの建設には何千億円という莫大な費用がかかります。これを一括して手がけることのできるエンジニアリング会社は世界でも数社しかないのです。

澁澤　そういうエンジニアリング・コントラクターの仕事とは人、物、金、時間、情報をいかにマネージするかということのようですが、情報とはどんな情報ですか。

渡辺　技術上の情報は勿論ですが、相手国の政治・治安・商習慣まで含めて考えなければならないことは沢山あります。契約とか法律の知識も欠かすことはできません。

澁澤　最近バングラディシュで大きなテロ事件がありましたが、三年前、日揮はアルジェリアの天然ガスプラントで人質事件に巻き込まれて犠牲者を出しました。この事業はアルジェリアの国益にもかなったものであった筈なのにこういう事件が起きることがとても残念です。

渡辺　私はもう会社を退いてから十五年ほどになりますので現状について意見を申し上げる立場にありませんが、途上国では政府と政府に対抗する勢力が常に争っており、その利害関係に日本の会社が意図せずに巻き込まれるということでしょうね。特にそれが宗教がらみになると我々日本人には理解の及ばないことが多いのです。アルジェリアでも私がたびたび訪れていた頃は地中海沿岸の都会はテロが多く、むしろ内陸の砂漠地帯に入ってしまうとテロリストも自由に移動できないので安全であるということで、パリから直接砂漠地帯のガルダイアなどに入っていました。しかしリビアのカダフィ政権が米国により倒されると、リビア国境から数十キロしか離れていないイナメナスなどは武器がリビアから簡単に流れてきます。しかも最近はテロリストもGPS（衛星測位システム）を利用することにより砂漠地帯の移動も簡単になり、以前と情況は全く異なっていると考えなくてはならないでしょうね。

澁澤　先ほどの情報の中にはセキュリティということもあるのでしょうね。

渡辺　それは勿論ありますね。

理系の教育を受けた文系人間

澁澤　こうしてお話を伺いますと、渡辺さんは世界を駆け巡って硬派のお仕事をされてきたということがよく分かりますが一方では『ほほづゑ』誌面で拝見するように、芸術家でもあられます。

渡辺　私は自分でも理系人間ではなくて理系教育を受けた文系人間ではないかと思うことがあります。話が『ほほづゑ』に辿り着きましたが、私は四号（一九九五年春号）から同人に加えていただきました。『ほほづゑ』との関わりには大変感謝しています。今では『ほほづゑ』とのかかわりが老人性痴呆症の防止に大いに役立っています。発行人の鈴木治雄さんは昭和電工勤務時代の社長であり、初代編集長の住吉弘人さんは日揮での仕事上のお付き合いがありお会いする機会も多くありました。

私は学生時代から文章を綴ることが好きで、寺田寅彦の随筆を愛読していました。寺田寅彦は物理学者であるとともに夏目漱石の最古参の弟子でもありました。師である漱石の側が充分な敬意をもって遇したと言われています。寺田のX線回折による結晶格子の解析は、ノーベル賞に値するとして学士院恩賜賞を受賞（一九一七年）しています。

澁澤　本日いただいたメモの中で、「大科学者が大きな発見をし、優れた理論を組み立てているのは、まず直感的に結果を見通し、あとでそれに達する理論的な経路を確立した場合が多い。この直感は芸術家のいわゆるインスピレーションと似たものである」という寺田寅彦の言葉を引いておられますが、この直感的ということは、学べるものなのか、自身の遺伝子に刻み込まれたものなのか、これはどう思われますか。

渡辺　どうでしょうね。やはり偉い学者は生まれ持った才能というものがあるのでしょうね。寺田寅彦の言っていることは芸術と科学は対立するものではなくてそれぞれのあり方には共通したものがあるということでしょうか。デジタルとアナログということかな。『ほほづゑ』同人に加えて貰って、鈴木治雄さん、住吉弘人さんという先人から直に薫陶をいただいたのですが、絵に関して言えば、私は正式に絵を習ったことはないのですが、もともと美術に関心が深く、『ほほづゑ』同人に加わってからは多くのカットを描かせていただきました。また住吉さんが主催されていた五彩会という、財界人十人ほどの画会に私も入れていただきました。私は後半の八年ご一緒させていただき、住吉さんが亡くなられたあと、その衣鉢を継いだ遊彩会という画会はすでに九回を数えています。

澁澤　絵は子供の頃から好きだったのですか。

渡辺　好きでしたね。父親についてよく美術展を訪れました。

澁澤　音楽はどうですか。

渡辺　好きですよ。一時チェロを習ったこともありますが才能なしということであきらめました。

澁澤　絵も音楽もそうですが、自分を表現できるということは素晴らしいことですね。

渡辺　その通りです。殊に私は文章を書くことが好きで、日揮の現役時代には、多くの新聞や雑誌から寄稿を求められて原稿を書きました。『日本経済新聞』の「あすへの話題」欄に半年にわたって寄稿した際には多数の未知の読者から沢山のお手紙をいただきました。また同紙の「交遊抄」欄にも都合三度寄稿しました。三度目の時には〝同じ筆者が三度も「交遊抄」に書くのはおかしいのでは〟とことわったところ、構いませんから書いて下さいということで、最後は『ほほづゑ』同人の交遊について書きました。

また『文藝春秋』の創立八十周年の特別臨時増刊号（二〇〇二年）、特集「日本人の肖像」を出した際に寄稿を求められたのですが、寄稿者は私以外は著名な学者、文筆家であり、編集部に理由を問い合わせたところ、〝日揮の会長としてではなく『ほほづゑ』同人として書いて下さい〟と言われて『ほほづゑ』の世間における存在感を認識させられました。

澁澤　渡辺さんは原稿をお書きになる時、手書きですか、それともパソコンをお使いですか。

渡辺　パソコンを使っています。私がパソコンを使い始めたのは一九八三年でわりと早かったですね。まだマイコンと言っていたのではないでしょうか。『ほほづゑ』の第十二号（一九九七年春号）で「私とパソコン」という特集を組んでいて、特集座談会「私のパソコン奮闘記」（出席：佐藤文夫、千野宜時、渡辺英二、司会・住吉弘人）が掲載されています。パソコンで便利だなと感心したのはワープロ機能とメールでしたね。それまでオフィスではカタカタと音をたててテレックスのテープが出てきたものですが、モニター上ですべて処理できるようになったわけです。でもはじめの頃はソフトはカセットテープに入っているのをディスクに移してから使っていましたし、秋葉原でモデムを買うのに店員自身がモデムの機能を理解していなくて間違った機種を買わされたりしました。私のパソコンにかかわる能力は当時からほとんどガラパゴス状態だと言ってもいいでしょう。わからないことがあると息子か孫に出張を要請します。

澁澤　ファースト・ランナーとでも言いますか、渡辺さんはまさに先駆者ですね。

私は八〇年代に仕事を始めたのですがテレックスやロイターを使っていました。金融マーケットとか為替の情報のやりとりに当時使われ、〝カタカタ…〟と印字されたテープが出て来ていましたね。大学の頃、ソフトウェアをプログラミングする時に、穴を空けたパンチ・カードでコードを書き込んでいました。今では信じられない風景でしたね。

渡辺　Eメールにしても随分様変わりして来ましたよ。息子の家族がロンドンにいた時、電話でやり取りしていたのですが、何でもないやり取りの間に、どんどん料金が上がって行きます。これはいかんということで、メール通信に切り替えたのですが、初期のEメールは日本語の表示が出来ませんでした。すべて英語のやり取りです。今ではとても便利になりました。これも隔世の観です。世の中変わってしまいました。そして、その境目に私のような世代の者が居るのですよ。

澁澤　たかだか三、四十年のことですからね。今後三十年というとどうなるのでしょうね。

渡辺　ただこの急速な進歩と変化が本当に良いことばかりかと言うと疑問もありますね。犯罪も進歩してきているし、民族間、宗教間の軋轢もあっと言う間に拡散してゆきます。私は日本のようにあらゆる宗教に対して寛容に、柔軟に受け入れるのが正しいあり方だと思うのですが、そんな考えは世界では通用しないのが現状です。

澁澤　バングラディシュで犠牲になった日本人は現地の民生のために、あるいは国土の建設に携わった人たちで、反イスラムとか宗教戦争とは一切関係のない人達です。

渡辺　私はかつて、仕事でイスラム圏に頻繁に行っていましたが、ある時、西欧で教育を受けた紳士然とした人との会合か何かの折に、座興のつもりで、〝アッラー・アクバル（アッラーは偉大なり)〃〝ラー・イラーハー・イラッラー(アッラーの他に神は無し)〃とアラビア語で言ったところ、相手は真顔になって、「ミスター・ワタナベそんなことを冗談に言ってはいけない。それは信仰の告白なのだよ」と叱られました。私はイスラムで仕事をする者としての知識として口にしたのですが、彼等イスラム教徒にとってみれば、それは絶対的な戒律の根本に関わることなのでしょうね。こと宗教になると彼等の心の内まで理解することはできません。理解できないまま仕事で彼の地に出かけて行くのですから難しいことです。

澁澤　でも出て行かないことには日本の経済は成り立ちませんね。

渡辺　そうです。外に出て行かないことには、成り立ちません。難しいですよ。

澁澤　渡辺さんの今日までの来し方から、様々な興味深いご体験をお聞きしてきました。この対談「博聞意伝」の締めとして、出席者から次代への提言をいただいております。すでにお話してくださったことの重複でもかまいません。お願いします。

渡辺　日揮が三期続けて赤字決算となり、私がその後を受けて、社長になった際に言った言葉があります。それを締めの言葉とさせていただきます。「今日を昨日の単なる延長と考えてはいけない。そして明日を今日の単なる延長にしてしまってはいけない」。

澁澤　有難うございました。

(『ほほづゑ』90号)

散歩の植物誌　47

タケの不思議

　タケは木の仲間であろうか、はたまた草の仲間であろうか。いずれにしてもタケくらい日本人の生活に馴染んでいながら謎の多い植物はない。春には筍飯を欠くことはできないし、風にそよぐ姿は昔から絵の対象となり、繊細な竹細工は伝統工芸品として珍重される。

　植物のなかにあって竹の生長の速さは驚異的だ。モウソウチクは一日に百十九センチ、マダケでは百二十一センチも伸びたという記録がある。通常植物の生長点は茎の先端にあるのだが、タケは各節ごとの上部に生長点があり、それぞれの節の伸びを足し合わせた分が全体としての伸長になる。タケの生長も不思議だがその終末も不思議に満ちている。タケは花が咲いて実が

金明竹

なると枯れてしまうのだ。マダケは六十年あるいは百二十年ごとに一斉に花が咲くと枯れてしまうことで知られている。タケの開花は極めて稀にしか見られない現象なだけに花が咲いて一面に枯れてしまうと凶事の前兆として恐れられてきた。しかし実際には実が落ちて発芽し、地下茎が生き残って生長し、十年ほどで新しい竹林が再生するとのことだ。タケの空洞内部にある気体の成分は外気と同じなのであろうか。専門家の研究によれば節と皮の間には小さい間隙があって基本的には外気と通じているが、筍の生長とともに夜は炭酸ガスが放出され、昼は光合成により炭酸ガスの放出は減少する。従ってタケの内部では酸素と炭酸ガスの濃度が、狭い範囲ではあるが反比例して変化するとのことである。それでは蓮根の穴の中は掘り出される前は水で満たされているのだろうか、それとも空気が入っているのだろうか。どなたかご存知のかたがおられたら教えてください。

（『ほほづゑ』91号）

東欧四ヶ国の旅（下）

チェスキークルムロフの市街

〔第五日目〕

バスはプラハに向け出発。窓から眺める景色はなだらかな丘のつらなりと緑の大平原と点在する黒い森と白壁に赤屋根の家々だ。途中立ち寄るチェスキークルムロフは複雑に曲折するモルダウ川の地形を利用して十三世紀に建てられた小さな城砦都市である。一時は街全体が荒廃してジプシーが住み着いていたということだが、現在は細部にいたるまで修復されて有名な観光地となっている。言ってみればお伽話に出てくる小さなお城とそれを取り巻く村といった感じである。

食事をしたレストランも頑丈な石作りのいかにも古そうな建物だった。石段を上り下りして眺める景色は青空のもと赤い屋根が隙間なく並んで美しい。城館の壁は立体的に石が組み込まれているようだが、近寄ってみるといわゆる騙し絵である。このお城には機械仕掛けの舞台装置を備えた領主のための劇場などいろいろと面白いものがあるらしいが、眺める時間がない。

いよいよ最終目的地プラハに向かう。私は若い頃まだ共産圏だったチェコのプラハを訪れたことがある。仕事でドイツに出張したついでにプラハまで足を伸ばしたのだ。ホテルの予約ができないのでドイツ人の友人にどうしたらよいかと相談したところ、とにかくホテルまで行って受付の男にお金をつかませれば何とかなるよとのことだった。それを信じて行ったわけだが部屋は一晩しかとれない。やむを得ず翌日街を歩きに歩いて夜の飛行機でドイツに戻った。飛行機の出発間際になって警官が二人乗り込んできて、私のそばにいた若い男を羽交い絞めにして機内から連れ出してしまった。その時の男の悲しそうな顔は忘れられない。

チェコと言うと音楽ではドヴォルジャークとスメタナ、文学ではフランツ・カフカとカレル・チャペック、美術ではミュシャが頭に浮かぶ。ドヴォルジャークの名前はDVOŘÁKと書かれるがチェコ語でなんと発音するのか分からないので昔チェコ大使館に電話して正しい発音を聞かせてくれと言ったところ、書記官の発音は私の耳にはトゥヴォルシャと聞こえた。余談だがポーランド大使館にも電話でショパンのポーランド語の発音を尋ねたことがある。たしかショパンでよいのだとの返事だった。子供の頃私が愛読した童話はグリムでもアンデルセンでもなくチャペックだった。グリム童話には意外と残酷なところがあり、アンデルセン童話には憂愁の影がある。チャペックの童話はどれも暖かさにあふれ、読んでいるとなにか子犬を抱いてそのぬくもりを胸に感じているような優しさがあるのだ。

バスのなかで現地ガイドからプラハではスリや置き引きが多いのでくれぐれも貴重品に気をつけるようにと注意がある。日本人旅行者で被害にあった人がかなりいるとのこと。ホテルはアール・ヌーボー・パレスホテルと称し内部はかなり凝った作りになっている。しかし私から見るとアール・ヌーボーよりもむしろウィーン発祥のアール・デコに近いような感じである。部屋もきれいで満足。ガイドがパスポートは持ち歩かないで部屋のセーフに入れておいてくださいというので指示にしたがったのだが、セーフの文字盤が擦り切れて読めない状態なので間違ったところを押してしまったらしい。開けようとしても開かなくなってしまった。リセプションに連絡すると大の男が二人やってきて床に腹ばいになるとマニュアルのようなものを片手に懸命にあけようと努力するが、なかなかうまくゆかない。およそ三十分も格闘してやっとのことで開けることができた。あらためてパスポートを入れようとすると、また開かなくなってはたいへんだから入れるなと言う。夕食は独特な黒ビールで有名な酒場ウフレクに行きグーラシュ（パプリカ入りシチュー）を食べる。ランプの照明で手元が暗いので何を食べているのかさっぱり分からぬ。黒ビールはかなり甘い感じで私の好みには合わなかった。

ホテルへの帰り道に川のほとりで夕日の輝きの中に浮かぶ大聖堂の尖塔のシルエットを見たのはとても印象的だった。

プラハ大聖堂の尖塔のシルエット

ヴァツラフ広場

〔第六日目〕

朝のホテルの食堂は多くの観光団が同じような時間帯に出発するせいだろうがまるで戦争のような騒ぎだ。ホテルを出て一九六八年の「プラハの春」の発端になったヴァツラフ広場に向かい、自由を求めて市民がソ連の圧制に抵抗の声をあげた当時を偲ぶ。

「プラハの春」はソ連の戦車による鎮圧によりわずか八ヶ月しかもたなかった。その後は以前をしのぐ締め付けによりチェコの民衆はベルリンの壁崩壊まで長い間苦しむことになった。

ここから旧市街に向かう。通りは観光客でごったがえしている。この街には異様に通貨の

スメタナ・ホール外観

スメタナ・ホールの内部

カレル橋の袂

両替屋が多い。まるで五軒に一軒は両替屋ではないかと思うほどだ。この街の経済が世界からの観光客で成り立っているということの裏返しなのだろう。ゴシック様式の火薬庫の塔から市民会館のあたりはたいへんな賑わいだ。市民会館とは言っても日本の地方都市の箱物とは違って歴史もあり、芸術性高く金色の装飾をアール・ヌーボー式に施した建物である。この内部にはコンサート用のスメタナ・ホールもあれば巨大なビアホールもある。

旧市庁舎のからくり時計の前はたいへんな人混みだが肝心の人形の動きはヨーロッパの古い都市にはよく見られるのと同じようなものだった。有名なカレル橋の袂でスメタナの銅像の写真をとる。この橋は歩行者のみに開放されているのでゆっくりと欄干に並んだ人物像と両岸の景色を鑑賞することができる。日本でキリスト教を布教したフランシスコ・ザビエルの像もここにある。楽士たちがさまざまに音楽を奏で、若者たちが手製の細工物を台の上に並べて売っている。昼食は市民会館のビアホールでとる。我々の仲間の女性が分からぬままに注文した料理が串刺しにして焼いた巨大な豚足として現れて一同びっくり。殆ど手つかずのままで下げられてしまったのは残念。

ホテルに戻って休息。夕食はイタリアン・レストランということだったが急に思いついて市民会館内のスメタナ・ホールでのコンサートに行くことにする。たまたま見た看板に演目がヴィヴァルディーの「四季」とブラームスの「ハンガリアン・ラプソディー」とサラサーテの「ジプシー・エアズ」とあったのを思い出したのだ。チケット売り場で同行のご夫婦に出会う。「言葉ができないので渡辺さんが来てくれて助かりました」と言われる。外のカフェでご一緒に食事をする。ジャガイモ入りの巨大なオムレツを食べる。

スメタナ・ホールは由緒あるホールで内部はいかにも年月を経ている感じだが、コンサートの始まる十五分くらい前になっても殆ど我々だけだ。どうなっているのだろうと不思議に思っていたがコンサート開始直前にたくさんの人々が入ってきて後ろの席は埋まる。舞台に近い高価な席は我々のほかは十数人だけだった。それにしてもプラハのスメタナ・ホールで美しい音楽が聴けたのはよい思い出になった。

〔第七日目〕

朝はホテルの前にあるミュシャの美術館を訪れる。有名な「スラブ叙事詩」は宮殿の修理のため見られないとのことだが、ここでミュシャの出世作となったサラ・ベルナールの広告など貴重なものを見ることができた。しかし多くの広告作品は印刷物だけに色が褪せているのは残念だ。下絵のデッサンなどはその細かさで驚かされる。日本の浮世絵、フランスのアール・ヌーボー、ミュシャのコマーシャル作品、竹久夢二の美人画と一連の影響を見ることもできる。

そのあと丘を登ってシュトラホフ修道院を訪れる。フレスコ画で埋め尽くされた神学の間や図書室は見事だった。ここのテラスから見るプラハの全景は美しい。

「百塔の街」と言われるプラハでもっとも醜いとされているのが最近できたテレビ塔であるという。ここからプラハ城まで歩く。途中でこじんまりしたオレンジ色の建物の前を通る。ここがミュシャの住居であったとのこと。私は以前テレビ番組でミュシャの家の内部を見たことがある。いろいろなオブジェが机の上にも床の上にも雑然とおかれていてなにか宝石箱を

シュトラホフ修道院の図書室

ヴィート教会

「百塔の街」プラハ

ひっくり返したような感じだったのを憶えている。城の近くのレストランで昼食とする。食事をした店は小さいがはなはだ趣のある建物で、天井が低く板壁は黒光りしており、白いレースのカーテンがかかった窓際に置かれた赤いゼラニウムの花も美しく、白とグリーンの二種類のアスパラガスを主体にした料理は絶品だった。一同大満足。

ヴィート教会はその大きさに感嘆。内部を彩るミュシャのステンドグラスも美しい。ヴィート教会のそばには錬金術師や占い師が住んでいたという有名な「黄金の小道」がある。頭のつかえるような小さな家が並んでいて今は土産物屋になっている。そのうちの何軒かは昔の厨房などが再現されていて往時の生活を偲ばせるようになっている。かつてフランツ・カフカもここに住んでいたという。

ホテルに戻り、夕食はインターコンチネンタル・ホテルの最上階のレストランでとる。ここの窓から見る景色でプラハが「百塔の街」と呼ばれる所以がよく分かる。ちょうどこの高さからだと街にある寺院その他の塔のてっぺんが見事に並んで見えるのだ。とても印象的だった。

〔第八日目〕

今日はゆっくりと朝十時頃ホテルを出発、空港に向かう。フランクフルトで乗り継ぐと東京まで一直線。私にとっての最後の海外旅行もこれで終わった。

（『ほほづゑ』91号）

散歩の植物誌 48

樹木の力

この連載の（十三）でスズカケの木が金属の柵を飲み込んでしまった珍しい写真をお目にかけた。また（十八）ではヤマフジがとりついた樹を絞め殺してしまった実例を挙げた。樹木には動かせる手足があるわけでもないし、金属のように硬いわけでもない。しかし成長とともにじわりじわりと周辺に圧力を加えて最終的には恐るべき結果をもたらす。ここに示した最初の写真は日比谷公園の道路側のコンクリート枠と鉄製のパイプがクスノキの成長にともない破壊されてしまったところである。次の写真はカンボジアのアンコール・ワットを訪れた際にタ・プロム遺跡で見たガジュマルの一種スポアンの木が遺跡そのものを絡めとり、ついには破壊し

クスノキの成長で破壊された鉄製の道路枠

てしまう様子を示したものである。巨大なタコが脚で石造りの建物を抱え込んでいるように見える。実物を見るとこれはもう「奇怪至極」というしかない。アンコール・ワットは十二世紀にクメール文化によって造られた巨大な遺跡だがその後放棄されたまま密林のなかに埋もれていた。十七世紀になってフランス人アンリ・ムオーによって再発見された際には遺跡全体がこのように樹木に絡めとられていたとのことだ。それを木の根を切断して石組みを修理したのが現在の見事なアンコール・ワットの姿だというのだから驚く。わが国の樹木は穏やかで人に優しいが、熱帯の樹木は人を脅かす激しい性格を持っているようだ。

（『ほほづゑ』92号）

樹木に絡めとられた遺跡壁

ＮＨＫの番組「達人達」　山中伸弥対渡辺 謙

すでに昨年のことになってしまったがノーベル賞受賞者の山中伸弥教授と俳優渡辺謙の対話がＮＨＫテレビの〝SWITCHインタビュー「達人達」〟という番組で放送された。ノーベル医学・生理学賞受賞の科学者とブロードウェイで活躍する俳優という異色の組み合わせにもかかわらず、両者互いに意気投合する場面が多く、興味深い対談であった。

山中教授によれば人体は六十兆ほどの細胞でなりたっており、脳と心臓の細胞は変わらないが全身の細胞は常時新しいものに入れ替わっている。また一つの細胞に三十億の文字が入っていて細胞分裂の際にたまに一文字くらいの写し間違いがおこる。殆どの場合は問題ないがガンのように重大な結果を招くこともある。

渡辺謙は三十歳台で人気絶頂のときに白血病にかかった。治癒して仕事に復帰後、四年経ってから病気が再発し再び療養生活に入った。非科学的かもしれないが一ヶ月で細胞がほとんど入れ替わるということを知り、それならポジティブな思考で自分を変えることもできるのではないかと考えたとのことである。

山中教授によれば、科学的に証明はできないが体内で免疫細胞がガン細胞をとらえて攻撃しているのを見ればそれもありえないことではないとのことだ。教授も細胞を単なる科学的対象とは考えておらず、科学では説明できない力を信じている。

山中教授は手術が下手で臨床医としては必ずしも優秀だったわけではない。二十六歳のときに臨床医から基礎医学の研究者になろうと決めた。三十一歳で遺伝子操作を学ぶために渡米し三年半を過ごした。米国での最初のボスはきびしい人で、いついつまでに実験に必要な遺伝子を用意しろと言われ、昼も夜も休日もなく懸命の努力をした。能力を試されていたのだと思う。米国では当初日本人はなかなかやるじゃないかと持ち上げてくれるが、ライバルになると今度はつぶしにかかる。力でいじめを乗り越えることによりはじめて対等に扱ってくれる。

渡辺謙の意見によれば、スポーツの世界でも役者の世界でもそれはまったく同じである。山中教授は帰国して三十五歳のときには研究者をやめようと真剣に考えた。ところが五十七歳で輸血に起因する肝炎で亡くなった父が母の夢枕に現れ、伸弥に考え直すように伝えろと言ったとのことだ。これをきっかけに研究生活を続けることができた。

ＥＳ細胞から万能細胞を作る初期化に必要な遺伝子二十四種の組み合わせは千六百七十七万通りある、これを引き算の考えで四種までにしぼることができた。細胞の初期化はマウスで成功したので次に人間の細胞で実施した。同じような研究をしているウィスコンシン大学のトムソン教授のグループが成果を発表するらしいというニュースがあったので帰国する飛行機の中であわてて論文をまとめ、インターネットで雑誌『CELL』に投稿。米国グループが『SCIENCE』に投稿したのより一日早かった。後日トムソン教授から「先を越されたのは残念だが相手がシンヤでよかった」と言ってきたので米国人の度量の広さに感心した。現在ではガン化のリスクを避けるために六種の遺伝子を入れている。

研究所では特許をなるべく多く取得し、それを公開することで独占による薬価高騰の弊害をなくそうと努めている。最近出た薬で一錠五万円もするものがある。研究費回収の観点からすると必要悪かもしれないがベンチャーが金儲けの手段にすることもあり、これはアメリカ社会の感心しない一面である。

世界の情報の入り方が米国と日本では格段に違う。研究者も米国に行って同僚とワインを飲み、冗談をかわしながらつきあうことが重要である。科学ジャーナルの編集者はたいてい女性なので彼女たちからファーストネームで呼ばれるような関係にならなくてはならない。

山中教授は生粋の大阪人。渡辺謙は大阪人ではないがラテンの気質である。ともに周囲にウケるように努力する。山中教授がノーベル賞の共同受賞者であるジョン・ガードン教授とともに会見をした際に、ガードン教授の豊かな髪の毛が羨ましいと言って爆笑をかった。受賞講演でも選考委員との会談のあと、ある女性委員が自分にウィンクしたような気がしたと言ってこれも大笑いになった。

研究所が少人数の頃は研究のすべてに口を出した。その頃は生産性も非常に高かった。人数が増えてくると生産性が逆に落ちてくる。しかしグループのリーダーのような人が現れ自分は口を出さないほうが生産性は向上する。ところがさらに人数が五〇〇人くらいになるとまた、肝心のところに口を出す必要が出てくる。言ってみれば役者からプロデューサーになるようなものである。

山中教授はランニング、マラソンに熱心。まわりからはいい加減にやめろとも言われているがやめると自分が崩壊してしまうような気がするのでやめられないとのこと。渡辺謙は乗馬に熱心、演劇は多くの人たちとの共同作業なので合間に自分だけの時間をとることがどうしても必要になってくる。

渡辺謙が最初に白血病から復帰した時は病気をなおしたい一心で功名心がなくなった。しかし二度目の復帰の際は役者として戻らなければ意味がないと強く思い、再び功名心が甦った。四十歳台でハリウッドへ進出、五十歳台でブロードウェイへ進出。今は長期ビジョンがなくなって現在やらなくてはならないことだけに熱中する短期全力疾走型である。「王様と私」で経験した血のにじむような努力と深い挫折感。もうシッポを巻いて逃げ帰ろうかと思ったことも何回かある。しかし米国では全力で努力をしている者に対しては正当な評価をしてくれる。

山中教授はこれから二十年くらいの間にiPS細胞を病気の治癒に実用化したいという目標があって長距離マラソン型。力の配分から水の補給まで考えながら走る。

二人とも英語は最大の弱点。山中教授は米国のホテルで従業員にレストランはどこかと訊いたのにレストルームに連れてゆかれて恥をかいたことがあるとのこと。しかし英語はしゃべるのが目的ではないので通訳は使わない。渡辺謙は「王様と私」の稽古で徹底的に英語の発音を直された。しかし舞台で演技をしている際は発音やリズムにばかり気をとられていると王様の風格が失われてしまうので、それは忘れることにしている。結果はたいへんなスタンディング・オベーションとなり、自分でもやったと思った。

「ラストサムライ」を撮影するときは朝の四時から午後二時までぶっ通しというたいへんな苦労だったが、自らを叱咤している監督の独白を聞いて、ハリウッドというところはキレイゴトではないことを知って感銘を受けた。

対談の最後の場面での山中教授の感想は次のようなものであった。「ハードワークに向いているのは日本人で米国人はビジョンを描くのに向いている。しかしアメリカ人のボスの下で日本人がハードワークで業績を上げている図は少々残念である。日本人も大きなビジョンを持つようにしたい」。

私としてはこの対談の記録が出遅れになってしまったのが残念だが、山中教授と渡辺謙の間で語られていることをぜひ若い世代の人達にも知っていただきたいものである。

（『ほほづゑ』92号）

植物標本始末記

私は東京の住居と軽井沢の山小屋に合わせて八百点ほどの植物標本を保管している。いずれも充分に乾燥してプラスチックの透明ファイルに収納してある。

数年前東京の自宅で体長二ミリに満たないほどの小さな甲虫があたりを飛び回るようになった。あまり小さいので虫眼鏡で見ても形態がよく分からない。両手でパチンと叩いて死体をテーブルの上に並べておくとその数が日に日に増えてくる。どこか厨房で食べ物に大量発生しているのではないかと心配になってあちこち検

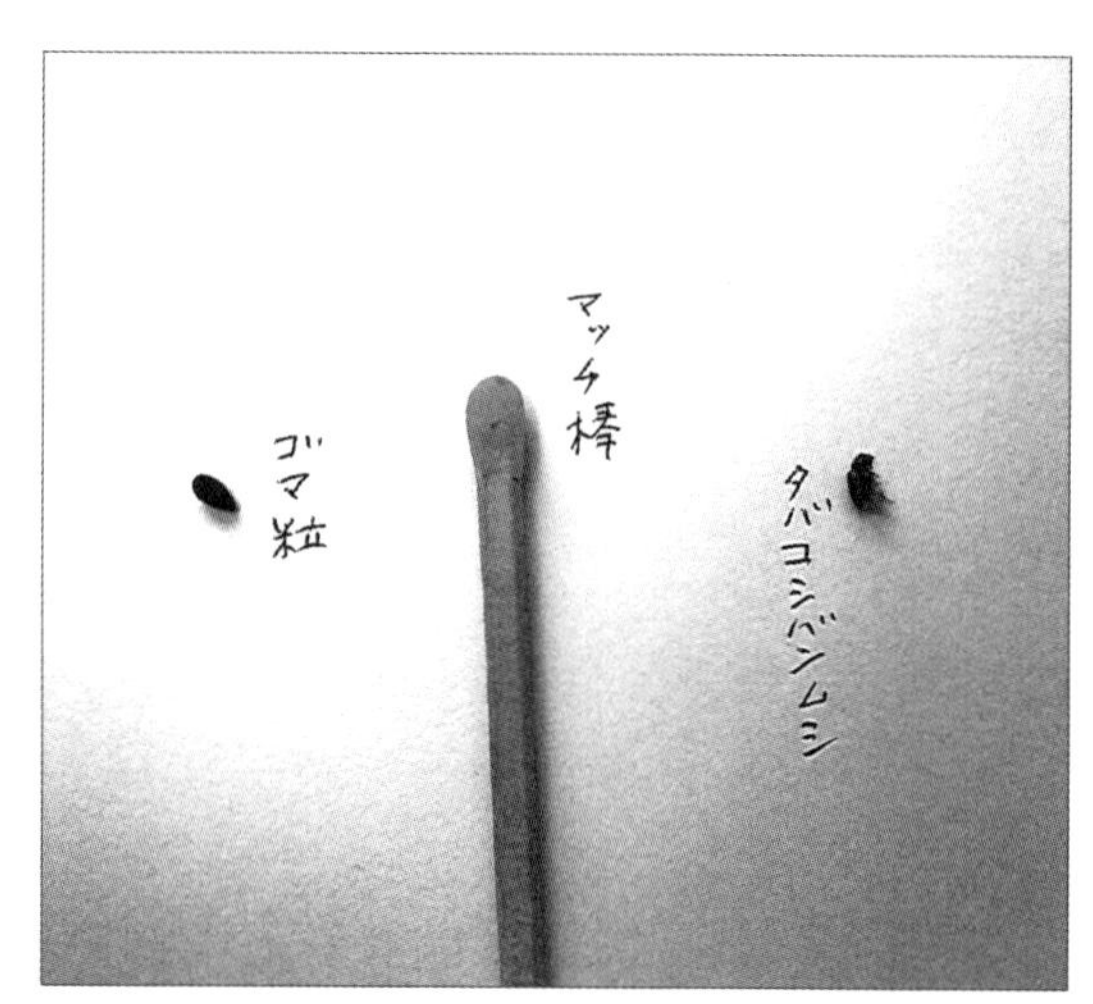

タバコシバンムシ

分したものの発生源をつきとめることができない。どうやら厨房よりも居間の方に多く見られるようだ。おかしなことにビールを飲むとそのまわりに好んで寄ってくる。インターネットでいろいろ検索した結果どうやらこの虫はタバコシバンムシらしいということが判明した。この虫は乾燥した植物性の物を好んで食べるということだ。居間の隅に植物の標本が置いてあるのに気がついて取り出してみると標本のいくつかにこの小さな虫がうようよとうごめいているのを発見した。以前標本には粉末のナフタリンを入れておいたのだが最近はあまり気にもとめずに放置していた。

全ての標本をチェックしてこの虫はどの植物が好きなのかを確認してみようかとも思ったのだが、そんなことをしているうちにタバコシバンムシが家全体を飛び回るようになっては困る。思い切って三百点ほどある標本をすべてプラスチックの袋に入れてしっかり結んで可燃物として捨ててしまった。残念。

（『ほほづゑ』93号）

オペラ「カルメン」の象徴としての植物

本誌に連載中の「散歩の植物誌　二十一」に「棘のある植物」としてバラの花について書いた。その冒頭は昔から言いならわされてきた言葉「美しいバラには棘がある」で始まっている。歌劇「カルメン」ではカルメンが口にくわえた、あるいは胸の谷間に挿していた赤いバラの一輪をホセに投げ与えるところからドラマが始まるわけだが、トゲのあるバラの小枝が肌に触れてカルメンは痛くなかったのだろうか。そんなところから私の詮索趣味が頭をもたげて、まず岩波文庫で出版された『カルメン』（メリメ作、杉捷夫訳）を開いてみた。そこにはホセがカルメンを最初に見かける場面が下記のように書かれている。

女は赤いジュポンをつけておりましたが、短いので、白い絹の靴下がむきだしに見えます。靴下には穴がいくつもあいていました。赤いモロッコ皮のかわいらしい靴は燃えるような濃い紅のリボンで結んでありますわざとショールをひろげて、肩を見せ、肌着の外にはみ出ているアカシアの大きな花束を見せびらかしていました。口の端にもアカシアの花を一輪くわえていました。

堀口大学訳の『カルメン』もこの場面の記述は殆ど同じである。これで原作はカルメンがバラではなくアカシアの花をくわえていたことが分かる。しかしアカシアという今では日本語としても使われている植物名はフランス語の原文はどうなっているのだろう。調べて見ると原文では次のようになっている。

Elle avait encore une fleur de cassie dans le coin de la bouche ……

カルメンがバラではなくアカシアの花を口の端にくわえていたことは間違いない。ではいつのまにオペラでは黄色のアカシアの花が赤いバラの花に置き換えられてしまったのだろうか。私はいくつか歌劇カルメンの公演録画を調べてみた。

まず一九六八年にウィーン歌劇場でウィーン・フィルをカラヤンが指揮し、グレース・バンブリーが演じたカルメンだが、カルメンは赤いバラの花を胸の谷間に挿して舞台に出てくる。これを手にとってホセに投げつけているのだがバラの造花はまことに出来が悪くて、本当にバラを模したものなのかどうかもはっきりしない。

次は一九八七年にメトロポリタン歌劇場でレヴァインの指揮とアグネス・バルツァ主演のカルメンだが、カルメンは彼女を取り囲んでいた男が手に持っていた赤いバラの花を取り上げて自分の胸の谷間に挿し込み、これを手にとって無関心をよそおっているホセの顔に押し付けている。

さらに二〇一〇年にメトロポリタン歌劇場でヤニック・ネゼ・セガンの指揮とエリーナ・

ガランチャ主演のカルメンの映像だ。カルメンは髪に赤い花をつけて登場する。しかしカルメンはたまたま通りかかった花売り娘の籠から赤いカーネーションを一本抜き取り胸の谷間に挿すのだ。これをホセとのやりとりのなかで床に落とし、ホセに拾わせている。

評判の高かった映画「永遠のマリア・カラス」に見られるカルメンはどうか。全盛期の歌声の録音と自らの演技を合成してカルメンの映画を作るという途方もない試みの筋書きだが、ファニー・アルダン演ずるマリア・カラスはカルメンの稽古場面で黄色いアカシアの花を胸の谷間に挿して出てくる。それをホセに向かって投げるのだ。どうやらこれが一番メリメの原作に近い演出のようだ。

二〇一四年に東京オペラシティでモスクワ歌劇場の音楽監督ルビキスの指揮するカルメンを見た。カルメンはメッゾソプラノのケモクリーゼである。カルメンは胸の谷間に赤い花を挿して登場し、まわりの男達をセクシーな踊りと歌で挑発した後に花を手にとってホセの胸に押し付けている。しかしそれが何の花を模したものかは双眼鏡で覗いても分からなかった。しかし赤い色であるからにはアカシアでないことは明らかだ。

二〇一七年の年明けに見たオペラ「カルメン」はイヴ・アベル指揮、エレーナ・マクシモフのカルメンである。登場したカルメンは衣装も地味な青色で胸の谷間から覗いている花も小さいもので橙色をしていた。カルメンが花をつかんでホセに投げつけるところを注意して見ていると花は房状をしている。これは間違いなくアカシアの花を模したものでバラではない。

このようにオペラの演出家の考え次第でカルメンが口にくわえたり、胸の谷間に挿して登場する花は本来のアカシアがバラになったりカーネーションになったりして、メリメの原作に必ずしも忠実ではないことがわかる。バラの花では棘でカルメンが痛かったはずだなどということは、演出家の脳裏には浮かばなかったのであろう。それよりも血のように赤いバラが奔放なカルメンにふさわしいと考えたに違いない。

インターネットでカルメンにかかわる項目をさらっていると「メリメ作品中の花」という論文に行き当たった。筆者はフランス文学者永井典克氏でメリメがカルメンを発表した頃(一八四五年)のフランス文壇の流れからビゼーによるオペラ化の成功(一八七五年)に至る三十年間〔註〕に当時の社会の風潮が大きく変化していることを指摘し、カルメンの筋書きがどのように変えられていったかについて、長大かつ詳細な論考をされている。オペラでは原作には出てこない純情な娘ミカエラが登場したり、カルメンの最後の愛人である闘牛士がエスカミリオの名前でかなり重要な役割を果たすように書き換えられているのだ。また当時流行した花言葉でバラやアカシアが何を意味するかなどについても述べられているので、興味のある方はこの論文をご覧になっていただきたい。いずれにせよ、メリメの原作はビゼーがオペラにしたことによって今では世界でも知らない人のない有名なドラマに変身したことは確かである。

アカシアは六百種ほどもあるとされるがその多くはオーストラリア原産である。私の持っている『Key Guide to Australian Trees』なる図鑑を開くと多くのアカシアの種類が記載されているがすべて花は黄色である。アメリカ、アフリカ、アラビアの熱帯から亜熱帯にもアカシアは原生するようだ。むかし文房具店で小さなビンに入れたアラビア糊と称する液体が売られていたが、これはアカシア属の樹木アラビアガムの樹液だったらしい。フランス名ミモザのフサアカシアとかギンヨウアカシアの花が溢れんばかりに咲いた姿は疑いもなく美しいが、その黄色が眼に鮮やか過ぎて我が国の風土には似合わないような気がするがどうであろうか。

(『ほほづゑ』93号)

〔註〕

この時期はフランス社会の激動の時代である。一八四八年パリ二月革命によって王制は廃止されたが一八五二年にルイ・ナポレオンが皇帝に即位してナポレオン三世を名乗りパリの街の大改造に乗り出す。しかし一八七〇年普仏戦争に敗れたフランスは再び共和制に逆戻りする。その間文学界でもバルザックやデュマ、ユゴー、ゾラなどが輩出し人々の嗜好は大きく変化する。

散歩の植物誌　50　最終篇

クマザサ

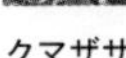

クマザサ

子供の頃笹の茂みから熊が顔を出している絵を見てからクマザサとは熊笹であると固く信じていた。成人してこれが歌舞伎役者の化粧の隈から来ていると知って恥ずかしい思いをしたのだが、クマザサは写真に見るごとく白く縁取りをした姿が実に美しい。

しかし専門的な本を調べてみると葉に隈ができるのはクマザサに限らないとのことである。多くのササでは生育環境によって隈ができたり、できなかったりするらしい。一般的には低温で大気が乾燥していると隈を生じ、湿気が多いと隈は生じないということだ。ただクマザサだけはどんな環境にあっても隈が出来るので遺伝的な形質であると見なされる。

それにしても白い部分が画然と分かれて間に中間色がないのはどういう理由によるのであろうか。

さて「散歩の植物誌」も今回の五十号をもって終わりといたします。長い間ご愛読いただき有難うございました。みなさんの身辺にある植物を観察すればまだまだ面白い現象がたくさんあるはずです。どうか子供の頃の「不思議だなあ　なぜだろう」の気持ちを忘れないでまわりを見回してください。ではサヨウナラ。


（『ほほづゑ』94号）

少年時代の愛読書

八十歳台半ばを越えた私が幼い頃読んだ本を回顧するとどんなことになるだろうか。

幼稚園児であった頃愛読したのはなんと言っても浜田広介の「ひろすけ童話」である。『泣いたあかおに』とか『竜の目の涙』などは本の挿絵までいまだに鮮明に覚えている。『一つの願い』は一度でよいから明るく輝きたいと願っていた野原の古ぼけた電灯の話だ。嵐の時に通り掛かった親子の「なんて明るいんだろう」という言葉で望みがかない、天にも登る心地がした電灯は、嵐の過ぎた翌朝、折れて地面に倒れていたという話だったと思う。浜田広介の童話は幼い子供の心に喜び、悲しみ、優しさといった複雑な感情を移入するきっかけになったと思う。グリムやアンデルセンの童話を読んだのはもちろんだが、グリム童話には意外と残酷なところがあり、アンデルセン童話は憂愁の色が濃い。私が愛したのはチェコの作家カレル・チャペックの童話である。当時母が『婦人之友』という雑誌を講読しており、そこに連載されていたチャペックの「長い長いお医者さんの話」とか「郵便屋さんの話」「カッパの会議」などに心を惹かれた。彼の童話を読んでいるとなにか子犬を胸に抱いてその体温を感じているようなほのぼのとした気持ちになるのだ。彼は絵も巧みですてきな挿絵を描いている。チャペックはロボットという言葉を創り出した作家であるのみならず、東欧圏の小国チェコのジャーナリストとしていろいろな作品を発表しており、彼の『イギリスだより』は後年私が成人してから愛読した作品でもある。

小学生の頃アンドレ・モーロワの『デブと針金』を繰り返し読んだ。でぶっちょの兄とやせっぽっちの弟がパリ近郊の森の中で見つけた不思議なエスカレーターに乗って地下の国に行き着く。そこにはデブの国パタプフと痩せの国フィリフェルがあって二人は別れ別れになってさまざまな経験をする。両国はついに戦争に突入、パタプフは戦争に敗れはしたものの、毎日を楽しく過ごそうというパタプフの生活のあり方がフィリフェル側にも共感をよび、ついに両国は合体する。人々の融和が実現するところを見届けた兄弟は再びエスカレーターで地上に戻ってくるというお話である。

この本の魅力はなんと言っても挿絵の面白さにあ

文中の挿絵

る。私は数年前になんとかこの本をもう一度見たいと思って国会図書館で検索し、ついにモニター上で懐かしい挿絵を見ることができた。

少年時代の愛読書ナンバー・ワンは何と言ってもルドルフ・ヴィスの『家族ロビンソン』だった。有名なダニエル・デフォーの『ロビンソン漂流記』は一読しただけだったが、ヴィスの『家族ロビンソン』は本がぼろぼろになるまで何十回となく繰り返し読んだ。難破して無人島に漂着した一家が博識な父親の指導のもとに島を探検し、開拓して行く話である。たぶん幼い読者に博物学の知識を授けるために書かれた本だったのだろう。最後は表紙も破れてぼろぼろになったのを従兄弟に譲ってやった記憶がある。私が後年理科系統の学問を択ぶに到った発端もこの本にあるような気がするのだ。今でもフリッツとかアーネストとか家族の名前まで覚えている。

中学生時代の愛読書であった『シートン自叙伝』は昭和十六年白揚社発行のものを綴じ直して今も本棚に並べてある。シートンと言えば「動物記」の著者として知られているが、私にとっては「動物記」より自叙伝のほうが断然面白かった。有名な狼王ロボの話は創作ではなくて、彼の実体験を語ったものである。罠にかかった白い雌狼ブランカを助ける一心で、自らも罠に捕らわれたロボの最後の場面を読み、私は涙を止めることができなかった。シートンはこう書いている。「鎖に繋がれ捕われの身となったロボは決して二度と私を見ようとしなかった。私の上を越し、私の向こうを眺めて、さながら平原にただひとりいるように振る舞った。こうして彼は陽が沈んだ時には静かに休んでいる大きな犬のように横たわっていた。しかし私は知っている。自由を奪われた鷲、力をもぎとられたライオン、妻を失った鳩、そのすべてが死ぬということを。夜が明けると前足に頭をのせて狼王ロボは死んでいた」。不思議なことに後年シートンの自叙伝をぱらぱら繰っていたら前述の『家族ロビンソン』の事が書いてあるのに気がついた。シートンは『ロビンソン漂流記』を読んでつまらないと思ったが『家族ロビンソン』によっていろいろと触発されたと書いているのだ。これには驚くと同時になんとなく嬉しい気がした。

小学生の頃、私は宮沢賢治の童話『風の又三郎』のラジオ放送に聞き入ったことを思い出す。〝ドッドド　ドドウド　ドドウド　ドドウ　甘いりんごも吹きとばせ　すっぱいりんごも吹きとばせ　ドッドド　ドドウド　ドドウド　ドドウ〟で始まるこの番組はいまでも鮮明に記憶に残っている。童話としては『貝の火』、『銀河鉄道の夜』、『なめとこ山の熊』などを読んで心を動かされた。わが国における西洋音楽の黎明期に東北の片田舎で『セロ弾きのゴーシュ』のような世界に通用する童話が創作されたということはほとんど信じがたい事実ではなかろうか。高校時代には賢治の詩に傾倒し、「わたくしという現象は　仮定された有機交流電燈の　ひとつの青い照明です（あらゆる透明な幽霊の複合体）風景やみんなといっしょひとつの青い照明です（ひかりはたもちその電燈は失われ）」に始まる心象スケッチ『春と修羅』を繰り返し読んだ。『真空溶媒』にはどこかパウル・クレーの絵のような印象があったし、「稲作挿話」や「告別」のような詩を読むことで、農村で働く若者に対する都会の少年のうしろめたさのようなものを感じていたように思う。大学に入学した時、親しい方がお祝いになにか欲しい物があれば買って上げましょうと言われたので宮沢賢治全集六巻を所望した。神田の古本屋街で入手した昭和十五年十字屋書店発行の全集は、今では紙がもうすっかり褐色に変色して、端の方はさわるとぽろぽろと剥落してしまう状態である。

子供の頃読む本は、時によるとその子の将来を左右しかねないほどの影響を及ぼすものだ。あだやおろそかに考えるわけにはいかない。若者が本を手にしなくなった現代の世の中でどのようにして子供達の情操が養われてゆくのか気になるところである。

（『ほほづゑ』94号）

＊

＊

エドワード・S・モース著『日本その日その日』

エドワード・シルヴェスター・モースは動物学者として一八七七年に来日している。ペリーの来航が一八五三年、明治維新が一八六八年であるから我が国の開国後、間もない頃のことである。当時西洋人は我が国に対する自分達の優越性を固く信じていた。その中にあってモースは注意深い観察によってその偏見を正し、『日本その日その日』の中でいろいろ興味深い指摘をしている。その多くは日本への賛美である。

外国人は日本に数ヶ月いた上で、徐々に次のようなことに気がつき始める。即ち彼は日本人にすべてを教える気でいたのであるが、驚くことには、また残念ながら、自分の国では重荷になっている善徳や品性を、日本人は生まれながらに持っているらしいことである。衣服の簡素、家庭の整理、周囲の清潔、自然およびすべての自然物に対する愛、あっさりとして魅力に富む芸術、挙動の礼儀正しさ、他人の感情に就いての思いやり――これらは恵まれた階級の人々ばかりでなく、最も貧しい人々も持っている特質である。

モースは大森貝塚の発見者としても、我が国で最初にダーウィンの進化論を講義した人物としても知られているが、その開放的な性格から近辺の子供達から学者、政府高官にいたるまで誰とでも親しく交わった。さらに彼はずば抜けたスケッチの才能を有し、『日本その日その日』には実に七百七十七点の絵が挿入されている。彼の巧みなスケッチを見ていると、もしこの絵が写真で置き換えられたなら、この本を読む興味は半減したであろうと思われるほどだ。挿絵のおかげで読者は彼とともにその場に立って周囲を見回しているような気持ちになるのだ。

この国の人が——最下層の人でさえもが外国人の私に対して示す礼譲に富んだ丁寧な態度にはいつも驚かされる。彼等は私に話しかけるのに先ず頭に巻いた布を解いてそれを横におくのである。……

人々が正直である国にいることは実に気持ちがよい。私は札入れや懐中時計を見張ったりはしない。錠をかけぬ部屋の机の上に小銭をおいたままにするのだが日本の子供や召使は一日に数十回も部屋に出入りしても触ってならぬ物には決して手を出さない。……

日本人の奇麗好きは外国人が常に口にすることである。人々は家の近くの小路に水を撒き柄の短い箒で掃き清める。……

町にも村にも浴場があり、人々は必ず熱い湯に入る。我々から見れば日本人が熱い風呂の中で火傷して死なないのが不思議なくらいである。ここで私は裸体の問題に就いてありの儘の事実を少し述べねばならぬ。

浴場の図

日本では昔から裸体を無作法とは思わないのであるが、我々西洋人はそれを破廉恥なこととみなすように育てられてきた。日本人が裸体を露出するのは入浴の時だけである。その時はかたわらの他人がどうしていようと一向かまわない。浴場は道路の片側に並んでいる。前面の開いた粗末な木造の小屋で、湯は桶の内側にある木管から流れ入ったり、桶の後方にある噴泉から縁を越して流れ込んだりしている。一つの浴場には六七人が入浴していたが、みなしゃがんで肩まで湯に浸っている。しかし最も驚かされたのは、老幼の男女が一緒に風呂に入っていて而もそれが通行人のある往来に向けて開け放しである事である。我々に比し優雅で丁重な態度の日本人が、裸体は無作法であるとは全然考えないのである。……

男女の関係は欧米と日本では大きく異なっている。二十二歳の男に結婚する意志はあるのかと訊ねたところ勿論だと答えた。「しかし君の知人に女性がいないのにどうして細君になる人を見つけられるのか」と聞くと「家族なり友人が望ましい配偶者を見つけてくれる。そして娘の家族に文通で訪問の許可を得るのだ」「然し君はどうして彼女が怠け者であったり短気であったりしないか判るのか」「それは注意深く調べるのだ。米国流にやると女は男の心を引きつけるために装う。我々の方法では感情を抜きにして双方の将来の幸せを考えることになるのだ」と言う。この方法は如何にも馬鹿げていてロマンチックでない。日本では青年男女が無邪気で幸福な経験を知らずにいる。我が国におけるパーティーの集まりを思い浮かべると、この点に関する社会のやり方は我が国のほうがずっと上のような気がする。もっともいろいろなことに関する私の意見は経験によって絶えず変化するからはっきりしたことは言えない。……

和服を着た人々の群を見ると、そのやわらかい調和的な色や典雅な折り目が外国の貴婦人達の衣服と著しい対象を示す。小柄な体躯にきっちり調和する衣服の上品さ美麗さ、それから驚嘆すべきほど整えられ、そして装飾された漆黒の頭髪――これくらいこの国民の芸術的性格を如実に表現するものはない。……

日本には我が国にそれと同じものを見出し得ぬ、ある階級の娘がいる。彼女らは芸者と呼ばれ、奥さんや令嬢たちがあらわれぬ宴会で、席を取り持つことをつとめとする。数名の友人を晩餐に呼ぶ人は、かかる娘を二三人雇うことが出来る。すると彼女らは、単に酒を注ぐことを手伝うばかりでなく、気のきいた機智的な会話で、あらゆる人をいい気持ちにさせる。彼女等の多くはなかなか奇麗で皆美しい着物を着ている。一度私は、ある晩餐の席で一方ならず美しくない年取った芸者に会ったことがある。それ迄、芸者なるものが、彼女等の美貌と、恐らくは若さとの為に雇われるものと思っていた私は、友人にたずねたところが、彼女は東京に於いて最も有名な芸者の一人であるとのことであった。……

三味線弾き

この地球上に生息する文明人で、日本人ほど、自然のあらゆる景況を愛する国民はいない。嵐、凪、霧、雨、雪、花、季節による色彩のうつり変わり、穏やかな河、とどろく滝、飛ぶ鳥、跳ねる魚、そそり立つ峰、深い渓谷――自然のすべての形相は、単に嘆美されるのみでなく、数知れぬ写生図やカケモノに描かれるのである。

彼が日本のものでなかなか馴染むことができなかったのは邦楽であったらしく、〝日本の音楽は我々外国人

櫓の上のお囃子

にはまるで判らないのである〟と率直に述べている。

この国民は「音楽にたいする耳」を持っていないようだ。彼等の音楽には和音、ハーモニーがないのは確かである。彼等はすべて同音で歌う。盆踊りであろうか。櫓の上で太鼓と鈴と笛で囃しているのを聴いて、我々が音楽であろうと思うもののメロディーを捉えようとして一所懸命に耳を傾けたが無駄であった。こんな単調な音から霊感なり興奮なりを受けることは不可能であろうと思われる。

このような感想を述べているモースは学者として自分の理解が足りないのではないかと反省し、梅若師匠について謡の稽古を始めるのだ。

モースは数年にわたる日本滞在の間に日常生活の中で興味を惹いた物を手あたり次第に収集している。また彼は陶磁器について骨董商が驚くほどの専門知識を有し、多くの優品を購入している。それらはすべて帰国後セーラムのピーボディー博物館に寄贈されている。一九九一年には収集品の里帰り展「モースの見た江戸東京展」が東京で開催された。それはまさに明治初期の日本のタイムカプセルそのものであった。

私はそこで『日本その日その日』三巻を購入して繰り返し読んだ。

（『ほほづゑ』95号）

*

*

笑いについて

2018年

日本人はあまり喜怒哀楽を表に出さない。ことに戦前の教育を受けた人にとっては大口をあいて笑うなどははしたないこととされてきた。そのせいか外国人の間で日本人はあまりユーモアを解さないと誤解されているようだ。しかし古くは鳥羽僧正の鳥獣戯画や北斎漫画を眺め、古典落語を聴き、テレビで笑点「大喜利」に腹を抱えている我々にとってわが国に伝わる笑いの系譜は生活の中で生きている。

さる由緒あるクラブで若手落語家の講演を聴いた。エール大学卒という異色の落語家・立川志の春の語りで演題は「日本の笑いを世界へ」である。なかでも大笑いした話を二つばかり紹介したい。

以前クリントン大統領が訪日して当時の森首相に会った際の話である。秘書官が前もって森首相にこう入れ知恵した。「クリントン大統領に会ったら手を差し出して　ハウ　アーユーと言ってください。向こうは　サンキュー　ファイン　アンド　ユー　と言うでしょうからそしたら　ミー　トゥー　と言ってくだされればよいのです」ところが森首相はうっかり間違えてクリントン大統領にむかって　フー　アー　ユー　と言ってしまった。クリントン大統領はこれを冗談ととったので　アイ　アム　ヒラリーズ　ハズバンド　と冗談で返した。そこへ森首相が　ミー　トゥーと言ったという話である。これにはみんな爆笑してしばし笑いが止まらなかった。

もう一つはトランプ大統領に安倍首相が会ったらどんなことになるでしょうかという話だ。外国人はめったに他人に謝ることをしない。しかし日本人はすぐスミマセンと言ってしまう。二人が会ったらトランプ大統領は　アイ　アム　ザ　プレジデント　とそっくり返るでしょう。それに対して安倍首相は　アイ　アム　ソリー（総理）というのではないでしょうか。これも大笑いだった。

私は十五年ほど前『ほほづゑ』三十二号に「漫画とユーモア」という一文を寄稿した。今回はそれを一部引用しながら笑いについて語りたい。

もう廃刊になってしまったが、英国に『PUNCH（パンチ）』という政治風刺の週刊誌があった。一八四一年から連綿と続いたその誌面には、必ず気の利いた漫画が掲載されていた。一世紀を超えるこの雑誌の歴史の中で掲載された漫画から、秀作を選んで一九五六年に出版されたのが『A CENTURY OF PUNCH』なる分厚い大判の本である。若い頃ロンドンを訪れてこの本を入手した私は、今でも折にふれてページを繰っては楽しんでいる。何しろ百年にわたる漫画の集積であるから、背景の意味がわからない場合もあるし、下層階級のコック

挿図1
"IS THAT A NICE BOOK, DARLING ?"
"IT'S LOVELY, MUMMY, BUT THE ENDING'S SAD."
"WHAT HAPPENS ?"
"OH, SHE DIES, AND HE HAS TO GO BACK TO HIS WIFE." (1932)

ニー訛りのまま書かれた台詞が解読できない場合もある。

『ほほづゑ』三十二号に寄稿した際には英国の著作権法をおもんばかって漫画そのものの転載を遠慮したのだがすでに八十年近い年月を経ているのでここに紹介したい。一つは一九三二年に掲載されたものである。

木陰でティーカップを手に籐椅子でくつろいでいる婦人と、芝生に置かれたクッションにしどけなく寄りかかって本を読む幼い女の子の絵である（挿図1）。

もう一つは一九三七年に掲載されたものである（挿図2）。

豪華客船のダイニングルームの中で正装した男女が何組も食卓についている。見ると部屋全体が傾いており、髯をピンと立てた紳士の膝も婦人のロングドレスの裾も水に漬かっている。ウェイターは何事もなかったように料理を載せたトレイを肩の上にかかげ、水の中を斜めに歩いている。題は THE BRITISH CHARACTER : LOVE OF KEEPING CALM とある。因みにタイタニック号の悲劇が起こったのは一九一二年である。この「英国人気質」の漫画はシリーズになっていて甚だ面白いのだが全部をお目にかけられないのが残念である。

挿図2
THE BRITISH CHARACTER
LOVE OF KEEPING CALM.（1937）

一時世界を風靡した『PLAYBOY（プレイボーイ）』なる雑誌にも漫画の秀作だけを集めた本が何冊か出版されている。こちらはお色気漫画ばかりだが、中から一つ愉快なのをご紹介しよう。裸の上にミンクのコートをまとった美女が挑発的な姿態でこちらを向いている絵の下に I got my mink, the same way minks do と書いてあるのだ。

さて日本の漫画はどうであろうか。アニメでは宮崎駿監督の『となりのトトロ』『ハウルの動く城』『崖の上のポニョ』などは私のお気に入りである。

しかし最近の漫画事情は全く分からない。古い話になって恐縮だが、八十歳代半ばを過ぎた私の世代の人間からすると懐かしい漫画家は荻原賢次、清水崑、杉浦幸雄、加藤芳郎、というところであろうか。荻原賢次の『日本意外史』や『忍術武士道』などは私の最も愛好した漫画であり今でも時々手にする。清水崑の『かっぱ天国』はとぼけた雄河童となまめかしい雌河童の組み合わせが受けて、当時テレビのコマーシャルなどでもお馴染みになった。杉浦幸雄の漫画にはいつもちょっとエッチなオジサンとお尻の大きな女性が登場して笑いを誘った。加藤芳郎の『オンボロ人生』も戦後のまだ貧しい世相から上質な笑いを読者に提供していた。筑摩書房が一九六九年から一九七一年にかけて発行した『現代漫画』二十七巻は今では貴重な資料である。

私は漫画家東海林さだおのファンである。我が家のバスルームには東海林さだおの「丸かじり」シリーズがおいてあって、時には風呂の中で、時には用を足す際にロダンの《考える人》の姿勢で読む。『トンカツの祝宴』からの一節をご紹介しよう。

「きょうの昼めしは重厚にいきたい」と思うときがある。ボリュームたっぷり、胃袋にズシンとくるもの。心身ともに健康、天気も快晴、気圧配置快適、お通じも良好、そういうときである。こういうとき、卒然と浮上してくるのがトンカツ定食である。トンカツというものは、いったん浮上してくるとしぶとい。強力である。もう取り換えがきかなくなる。天ぷらはどうだ、焼き魚はどうだ、寿司はどうかね、と言われてもトンカツの存在感の前には、もうどうにもならない。「トンカツやめますか。人間やめますか」と言われても、「人間やめてもトンカツやめません」と言えるぐらい、トンカツの吸引力は強い。

このような書き出しは東海林さだお独特のものである。もう一つ、『ふりかけの真実』から引用しよう。

北区赤羽台団地七号棟六階六〇二号室で、会社員M氏四十八歳が頭に養毛剤を振りかけている。ごくありふれた日常の一コマと言える。一方隣の六〇三号室では、N君七歳が、ゴハンにふりかけをかけている。これまたありふれた光景である。しかしこれが逆であったらどうなるか。M氏がゴハンにふりかけをふりかけていて、七歳のN君が頭に養毛剤をふりかけているとしたらどうなるのか。さらにもっと大逆転して、M氏が頭にふりかけをふりかけていて、N君がゴハンに養毛剤をふりかけていたらどうなのか。あまりと言えばあまりにあまりであるが、このことは四十八歳の会社員には、養毛剤があまりによく似合い、七歳の小学生にはふりかけがあまりによく似合う、ということを裏づけることにほかならない。

こんな発想は私のような凡人にはなかなか出てこない。謹厳なる『ほほづゑ』同人諸氏も、たまにはこんな漫画を読みながら発想の転換をしていただくのも良いのではないだろうか。

（『ほほづゑ』96号）

父百六歳、母百二歳（人生一〇〇年時代）

私の父は享年百六歳、母は享年百二歳と二人とも長命でした。二〇〇五年のことですが両親が結婚して共に暮らした年数、二人合わせて二百三年二百八十五日がワールド・レコードであるとしてギネスブックに登録されました。

両親共に北海道の東の果て、根釧平野の出身です。父方の祖父は屯田兵で、退役後厚岸で薬種商を開いて成功しました。父は厚岸の小学校、札幌の中学校、鹿児島の七高、東京大学の法学部を卒業して日本銀行に奉職、最後は三和銀行の頭取を長く勤めました。父はスポーツ好きで頭取時代には東西対抗財界人野球大会で西軍のピッチャーをつとめていました。健啖で鰻の蒲焼が好物でしたね。百歳を過ぎてからも「肉を食わないと記憶力が落ちるぞ」とよく言っていました。鹿児島での高校生活がよほど懐かしかったのでしょう。亡くなる暫く前まで七高の寮歌「北辰斜めにさすところ　紫さむる黎明の……」を口ずさんでいました。

母方の祖父は根釧平野の最初の開拓者として主に軍馬向けの牧場を経営し、後から入植した人々に乳牛を与え、家を建ててやったりと援助の手を差し伸べたことから茶内の駅前に大きな頌徳碑があります。我が国で最初にサラブレッドを輸入したのは祖父だと聞いています。

母は牧場育ちでしたから娘時代は裸馬に乗っていたそうで、後年軽井沢の貸し馬屋で馬を借りたとたんに走り出して貸し馬屋の親爺をあわてさせたという逸話もあります。百歳になった時、港区の区長さんがお祝いの品を届けに来られたのですが、母は最近の若い人の教育がなっていないと苦言を呈し、区長さんもたじたじだったということです。母は亡くなる二週間ほど前までしっかりした字で日記をつけていました。

北海道は両親の故郷でもあり、私が幼い頃父が日銀マンとしてロンドンに駐在していた二年の間、厚岸と姉別で暮らしていましたので格別の想い入れがあります。幼い頃、厳冬に母が操る馬橇に乗せられていて横倒しになり、雪のなかに投げ出されたことはぼんやりした記憶として残っています。大学生の頃、叔父が祖父から引き継いでやっている姉別の牧場を訪れた思い出も心に残るものです。白い壁のような濃霧がまるで音をたてるかのように草原の上をサーッと迫ってくるのを、全速で馬を走らせて逃げる爽快さは忘れられません。最後に姉別を訪れたのは私が化学工学会の会長をしている時で、函館で学会が開催されたあとに立ち寄りました。根室本線は釧路から根室まで厚岸以外はすべて無人駅です。夜行列車では窓の外は真っ暗です。内地ならどんな田舎でも鉄道の沿線は人家の灯火がぽつりぽつりと見えるものですがここでは真の闇でした。昔は列車のなかに石炭ストーブが置かれてあったのを覚えています。

父も母も自分は他人とは違って格別元気なのだと自信があったせいかそのために失敗したこともあります。父の場合、だいたい九十歳を過ぎてから人間ドックで硫酸バリウムを飲んで胃の検査をするなどということは常識を逸していると思うのですが、検査のあと下剤を飲んでじっとしていればよいものを時間があるからと多摩墓地に墓参りに行ったのです。花屋で借りたトイレは狭い和式のものだったために用を足したあと立ち上がれなくなり、それ以来足腰が不自由になりました。母も洋箪笥の上の物をとろうとして踏み台の上から手を伸ばしたところ洋箪笥が手前に倒れてきて下敷きになったことがありました。やはり自分の歳を考えて自重することが年寄りには必要です。

両親が幸せな晩年を過ごすことができたのはひとえに一緒に暮らしていた兄嫁の献身的な努力によるものです。気性の激しい母に仕えるのはなかなかたいへんな事であったと思います。よくぞ長い間両親に寄り添って暮らしてくれたものと感謝しています。

これからの我が国では老人の数が急激に増加し、少子化が進むでしょうから、老人の介護に若者がかかり切りになるのは国の将来にとって決して好ましいことではありません。男女が若くて元気なうちに結婚して子供を産み、育て、一方老人もできるだけ長く生産的な活動に参加できるようにすることが必要です。介護にはＡＩをはじめとして技術の進歩を最大限利用すべきでしょう。

さて長命の両親から遺伝子を受けついだはずの息子はどのように生きているのでしょうか。現在兄は九十歳、私は八十八歳です。私は昨年ノドに腫瘍ができました。医者は高齢でもあるし悪性のものではなさそうなので手術するよりも食事どきの多少の違和感に馴れるという考え方もあるのではないかとの意見でしたが、私は三度の食事が楽しくできないのでは生きている甲斐がないと思い、全身麻酔下での難しい手術を選びました。さいわい手術は成功し、声を失うこともなく生還しました。現在は体力も回復し、毎日一時間半ほどの散歩と任天堂の頭脳ゲームを老化対策としてやっています。老夫婦二人の生活ですが毎日献立を考えて料理をすることも私の楽しみの一つです。十年続いた画会・遊彩会の絵画展はメンバーの平均年齢が八十歳を越えた昨年で幕引きとなりました。

『ほほづゑ』への投稿は残されたわずかな知的活動の一つでもあり、『ほほづゑ』百号をみなさんと共に祝うことができればこの上ない喜びです。

（『ほほづゑ』97号）

＊

＊

スマホ時代の憂鬱

地下鉄に乗って向かい側の席に座っている乗客を観察していると十人が十人ほとんどスマホを左手に持って右手で操作している。大部分はゲームをやっているらしいが、たまたま隣に座っている若者のスマホを横目で覗き見るとまあ細かい字が画面にぎっしりと並んでいてこれを四六時中見ていたのでは視力が落ちるのも当然だという気がする。レストランで食事をしていて隣のテーブルを見ると、子供連れの家族が親だけでなく小学生とおぼしき子供までスマホをいじっていて家族間の会話は皆無だ。シネコンで映画を見ていると隣の男がときどきスマホを取り出して開くのでギラギラした画面が眼に入る。ついに「やめてくれませんか」と文句を言うとあわてて消した。道路を歩いていると向こうから足早にやってくる若い男は前を見ずに手にしたスマホに夢中だ。私とぶつかる直前にあやうく体をそらすもののゴメンナサイも言わない。

最近あちこちから届く手紙やメールを読んで思うのは、誰しも自分が書いた文章を読み返すという習慣がなくなってしまったのではないかということだ。文中に誤字がないかとか、これで意味が相手に分かってもらえるだろうかなどという配慮が全く感じられない。頭に浮かんだことをそのまま並べただけで文章としての構成ができていない場合が多い。これも相手とのやりとりをスマホですませていることからくる欠陥であろう。一つの事をじっくりと考えることができなくなっているのは困りものだ。

（『ほほづゑ』97号）

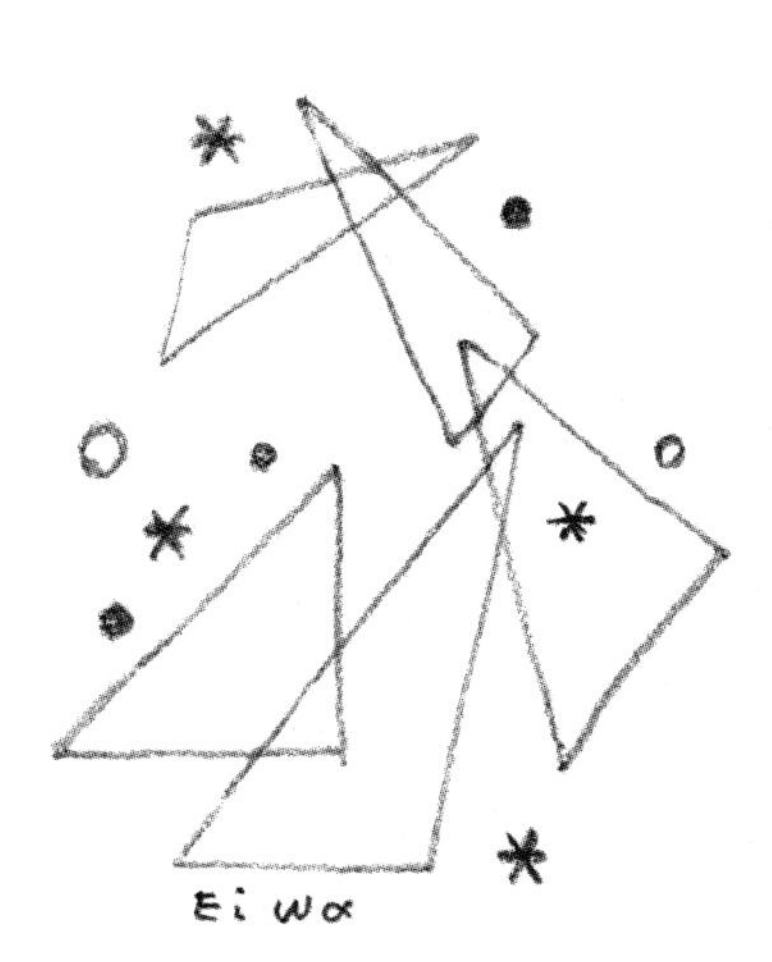

サントリーホールにまつわる思い出

一九八六年、我が家から歩いて十五分のところにサントリーホールが誕生した。音楽ファンの一人としてこんな有難いことはない。以来数え切れないほどのコンサートをこの素晴らしいホールで楽しませていただいた。サントリーホールは正面玄関の上で二人の小人が手回しでオルゴールを鳴らして開場を告げるところから回廊の壁面にかけられた名演奏家たちの写真、ホール正面の巨大なパイプオルガン、天井から下がっているビールの泡をイメージしたような十個のシャンデリアとすっきりしながらも豪華な雰囲気がある。二十年ほど前まではサントリーホールに行けば必ず誰か知り合いの顔を見かけたものだが、みんな亡くなってしまったのか、足が弱って外出もままならなくなったのか、今ではもう知人に会うことは皆無だ。淋しいことである。

私の定席は二階左のオーケストラ前面の横にあたるところで、バイオリンの独奏などを聴くには音の方向に難があるが、オーケストラの楽器それぞれの演奏を眺めるには最適だ。ドボルジャークの「新世界より」の第二楽章で「家路」のメロディーをコーラングレが奏でるところとか、スッペの「詩人と農夫序曲」冒頭のチェロのソロなどは演奏を見ることで楽しさは倍増する。ベートーベンの第九交響曲終楽章はティンパニに始まり、コントラバスの力強い語り掛けにチェロが加わり、管楽器とのやりとりがあって「歓喜の歌」冒頭のメロディーの漣が次第に大きな波となってトゥッティに変わってゆく。各楽器の受け渡しを眼で追うことができるのは素人音楽ファンの私にとっては大きな喜びである。それには平土間正面の席よりも私の定席の方がはるかに良いのだ。

東北大震災のあとプラシド・ドミンゴが来日して四月十三日に救援活動の一環としてコンサートを開催した。この時は東京倶楽部がまとめてチケットを確保してくれたので一階最前列のほぼ中央という、ドミンゴの口の中まで見えるような席で聴くことができた。人間の体がこんなに素晴らしい楽器でもあるのかと改めて感嘆した。プラシド・ドミンゴの心に残る歌唱とその暖かい人柄に聴衆は感動してアンコールの際には満員の会場が総立ちとなって拍手が鳴り止まなかった。また一階最前列正面の位置ではいつもの二階横の私の定席と比較して耳に入る音量がかなり違うことも改めて認識させられた。

株式会社サントリーの現在のありようを作り上げられたのはサントリーの二代目社長の佐治敬三さんで、佐治さんは大阪大学理学部化学科の先輩でもある。佐治さんが日本経済新聞の「私の履歴書」欄に連載された思い出は単行本『へんこつ なんこつ』として出版され、私の手許にある一冊には佐治さんの献呈の辞とともに署名捺印がされてある。その中には戦後トリスウィスキーの宣伝で名を挙げた寿屋宣伝部に三和銀行に勤めておられた山崎隆夫さんを佐治さんがスカウトされた際の経緯が記されている。

引用すると「一目ぼれというか、引き合うものがあったというか、この人をおいてはサントリーの広告を託する人はいないと思い込んだ私は、強引に山崎隆夫さんに誘いの手を差しのべた。三和銀行から彼を拉致するには、頭取であられた渡辺忠雄氏にお願いするほかはない。調べてみると同氏の次男。渡辺英二氏（現日揮社長）が私と同窓、大阪大学理学部化学科の、しかも小竹一門ではないか。さっそく小竹先生を訪れて、そのつてで渡辺頭取にお願いすることになった。」

かの有名な「洋酒天国」を作り出した寿屋宣伝部には、山崎隆夫さんに加えて柳原良平、山口瞳、開高健等の俊英が加わり、一時テレビの画面を風靡した「トリスを飲んでハワイに行こう」のキャッチフレーズを作り出した。

そんな関係もあり、佐治社長には後年仕事の上でもたいへんお世話になった。私が社長をしていたエンジニアリング会社の日揮が、サントリーの製造・研究施設の建設に携わらせていただいたばかりか、医薬分野への進出のきっかけも作っていただいた。サントリーホールのみでなくロンドンやサンパウロのレストラン、燦鳥（さんとり）ではクライエントの接待に度々利用させていただいた。

サントリーホールで佐治さんにお目にかかったことも度々ある。一度堤剛のチェロ・リサイタルにノーネクタイで行ったところを見付かり「これは　これは　今日はたいへんラフなスタイルですな」と言われて顔から火の出るような思いをした。稀代のチェリストにして桐朋学園大学学長でもあった堤さんは佐治さんの娘婿でもあるのだ。佐治さんはユーモアに満ちた方であったが、あの大きな目でギロリと睨まれると身がすくむような感じもあった。

二〇〇七年にはサントリーホールのほかにも、サントリー美術館が私の自宅から歩いて十五分ばかりのところにある東京ミッドタウンに越してきて、一層楽しみが増えた。有難いことである。佐治さんのおかげで誕生したサントリーホールやサントリー美術館はサントリーの名前を文化振興の面で不朽のものにしたが、佐治さんのお父上である創業者鳥居信治郎氏の社会活動に対する肩入れも驚くほど広範なものであったようだ。私の大阪大学在学中もリービッヒス・アンナーレンのような貴重な化学文献が初刊から揃えて研究室に寄付されてあったし、私の敬愛してやまなかった人工雪の研究者中谷宇吉郎氏に、匿名で学資を提供していたことなども後日明らかにされている。

私の人生はウィスキーやビールの味だけでなく、文化的な面でもサントリーの恵みで満たされている。

（『ほほづゑ』98号）

私が所有する小さな美術館

千五百枚のお気に入りの絵ハガキ

私は千五百枚ほどの美術品の絵葉書を所有している。絵画は勿論、彫刻、仏像、陶磁器など。縄文時代の火焔土器のような古い物からエミール・ガレのガラス器までなんでもありだ。ミラノのサンタ・マリア修道院にあるダビンチの「最後の晩餐」から草間彌生のカボチャの絵まで。美しいと感じた作品、これは面白いと思った作品は絵葉書を入手して箱に収納してある。千五百枚といっても写真に示したように小さな箱二つでしかない。もっとも重さは三・九キロある。昔は美術展を訪れるとカタログとか解説書を購入していた。しかし美術展の印刷物はサイズも形状もまちまちで整理が難しい。

一九八八年に奈良で開かれた「シルクロード大文明展」で出版されたカタログが『オアシスと草原の道』、『海の道』、『仏教美術伝来の道』の三分冊あわせて四・一キロもあった。一九九〇年にアムステルダムでゴッホの没後百年を記念する大展覧会が開かれた時は、開催期間が彼の生まれた三月三十日から亡くなった七月二十九日までの四ヶ月という凝った設定で、前売り券には入場の日時までが指定されていた。ここで売られていたカタログは、二冊に分かれて重さ三・二キロで、お値段も日本円に換算すると一万円ほどの高価なものだった。一九九五年にはパリでセザンヌの大回顧展があった。画商ヴォラールが最初のセザンヌ展を開催してから百年の節目ということであったが、そのカタログは三・三キロの重さがあった。

私はかなり以前からカタログの購入はやめて気に入った作品の絵葉書を集めることにしている。昔の絵葉書は印刷技術、特に色彩の再現が貧弱でとても鑑賞に堪えるものではなかった。しかし印刷技術の進歩により最近の絵葉書は美術書に挿入されている図版などにも劣らないほどに改良されてきた。手にとって眺めるには便利このうえない。収蔵品をカテゴリー別に分類しておくのも一つの行き方だが私はアトランダムに取り出して眺めるのが一番楽しい。一枚一枚手にとるごとにこの絵はあの美術館で見たとか、あの街ではこんな出来事があったなどと思い出すきっかけにもなる。ここに十枚ほど気に入ったのを取り出してお眼にかけよう。

私の美術館からの十選をご披露

最初の一枚は《ルノワールの三男クロード、愛称ココとモデルのレオンティーヌ》である。ルノ本を眺めるココを抱きかかえるようなモデルの豊かな胸と暖かい色彩が実に魅力的だ。ルノ

ガレ《水差し》

ルノワール《ココとモデルのレオンティーヌ》

安井曾太郎《金蓉》

葛飾北斎《海・総州銚子》

ワールは男の子の髪を切らずに女装させて描いた絵を何枚も残している。

二枚目は《エミール・ガレの作品・水差し》である。グリーンと黄土色のガラスのマッスが複雑に絡み合いながら上向きに流れて差し口で凝縮している。そしてイエロー・オーカーの取っ手が水差し全体にアクセントを与えている。美しい作品だ。

三枚目は《安井曽太郎の中国婦人像「金蓉」》である。椅子

草間彌生〈色面構成〉

尾形乾山《色絵花唐草文水注》

に腰掛けた支那服の婦人の姿勢には一分の隙もない。画面の大部分を占める藍色の服が見事だ。裾から僅かに覗いている赤と黄色の裏柄も美しい。

四枚目は《葛飾北斎の版画千絵の海・総州銚子》である。北斎の神奈川沖浪裏は有名だがこの作品もダイナミックなことではひけをとらない。見ていると大波に体を引き込まれるような気がする。

五枚目は《尾形乾山作の色絵花唐草文水注》である。私の本来の好みは単色銹絵の角皿なのだが、これは全面に隙間なく文様を散らした作品で賑やかながら落ち着いた美しさがある。

六枚目は《草間彌生の「わが永遠の魂」展で見た作品》である。少女時代から幻聴・幻覚に悩まされたという草間彌生の色彩感覚と独特な繰り返し文様は全世界で愛されている。

七枚目は《明朝の景徳鎮窯作品、婦女形水注》である。これは説明抜きで無条件に美しい。顔には美人ホクロまである。

明朝景徳鎮窯（婦女形水注）

マネ《芍薬の花束》

普賢菩薩騎象像

ドガ《エトワール》

八枚目は《マネの「芍薬の花束」》である。マネは水を満たしたガラス器に活けた花を数多く描いているが、いずれの作品でも水とガラス器の表面で反射された光の表現は他画家の追随を許さない。

九枚目の《普賢菩薩騎象像》は大倉集古館にあり、昔から麻布に住んでいた私は小学生時代からたびたび大倉集古館を訪れて慣れ親しんだ仏像である。普賢菩薩を乗せた象は通常六本の牙を有しているがこの象には牙が一本もない。しかしこの象のほうがはるかに実在感がある。半眼の普賢菩薩の表情は穏やかで眺めていると心が洗われる。

十枚目は《ドガの「エトワール」》である。バレエの花形エトワールが暗い背景のなかで柔らかく上下に伸ばした腕、下からあてられた照明で白く浮き出した踊り子のノド元から顔にいたる部分、ふわりと軽く広がった薄絹のチュチュ。これ以上にバレエの美しさを表現することができるだろうか。

こんなわけで私の所有する小さな美術館は休館することもなくいつでも訪れて楽しむことができるのだ。

（『ほほづゑ』99号）

＊　　＊

「永契会」由来

私は昭和二十八年（一九五三年）に大阪大学理学部化学科を卒業した。最後の旧制大学卒業生である。三十一人の同級生にはガン遺伝子の研究でラスカー賞を受賞し、後年文化勲章受賞者となった花房一郎君、物理化学で学士院賞を受賞した菅宏君のような秀才がいた。大阪大学に理学部化学科が誕生したのは昭和七年（一九三二年）のことで、翌八年に十二名の若者が入学している。同窓会は長く存続していたが特別な名前を持ってはいなかった。昭和二十八年（一九五三年）、私が大学を卒業した年に、化学科が開講してから二十年という節目でもあるし同窓会に名前をつけようということになった。高名な有機化学者であり、大阪大学の総長を勤められた真島利行先生に命名をお願いしたところ「永契会」という名前をいただいた。同年発行の『永契会誌』創刊号に真島先生ご自身がこの名前の由来を書いておられる。

そもそもこの会名は明治二十九年（一八九六年）に一高を卒業した、理科の組のものが、その組だけでつくった同窓会に会員の一人の私がつけたものであった。これはその頃会員全部に、動物に因んだ愛称がもれなくついておったので、アニマル・キングダムの頭字を取り、ＡＫ会と称したのに、漢字をあてはめたものであった。総員三十名を迎えたが、今でも十数人はまだ健在で、東京で春秋二回会合をつづけている。地方在住または健康上の理由で集まるものは右の半数に近い。前後の年に卒業した組よりは長寿者も多く、学会その他に貢献の大なる人も少なくない。この度阪大の化学同窓会委員の方から、会名をつけよとの委託を受けて、種々考えたが、やがては自然消滅になるほかなき従来のＡＫ会の名をお頒けすることにした。そして私はこの新しい永契会がA.KLASSE の会員を多く持てるように永続して、本家であった会よりも一段と縁起の善い歴史を有せられるに至らんことを謹んで祈望する次第である。

生前の真島先生に直接お眼にかかり、ご挨拶をしたのは私たちが最後の世代ではないかと思うが、この寄稿文からも分かるように先生はかなり茶目っ気のある方であったらしい。そんな事情から「永契会」はかつて明治二十九年（一八九六年）第一高等学校理科卒業者の同窓会の名前であったのが現在では大阪大学理学部化学科の同窓会に引き継がれているわけである。現在六千名を超えるメンバーを擁する「永契会」の会長を私が引き受けたのは二〇〇三年であったが当時は七十年を超える年月の経過とともに会の名前の由来も歴史も忘れ去られていた。私はこれではいけないと考え、いろいろな方のご協力を得て誤りを正し、誰にもわかるように年表を作成した。その過程で個人的な興味から、本来の「永契会」たる明治二

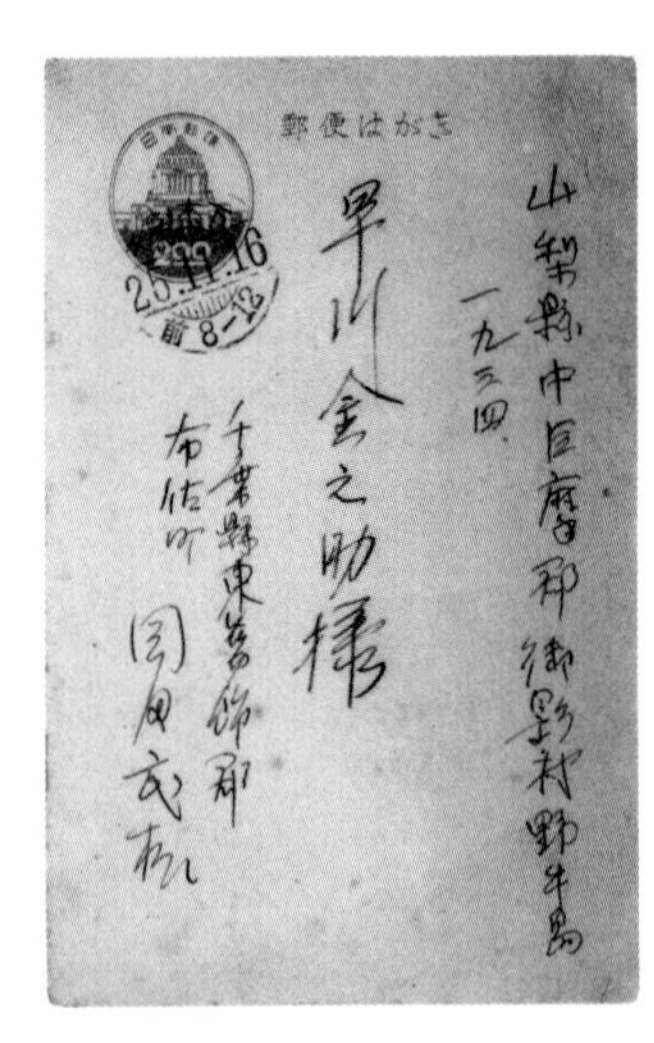
郵便はがき
山梨縣中巨摩郡御影村野牛島
一九三四
早川金之助様
千葉縣東葛飾郡
布佐町 岡田武松

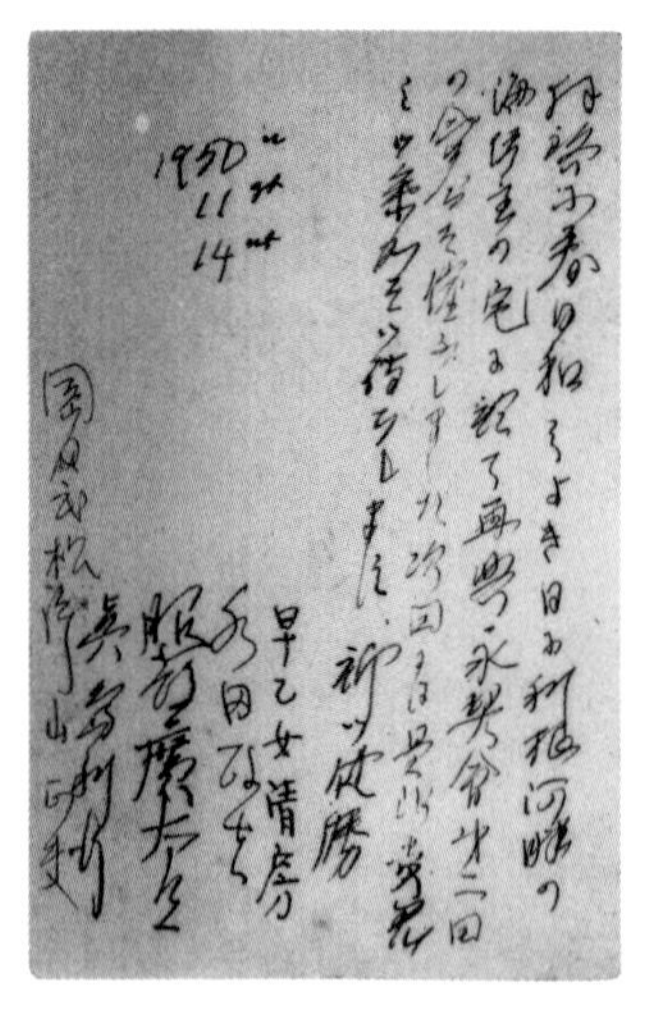
1950
11
14
早乙女清房
岡田武松

早川金之助宛、岡田武松差出の葉書（昭和25年11月16日消印）

十九年（一八九六年）第一高等学校理科の卒業生にはどんな方々がおられたのであろうかと思って調べてみた。官報によると十九名の方々はそれぞれ出身県名と士族・平民の別と氏名が記載されており、そのなかには柴田桂太（植物生理学の権威、高名な無機化学者柴田雄次の兄）、真島利行（漆成分の研究で知られた有機化学者、大阪大学総長）、岡田武松（中央気象台長、世界で初めて船舶からの気象観測情報を無線で中央気象台に報告させる仕組みを作った）、早乙女清房（東京天文台長、ハレー彗星の回帰、皆既日食の観測を行った）、桑木彧雄（科学史学会長、アインシュタインの相対性理論を最初にわが国で紹介した）、大野直枝（植物生理学者、光と重力に反応して屈曲する植物のメカニズムの研究を行った）のように優れた学者がいるのに驚かされた。東京大学予備門として設立された一高がたいへんなエリート校であったことが分かる。

さて何年かがたって、ある未知の方から永契会経由で私あてにメールが入った。どうやらこの方は郵便切手や葉書きを収集するフィラテリストらしく、入手された葉書きの写真が添付されていた。日付は昭和二十五年（一九五〇年）十一月十六日、差出人は岡田武松、宛先は早川金之助である。文面は左記の通り。

拝啓　小春日和のよき日に利根河畔の海坊主の宅に於いて再興永契会第二回の会合を催しました。次回は是非貴君の参加をお待ちします。祈健勝。

早乙女清房、永田政吉、服部広太郎、真島利行、岡田武松、（達筆で判読不明）。

実はこのうち永田政吉の名前は崩し字を私が誤読したものであって、正しくは水田政吉であることがのちに分かるのだが、この時はまったく永田と思い込んでいた。私にメールを送って来られた方は、この葉書にある「永契会」とはいかなる会なのかを調べたところ、大阪大学理学部化学科の同窓会に辿り着いたので取り敢えず会長の私にメールで問い合わせたということらしい。私は大阪大学化学科の同窓会である「永契会」の名前の由来と昭和二十八年（一九五三年）発足の事実を説明し、一方の明治二十九年（一八九六年）一高理科卒業生の再興永契会がいつまで続いたかは知る由もないこと、葉書きに寄せ書きされた方々のうち永田政吉、服部広太郎と判読不明の一名については私も詳細を知らないが、ほかはいずれも高名な学者であることを書き送った。

その後ここまで調べたからには上記三名の方々の来歴も調べてみなくてはなるまいと考えるに至った。国会図書館で一高の同窓会名簿を探すのには大分手間取ったが、それによると明治二十九年（一八九六年）理科卒業生の名前から早川金之助は海軍の物理学教授、永田政吉は日本石油取締役、服部広太郎は農学部の同年卒業であり、赤坂離宮内にある昭和天皇のための研究所で主任を勤めた生物学者であることも判明した。真島先生の言葉の中に「永契会」のメンバーが三十人とあるのを思い出し、明治二十九年（一八九六年）の卒業生十九名のほかにその後の卒業生もメンバーとして加えられたのではないかと思い、明治三十年（一八九七年）のページもあたってみた。そこには高名な物理化学者片山正夫の名前があり、前記の葉書きをよく見直すと達筆で判読できなかった名前は片山正夫であることが判明した。これで葉書きに寄せ書きをした方々がすべて分かったことになる。永田政吉は高名な学者の間にあってただ一人の産業人なのでどんな人物なのか調べてみたいと思ったもののなかなか決め手がない。ある時散歩していて、たまたま日本石油の本社近くを通りかかったので受付の女性に社史に関して調べたいのでどなたか昔のことに詳しい方にお会いしたいと申し入れた。幸い秘書室とOB会の方が応対してくださり、永田という名前の役員を社史で調べたもののどうしても見つからない。ところが同席していた女子社員が「永の字と水の字は点が有るか無いかだけの違いなので、もしかして水田ではありませんか」と言いだした。眼から鱗とはこのことで早速あたってみたところ、水田氏は東京大学工学部を卒業してガス会社に入社し、のちに日本石油に迎えられて技術分野で枢要な地位を占め、終戦前後に日本石油三代目の社長を勤められた方であることが判明した。

これで岡田武松の葉書きにあるすべての関係者の経歴が明らかになったのだが「利根川河畔の海坊主宅において」というところが分からない。「永契会」の発端であるアニマル・キングダムで誰がどんな動物の綽名をつけられていたのかは不明だが、真島先生のお写真を拝見するといかにも海坊主の綽名にふさわしいような気がするので多分間違いなかろうと私は勝手に解釈していた。ところが或る所で昭和四十三年（一九六八年）に発行された岡田武松の伝記を発見して拾い読みしていたところ、彼は利根川河畔に生まれ育ち、利根川の度重なる氾濫を見て、郷里の大先輩伊能忠敬に触発されて気象学を志したとある。さらに読み進むと学生時代の岡田武松は綽名が海坊主で、彼の風貌と茫洋としたところのある性格に似合いであったと書かれている。私は読みながら笑いがこみ上げてくるのを抑えることができなかった。彼について特筆すべきは、日本海海戦においてかの有名な司令長官東郷平八郎の「この日天気晴朗なれど浪高し」の元になる気象の予報をみずから行い、「天気晴朗なるも浪高かるべし」と電信で送った事実である。これで前掲の葉書きに出てくる内容はすべてが明らかになったことになる。調べついでに第一高等学校同窓会名簿で理科の卒業生を明治二十八年(一八九五年)、以降三十五年(一九〇二年)まで当たってみた。明治二十九年卒以外では三十年卒の片山正夫と三十五年卒の石原純(物理学者にして歌人)、を除いて私が名前を知っているような有名人はいなかった。明治二十九年(一八九六年)卒十九名のクラスにいかに秀才が集まっていたかがよく分かる。勿論卒業生の中には国立大学教授は他にもたくさんおられるので、真島先生が「永契会」の仲間が三十名と書かれていることも、二十九年卒が前後の年に卒業した組よりは学会その他に貢献の大なる人が多いと言われていることも充分理解できる。それにしても伝記に掲載されている岡田武松の写真と真島先生の写真とを並べてみると真島先生のほうが海坊主の綽名にふさわしいような感じを受けるのがおかしい。

蛇足になるが私の成城高校時代の親友故相原正彦君が岡田武松の設立になる気象大学の学長であったことも忘れるわけにはいかない。

(『ほほづゑ』99号)

『ほほづゑ』の知名度は想像以上に高い

『ほほづゑ』がついに百号を迎えました。一九九四年に創刊号が出て以来季刊同人誌として二十五年続いたことになります。感無量です。当初『ほほづゑ』発行人の鈴木治雄さんが目指しておられたのは大正デモクラシーの時代に知識人の間で啓蒙役を果たした同人誌『白樺』のような雑誌だったと思います。武者小路実篤と志賀直哉が中心となって発行した『白樺』は一九一〇年から十三年続きました。月刊でしたので百六十号まで発行されています。鈴木さんは企業経営者が必ずしも利益追求だけを目的としているわけではなく、文化面でも大きな寄与をしていることを『ほほづゑ』の発行によって世間に知らしめたいと考えておられたのでしょう。

『ほほづゑ』を創刊号から全冊並べると写真のようになります。創刊時の同人四十名のうち現在も同人として投稿を続けておられるのは六名です。私は四号から同人に加えていただきました。誘ってくださったのは発行人であった鈴木治雄さんで、私が昭和電工勤務時代の社長です。初代編集長として素晴らしい表紙絵と共に『ほほづゑ』の原型を作られた住吉弘人さんは私の日揮勤務時代にコスモ石油社長をしておられ、たいへん親しくさせていただきま

『ほほづゑ』 バックナンバー

した。初めは新人としてこわごわ寄稿していた私も二十五年の間にいつのまにか米寿を越えた古参メンバーとなってしまいました。その間どのくらい『ほほづゑ』に寄稿したのかを数えてみたところ、「散歩の植物誌」のような連載物から座談会の記録まで加えると実に百七十篇を超えることが判明しました。思いもよらないことです。

『ほほづゑ』の定期購読者数は五十名前後とそれほど多くはないのですが、名だたる同人五十二名がそれぞれ毎号三十冊を春夏秋冬に受領して各界の友人たちに配ることを考えると、その知名度は想像以上に高いと考えられます。かつて文藝春秋社が創刊八十周年を記念して臨時増刊号「日本人の肖像・このすがすがしい生き方」を発行するに際し、執筆者として有名作家や学者の間に私が選ばれているのを不審に思って編集部に理由を訊ねたところ、日揮会長としてではなく、『ほほづゑ』同人として書いていただければよいのですと言われて意外にいろいろなところで『ほほづゑ』が読まれているのだということを再認識した次第です。私は当時の同人メンバーには数少ない旧制高校理科卒業の理系人間ということで、物理学者寺田寅彦のこと、植物や動物のことなど他の方々とは一味違ったことを書こうと努力しました。いまや世の中がＩＴ専一になってからは文系・理系という区別は消失してしまいました。

私がすべての仕事を引退してからは、私に残された僅かな知的活動は絵を描くことと『ほほづゑ』への寄稿だけとなりました。絵のほうは住吉弘人さんが主宰して二十二年続いた「五彩会」の後半とその衣鉢を継いだ「遊彩会」とあわせて十八年にわたって銀座の画廊で毎年作品を展示しました。それも一昨年「遊彩会」メンバーの平均年齢が八十歳を超えた時点で終止符を打つに至りました。今や老人性痴呆症の防止策として私に残されたのは『ほほづゑ』への寄稿だけになってしまったわけです。どこまでこれを続けることができるかは私自身にも分かりません。

（『ほほづゑ』100号）

瀬戸内海クルーズ

二〇一八年に私は八十八歳の米寿を迎え、家内は八十歳の傘寿を迎えた。その節目にクルーズに参加することにして飛鳥Ⅱで鹿児島まで往復五日間の船旅を予約した。

十一月十二日、新神戸まで新幹線で移動し、飛鳥Ⅱに乗船する。瀬戸内海の航海がスタートする十三日の朝は重い雲が空一面に垂れ込めていて、これでは美しい瀬戸内海の景色を眺めることは無理かなとがっかりしていたが、昼近くなると雲が切れて明るい日差しが海面を照らすようになり嬉しさに心がはずむ。明け方とは一変した青空のもと船首で風を受けながら時々刻々と変わる景色を楽しむ。前方から緑の溢れる島が迫ってきて海辺に並んだ小さな家々を眺めていると、あっと言う間にそれは後方に流れて次の島にとってかわられる。平らな島、尖った島、オニギリのような三角の島、千変万化だがいずれも緑におおわれていて美しい。じっとしていても景色のほうがどんどん変わってくれるので何時間眺めていてもあきることはない。

船尾で日没を眺める。初めは黒雲が水平線の上にたなびいて太陽本体は隠れているが、徐々に黄金色の光が雲の下から洩れ出して海面の波頭に美しい模様を描き出す。しばらくすると太陽が雲の下から姿を現し、赤みがかった黄金の円盤となって眩しく輝く。それも五分ほどで水平線を縁取る山々の黒い陰に飲み込まれてゆく。船上から眺める日没の美しさにはいつも心を奪われる。晴天と千切れ雲の存在が日没の美しさには欠かせない。

ラウンジでティーカップを片手に通路を歩く船客を観察する。我が国の将来像のようなもので老人がほとんどだ。言ってみればこれは海に浮かんだ五万トンもある巨大な老人ホームなのだ。腹が盛大に張り出し、歩く足は逆さハの字の男性。痩せ細って上半身と頸を前に突き出した男性。ダイニングルームでは小柄なオバアサンがノッポのオジイサンに椅子を引き、ナイフとフォークを手渡し、ナプキンを広げてやっている。我家とはまったく立場が逆だ。我家ではオジイサンが料理から家事のほとんどすべてを引き受けている。「そのおかげでオジイサンはボケないで済んでいるのですよ」とオバアサンは自分の手柄のように言う。アホラシ。

二日目の夜のエンターテインメントとしてテレビドラマ「西郷(せご)どん」の音楽をすべて作曲したというピアニストの富貴晴海(ふうきはるみ)とバグパイプの奏者野口明生のトークショーがありたいへん面白かった。長編テレビドラマには二百をこえる曲を作る必要があるのだそうで、芸大を首席で卒業したという富貴さんは毎日午前午後と二曲ずつ作るというのには驚いた。バグパイプも音を重ねて実に複雑な音楽を演奏できるのに感心した。

十四日朝、鹿児島港着。タクシーで仙巌園に向かう途中、重富島津邸に立ち寄る。裏山が

噴煙を上げる桜島

海岸まで迫った狭い土地に建てられた屋敷の庭には見事な滝がいくつもの筋を引いて流れ落ちている。これは庭の造作などとは異なり本物の滝だ。家の中を見せてもらう。床の間に掲げられた西郷南州の掛け軸は書に暗い私が見ても自由闊達ですばらしいものだった。一点物の薩摩焼の釘隠しも見事である。

江戸時代初期、十九代島津光久によって築かれた別邸「仙巌園」は桜島を築山に、錦江湾を池に見立てたスケールの壮大な庭園である。背後に鬱蒼と茂った森がまた見事だ。ここを訪れるのは三度目だが何度訪れても来た甲斐がある。今では誰も信じてくれないが、私は七十年ほど前の学生時代に磯御殿と呼ばれていたこの屋敷に一泊したことがある。女中さんが昔お姫さまが使っていたという貝合わせの道具を見せてくれた。庭園をめぐり茶屋で一休み。カキ氷を注文すると巨大な色とりどりの氷の山が出てきた。たいへんおいしい。カキ氷を食べている間に眼前の桜島が盛大に噴火する。標高千百メートルの頂上からまっすぐに高く高く上昇した黒い噴煙が右に流れて徐々に墨が滲むように下におりてくる。仙巌園で桜島の噴火を見られたことは運が良かったというべきなのだろう。

横浜に向かう帰りの航路、昼食のあと甲板で手摺によりかかって白く泡だつ航跡と青空を流れる雲を眺める。高層ビルに囲まれた都会に住む人間にとっては眼の前百八十度、遮る物の無い海の上の景色は心を洗ってくれる。空を流れる雲は或るときは白く輝き、或るときは暗く陰翳をかかえて千変万化する。雲を眺めているとわずらわしいことはすべて忘れて無心になれる。黒田清輝がさまざまな雲を描いた六点の習作を思い出す。彼も刻々と変化する雲に魅せられたのだろう。風に吹かれて二時間の余も手摺に体を預けて空を眺めていたら、通りがかりの女性が「なにを見ておられるのですか」と訊ねる。「雲の動きを眺めているのですよ」と言うと分かったような分からないような顔をして去っていった。

今回の船旅は良いことづくめで素晴らしい思い出となった。我々夫婦は我が国で最初のクルーズ船オセアニック・グレイスの処女航海に始まって多くの船で航海を楽しんできた。飛鳥Ⅱは五万トンと大きいがオセアニック・グレイスは僅か五千数百トンに過ぎなかった。それでも街全体が移動しているような最近のクルーズ船よりもオセアニック・グレイスの方が楽しかったような気がする。さて来年以降はどういうことになるだろうか。

（『ほほづゑ』100号）

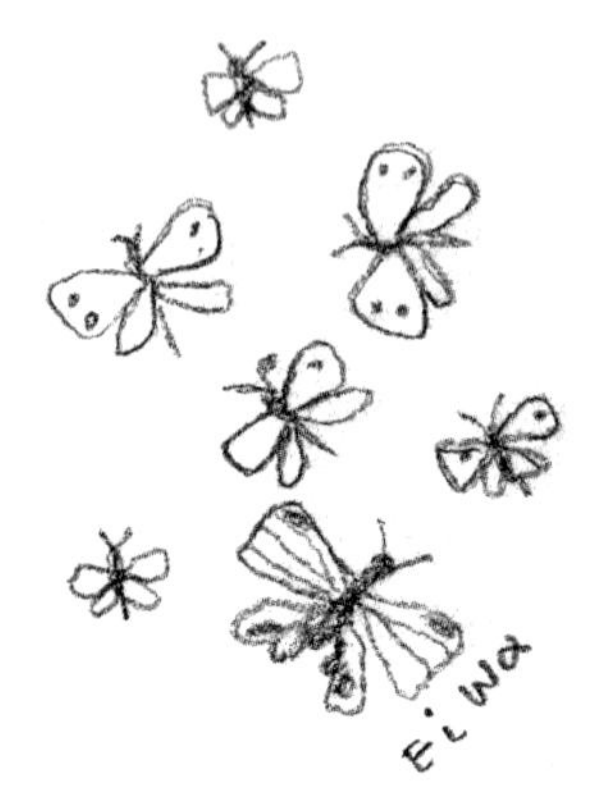

アインシュタインのプロファイル

今年はアインシュタイン生誕百四十年にあたる。すでに昨年のことになってしまったが、NHKの番組でアインシュタインの生涯が「天才科学者の栄光と悲劇」という表題で放送された。アインシュタインについては多くの本が出版されており、いまさら新しい事実が出てくるわけではないが、一般の視聴者向けにまとめられた番組として私には興味があった。この番組には二〇〇八年のノーベル物理学賞受賞者である益川敏英さんも同席されている。冒頭に益川さんが「彼は人間じゃないよ」と言われたのにはエッと思ったが、益川さんの発言の真意はそれまでの科学の世界をひっくり返すような新説をいくつも独力で作り上げ、それが究極的に正しかったことが証明されたアインシュタインの能力は人智を超えたところにあるのではないかという驚きの表現だと思う。

アインシュタインは一八七九年にユダヤ人の子として生まれた。幼い頃は無口で物事を言葉で考えようとせず、頭のなかにまず映像が浮かび、これを言葉に置き換えるのを常としていたと自ら語っている。少年時代に自然科学の本を読んで聖書に書いてあることは正しくないのだと知り、ユダヤ人であることからも自分がアウトサイダーであると認識し、他人から距離をおくようになったとのことである。以後十五歳で中学校を中退し、十七歳でスイス、チューリッヒの工科大学に入学した。学業成績は良かったが日常生活ではぼんやりしていて忘れ物が多かったという。個性をのばすことが大切であると考え、ことごとく権威に反発したことから二十一歳で大学を卒業しても助手として大学に留まることができずに特許局で職を得た。特許の審査では本質的なものとゴマカシを見抜く能力が磨かれたと語っている。彼は特許局での仕事の合間に多くの論文を書いた。広い知識と限界のない想像力と極限に迫る集中力の結果としての思考実験は多くの成果をもたらした。動いているものには時間が遅れて見えることから時間と空間が絶対的なものでないことを論じた特殊相対性理論とか$E=MC^2$で表わされる質量とエネルギーの等価の考えをもたらした一般相対性理論もこのような思考実験から生まれた。一九〇五年には三月に光量子の理論（粒子と波動の二重性）、四月には分子の大きさの決定法、五月にはブラウン運動発生の理論、六月には特殊相対性理論、九月には質量とエネルギーの等価の理論と次々に重大な論文を発表している。一九〇七年には一般相対性理論が発表され、一九一九年には質量があると空間が曲がるという彼の予測が皆既日食での観測から正しいことが実証された。

　ここで追記しておかなくてはならないのはアインシュタインが一般相対性理論から存在を予言した謎の天体ブラック・ホールが二〇一九年国境を超えた多くの科学者の協力により可

視化され写真として発表されたことである。

この番組に同席された益川さんは学生時代に宿題を決してやらなかったそうだが、ノーベル賞受賞につながったアイデア、三つのクォークで説明できないことが六つのクォークを仮定することで説明できるとひらめいたのは風呂から立ち上がった瞬間であったと言っておられる。これも益川さんの極限まで集中した思考実験の結果からくるひらめきであろう。アインシュタインの死後、彼の脳の実測では空間認識にかかわる部分が非常に大きいことがわかったとのことだ。彼が音楽好きでバイオリンに巧みであったことは広く知られている。彼は「死とはモーツァルトが聴けなくなることだ」とも言っている。空間認識と数学の能力と音楽のセンスは相関性があるとのことだ。

アインシュタインは二十三歳で同じく物理学を学んでいた二つ年上のミレーバと結婚して二人の息子を得ているが、三十九歳でミレーバと離婚して従姉妹のエルザと再婚している。離婚に際してノーベル賞を受賞したら賞金はミレーバに与えることを約束している。益川さんによると理由は分からないが同じ分野の学者同士が結婚すると破局に終る場合が多いそうで、学術会議の席で夫人の動静を訊ねるのは禁句だとのことである。

アインシュタインは自然界が単純で美しい数式で成り立っているとの信念を持っていた。したがって彼は広大な宇宙を扱う相対性理論とミクロの世界を扱う量子力学を結びつける統一理論を求め続けた。アインシュタインにとっては量子力学が確率論の上に成り立っていることが受け入れられなかったようだ。それは彼の「神はサイコロを振らない」という言葉で表されている。彼はなかなか自説を曲げようとはしなかったが、「権威を軽蔑する私を罰するため、運命は私自身を権威にしてしまった」と自ら皮肉っている。

アインシュタインは一貫して平和主義者であった。第一次世界大戦に際しては「国民の二パーセントの兵役拒否で戦争がなくなる」と主張していた。ドイツでヒトラーのナチス政権が成立し、ユダヤ人として迫害の対象となった彼は一九三五年に米国に亡命している。第二次世界大戦が迫っていたこの時期に、ドイツでオットー・ハーンによりウランに中性子を衝突させることで核分裂が生じ、膨大なエネルギーが放出されることが実証されたことを知った彼は、一九三九年にルーズベルト大統領に原子爆弾の開発を進言している。平和主義者の彼としては矛盾と言うしかないが、ナチス・ドイツが米国に先んじて原爆を開発することは人類を脅かすものであると考えたのであろう。彼自身はマンハッタン計画には参加していないが、一九四五年にドイツの降伏が明らかになると原爆開発の中止を求める手紙をトルーマン大統領に送っている。しかし同年広島に原爆が投下されたことを知った彼はOh Weh（あー、なんということだ）と叫んだと伝えられる。アインシュタインはノーベル賞受賞時に訪日しており、日本に強い親近感を持っていたとのことだ。のちにノーベル物理学賞の受賞者湯川秀樹博士に面会した際に、彼は涙を流して多くの日本人が原爆により死んだことに対し謝罪している。科学者が作り出したものが科学者の手を離れて恐ろしいものになることを痛感し、「科学は戦争で人類に毒を盛った。平和時には私達の生活を忙しくした。人間を機械の奴隷にしてしまったのだ。貴方がた科学者が図形と方程式を解いている時にこのことを決して忘れないでください」と言っている。彼は晩年、統一理論と核管理運動に専念したがどちらも目的を達成することはできなかった。

一九五五年、アインシュタインは七十六歳でなくなったが葬儀は家族・友人をふくめ僅か十数人で行われた。遺灰は遺言に従いデラウェア川に流され、墓は作られなかった。

死体解剖に際してアインシュタインの脳は二百四十のブロックに切断され、各国の研究者の手に渡ったが、最近になってそれをすべて回収して再新の技術でモデルを作製しようとする動きがあり、百三十四個の所在が確認されたが九十四個は不明のままであるとのことだ。

（『ほほづゑ』101号）

「スゴイ　スゴイ　ヤバーイ」

言葉は時代とともに変化する。当然のことだ。私に源氏物語を読めといわれても現代語訳でもないかぎり読むことはできない。レマルクの小説をドイツ語で読むほうが容易だ。しかし同時代を生きている日本人の言葉に腹を立てたり、なにを言っているのか分からないというのは悲しいことである。

テレビを見ていると傍らのオバアサンが「いい歳をしたジイサンが〝ボクは　ボクは〟と言っている。どうしてワタクシとかワタシと言わないのかね」と怒っている。「まあ僕とはシモベということだから自分をへりくだっているという解釈もあるさ」と言うのだがオバアサンは納得しない。買い物をしている場面で店員が品物を示して「これはいかがですか」と言うと客は「これと同じで黄色のヤツはないの」と訊ねる。オバアサンはまた怒り出して「ヤツとはなにごとですか　ヤツというのは汚い言葉だということが分からないのですかね」テレビを見ていてオバアサンが腹をたてる種は尽きない。

私にとって気になるのはスゴイという言葉の乱発だ。若い人からテレビ局のアナウンサーまで〝スゴイ　スゴイ　スゴーイ〟と言う。美しい山頂からの眺めを前にしたときも、自然災害の生々しい現場に立ったときも、なんでもスゴイの一言ですませてしまう。広辞苑でスゴイを引くと「ぞっとするほど恐ろしい」「気味が悪い」とある。若い人がよく使うヤバイという言葉もスゴイと同様に使われているようだが、危険であるとか、ウソがばれて困った状態に陥ったような場合に使うのが本来の用語だろう。

もう一つ苦情を言いたいのは人々のしゃべり方がむやみに早口になったことだ。テレビで若い人がしゃべっているのを聴いていると老人には何を言っているのかさっぱりわからない。スマホでやりとりする習慣が頭に浮かんだことをそのまま口に出すことにつながっているのかも知れない。野球で数々の記録を打ち立てたイチローはインタビューでも一語、一語考えながらゆっくり話す。野球にあまり関心のない私でも彼の映像を見ると「たいした人物だな」と感心する。世間の人ももう少しゆっくり話をしてはどうかと思うのだが、まあ「老人の繰り言」はこのへんでおしまいにしよう。

（『ほほづゑ』102号）

＊

＊

老いてからの記憶

人は何歳までさかのぼって記憶をたどることができるのだろうか。また何歳くらいからどのように記憶が薄れてゆくのだろうか。

3歳の頃の筆者（右）

九十歳を目前にした私としては自分の生涯を顧みて、思い出すこと、忘れてしまったことについて考えさせられることが多い。冒頭に掲げた写真は私が三歳の頃のもので、左にいるのは二つ違いの兄である。当時日本銀行に勤務していた父がロンドン駐在となり、数年の間我々兄弟は母とともに母の故郷、北海道の東の果て、姉別の牧場で暮らしていた。いつも馬車に乗せられてゴトゴト移動していたこと、夜になると梟がホーホーと鳴いていたことをかすかに記憶している。当時母は私に絵本を与えるといつまでも同じ絵をじっと眺めているので、「この子は一体何を考えているのだろう」と思った、と回想している。厳冬に母の操る馬橇に乗せられていて、橇が森の中で横転し、雪のなかに投げ出されたことも覚えている。ここらが私の記憶の原点である。父が帰国し、東京に戻って幼稚園に入る頃になるとさまざまな映像記憶が残っている。やはり言葉を習い覚えることで記憶もはっきりしたものになってくるのだろう。そもそも「記憶する」とか「考える」ということはどういうことなのであろうか。私は日本語で「考える」。外国映画を見る時のように、頭の中の画面に日本語の字幕が出てくるわけではない。たとえてみれば「考える」とは日本語で声を出さずに独りごとを言っているようなものだ。言葉を覚える前の幼児はどのようにして考えているのだろうか。

昔親しくしていた人の記憶を呼び戻そうとすると頭の中にすぐ顔が映像として浮かんでくるのだが、どういうわけか名前がなかなか出てこない。多分映像記憶のほうが文字による記憶よりも根源的なところにあるということなのだろう。私は人の名前を覚えるのが昔から苦手だった。我が国では名刺交換をするという便利な習慣があってそれに頼ってしまうせいかもしれない。かつて現役時代に米国のビジネスマンを迎えて自社の役員がずらりと並んで挨拶をした際、相手がこちらの役員の名前を全部その場で記憶してしまったのには驚くというより信じられない思いがした。八十歳を過ぎるとますます人名の記憶があいまいになる。同年配の友人と話をしていて共通の知人の名前が出てこなくて困惑し、互いに「もう三分もてば思い出すよ」と慰め合うようになるのだ。

私は大量の美術品の絵葉書を所有しており、一枚一枚取り出しては眺めるのを楽しみにしている。絵画ではロートレックからドガやモネ、シスレー、ルノワール、ボナールの名前が出てこないということはないし、ピカソ、マチス、ゴーギャン、ブラック、ホアン・グリスの名前を忘れることもない。幻想的な作品のギュスターヴ・モローやルオー、シャガール、ルドンからカンディンスキー、パウル・クレーの名前も当然ながらすらすらと出てくる。しかしカイユボットとかジャコメッティとなるとそうはいかない。「蚊にさされるとカユイ」カユイの反対のカイユでカイユボットだと思い出す。ジャコメッティは「たしか料理がらみの言葉と関係していたな」というところから始まってダシ、ダシ、そうだダシジャコでジャコメッティだと思い出す。音楽ではオッフェンバッハのチェロ曲「ジャクリーヌの涙」が好きなのだがオッフェンバッハの名前が出てこないことがしばしばある。ドイツに生まれながら生涯をフランスで活動した作曲家の名前はいかにもドイツ的だったと記憶しているのだがなかなか思い出せない。そうだバッハに関連していたと思いついたところでオッフェンバッハの名前が出てくる。妻をいつもオイ・オイと呼び習わしていた男がＰＴＡの会合で「奥さんのお名前は」と聞かれて、瞬間オイしか出てこなくてドギマギしたと言っていたのを笑うわけにはいかなくなりそうだ。

日常使い慣れた物の名前がどうしても出てこない場合はほかにもある。ソーセージを食べていてカラシの英語はなんだったかなと考えるのだがどうしても思い出せない。ウーンなんだったかなと頭をひねっていてカラシはドイツ語ではゼンフだと気がついた。ではフランス語ではどうだ。そうだムータールドだ。そこで英語で綴りの似ているマスタードを思い出す。こんなことがたびたび繰り返されるのはどういうわけだろう。連想による記憶の補完というのも不思議な現象だ。

私は毎日三、四十分かけて任天堂の頭脳ゲームをやる。アメリカの女性脳科学者の著書『奇跡の脳』を読むと著者自身が脳卒中になって八年がかりのリハビリをした際に任天堂の頭脳ゲームを利用したという記述があるのできっと英語版も存在するのだろう。暗算、速読、文字数え、瞬間記憶、時間計測、図形認識その他いろいろあって最後に「あなたの頭脳は二十歳です」というような採点が出る。点数そのものを問題にするわけではないが経時的に点数が下がるようであれば要注意だ。

〝エリチュアモサモセカギシリコガトダナカガコザアナナ〟。この呪文の意味を知っているのは世界でも私一人である。七十歳に達した頃、記憶の減退を防ぐためにいろいろな工夫を

最近の筆者

始めた。その一つが世界地図をそらで描いてみることだった。ヨーロッパとアフリカ大陸、南北アメリカを二枚の紙に描くのだ。アフリカ大陸の国々を覚えるのはなかなか難しい。そこでこの呪文が役にたつ。エジプトに始まって西回りにエジプト、リビア、チュニジア、アルジェリア、モロッコ、サハラ、モーリタニア、セネガル、ガンビア、ギニアと南アフリカからスーダンまで続くわけだ。「覚える」「忘れる」ということの不思議はかくのごとくである。

最後に冒頭に掲げた写真の三歳の幼児が九十歳までにどのように変身するかを最近の私の写真で御覧にいれることにした。

（『ほほづゑ』102号）

懐かしき旧制高校の先生がた

昔の学制では小学校六年、中学校四年、高等学校三年、大学三年だった。当時我が国には中学・高校の一貫教育を目指した七年制の高校が東京・武蔵・成城・成蹊・甲南と五校あった。いずれもリベラルな校風を目指しており、学生は高校入試のためのガリ勉をしなくてすむことから個性豊かな人材を輩出した。戦後米国の占領政策により教育制度も大きな改革を余儀なくされ、七年制の旧制高校は廃止されてしまった。私は旧制成城高校最後の卒業生の一人である。高校時代の先生がたの懐かしい思い出は尽きることがない。

英語の木内先生

高校時代最初の英語のテキストはオルダス・ハクスリーの著作だった。逐語訳はできるが内容はさっぱり理解できないという代物だ。木内先生が担当されるようになってディケンズの「クリスマス・キャロル」とかコナン・ドイルの「シャーロック・ホームズ シリーズ」が取り上げられるようになり、私は学校の勉強とは別に英語文学に夢中になってサマセット・モームとかスタインベックの作品を耽読した。オードリー・ヘップバーンの映画「ローマの休日」が人々の話題をさらったとき、日本人離れのした風貌の木内先生が「オレはグレゴリー・ペックに似ているだろう」と言ってワッハッハと大笑いされたことを懐かしく思い出す。私は木内先生との関係を師弟の枠を超えたものと考えていたので一緒に奈良・京都の古寺を訪ねたり、尾瀬の山歩きを共にしたりした。社会人になってからも相互に往き来し、私が新聞・雑誌から随筆の寄稿を依頼されるようになると、必ずコピーを先生に差し上げた。先生からいただく感想文はいつもゴマ粒のような細かい字がミミズのように葉書の上をのたくっているのだった。先生からは著書をたびたびいただいた。ジプシー研究に関するもの、米国の黒人問題にかかわるものなどである。それも亡くなる前にいただいた『ブロンテ姉妹とその世界』が最後となってしまった。

数学の山本先生

長髪で厚い眼鏡をかけた山本先生は成城高校の先輩でもある。私は山本先生に数学を教わったというよりも優れた人物というもののあり方を教えられたような気がする。世間でローレンス・オリヴィエ演ずる映画「ハムレット」が評判になった折のことだ。教壇に立たれた先生はオフィーリアが川面を流れてゆく最後の場面There is a willow grows aslant a brook. That shows his hoar leaves in the glassy stream; There with fantastic garlands did she come.に始まる一節を黒板いっぱいに書かれると朗々と読み上げられた。みずからの感動を伝えたいという先生の高揚した気分が高校生の私にも通じた瞬間だったように思う。今でもジョン・エヴァレット・ミレーの描いた小川に浮かぶオフィーリアの絵を見るたびに山本先生のことを思い出す。いたずら好きな学生達は多くの先生に綽名をつけたり悪ふざけをしたものだが山本先生をからかうような生徒は一人もいなかった。

歴史の尾鍋先生

戦争で高校の教室は半ば焼失してしまい、尾鍋先生は戦後の混乱期に体育館の空き部屋に奥様と二人の幼児をかかえて暮らしておられた。さぞ不便なことであったろうと思われる。先生は雨の日など傘もささずに戦争の遺物の鉄兜をかぶり、濡れそぼったレインコート姿で教室に現れるのだった。しかし思索にふけっておられるお顔には微塵も貧しい感じはなかった。私が宿題に「第二の産業革命について」という文章を提出したところ、先生に呼び出されて「これは本当に君が書いたのか」と尋ねられた上でたいへんほめられた。ＩＴ時代を予想したわけでもなし、自分でも何を書いたのか全く覚えていない。尾鍋先生は後年お茶の水女子大学の教授として多くの著作を発表された。

化学の中埜先生

成城高校の先輩でもある痩身の中埜先生はミツカン酢で有名な中埜酢店の当主でもあられたと記憶する。経堂に大きな邸宅があり、先生個人の実験室まで備わっていた。化学を専攻するつもりだった私はその中でいろいろと実験をさせていただいたこともある。また愛知県半田市の酢工場の見学はたいへん興味深いものだった。先生は奥様と従妹同士だったこともあり、奥様が先生のことをクニチャンと呼ばれているのがとても微笑ましかった。後年八十歳近くなられても若々しい先生を自宅にお招きして親しい友人と昔話をするのを楽しみにしていた。ある時音楽好きの先生から電話があり、オペラのチケットを手に入れたのだが体調不良なので代わりに行ってくれないかとのことだった。私が代理でオペラを鑑賞したあと感想と共にプログラムをお届けしたのだがそのまま寝たきりになられて音信が絶えてしまったのは残念だった。

ドイツ語の星野先生

旧制高校で私は第二外国語としてドイツ語を選択した。星野先生がテキストとして取り上げられたのがシュトルムの『インメンゼー（湖畔）』である。老人が暖炉の火を眺めながら幼い頃の恋人を追憶する美しい場面は忘れられない。シュトルムの文章は平明であまり辞書のお世話にならなくても読むことができる。後年スイスを旅していてルツェルン近郊のインメンゼー駅を通過したときは高校時代の授業が懐かしく思い出された。老齢になって若い頃学んだドイツ語を忘れないためにとジンメルの小説をずいぶん読んだのだが今では滞日中のドイツ人にドイツ語で話しかけても英語で返事が返ってくる世の中になってしまった。

体育のヨタロク先生

戦後柔道六段を誇称する体育の教師が赴任してきた。おおらかな雰囲気を尊重する旧制高校生にはあまり歓迎されないタイプで、生徒からはヨタロクと綽名されていた。ある時ヨタロクが生徒を自分のまわりに集めて説教をたれていたところ、いたずらに古靴を投げた男がいてそれがヨタロクの頭に命中してしまった。さあ真後ろにいた私に災難が降りかかってきた。ヨタロクは私の胸倉を掴むと「お前がやったのだろう」と怒り心頭である。「私ではありません」と言っても「知らないではすまさんぞ」とさんざんに殴られた。三十数年たって成城学園の同窓会で体具合の悪そうな男が近づいてきて「渡辺さんですね　私はあなたに謝らなければならないことがあるんです」と言う。聞いてみると彼の代わりに私がヨタロクに殴られた一件なのだ。「そんな昔のことで謝らなくてもいいよ　それよりも体に気をつけなさいよ」と言って別れた。

今の学生には先生と生徒の間に我々の時代同様の親密な絆があるのだろうか。ぜひとも生涯忘れられないような人間関係を作ってもらいたいものである。

（『ほほづゑ』103号）

アラブの国のおもてなし

私は現役時代に仕事で世界中を旅した。言葉も習慣も異なるなかで困惑することも多かったが、なかでもアラブの国々では予想もしない出来事にたびたび遭遇した。日揮のサウジアラビアでのパートナーはシェイク・サエードといって皺だらけの爺さんだった。英語はからきしダメでアラビア語の分らない私は意思疎通に苦労した。はじめ私は彼を私よりはるかに年上だと思っていたのだが、あとで聞くと私と同い年だという。ある時オフィスに幼児を抱いて現れたのでてっきり彼の孫だと思っていたらそれは若い第二夫人に産ませた息子だとのことだった。シェイク・サエードが私を自宅での夕食に招待してくれたことがある。六時頃だったか彼の家を訪れ広間に案内されると、すでに現地の客人たちが床に座り込んで壁際の布団に寄りかかり水タバコを吸っている。みんな裸足で頭に赤白ダンダラの布ヤシュマクを被りその上にイカールという黒い輪をはめている。手にはムスバという数珠を持って爪繰っている。英語を話せる者は誰もいないので私が手持無沙汰にしていると傍らにいた男が水タバコの吸い方を手真似で教えてくれた。シェイク・サエードは香木が炭火でくすぶっている入れ物をかかげて客人のゆったりした衣服タウブに煙を流し込む。これがアラブのおもてなしなのだろう。食事の合図を待つこと数時間、九時頃になってやっと隣の部屋との間の扉が開かれると大きなテーブルの上は山盛りの食べ物であふれんばかりだ。一番上には羊が一匹そのままの姿で横たわっている。私は羊の肉も決してきらいではないが一匹まるごと煮た羊を見ると食欲は減退してしまう。シェイク・サエードはどんどん私の皿に食べ物をのせて食べろとすすめる。アラブの国ではおいしいなどとお世辞を言うのは良くないので腹いっぱい食べるのが礼儀だと聞かされていた私は最大限の努力をした。主客への最上のもてなしとして羊の目玉を食べさせると聞いていたのだが有難いことにこれは出てこなかった。そして食事が終って手を洗いコーヒーを飲むと客人たちはすぐにサヨナラと帰ってしまう。会話を楽しむのは食事の前ということのようだ。欧米との習慣の違いをあらためて認識した。

あるときシェイク・サエードがヤマニ石油大臣に会いに行こうと言い出した。当時はまだ石油危機の余波が収まっておらず、ヤマニ石油大臣と言えば世界でもトップ・クラスの有名人である。シェイク・サエードは自分もヤマニさんも出身はイエメンで互いに親しい仲だと言うのだ。大臣はセキュリティー確保のためリヤドの街にいくつかの邸宅を持っており、どこにいるかは本人に電話しなければ分からないとのことだ。私はシェイク・サエードに伴われてヤマニ石油大臣の私宅を訪れ、アラビア・コーヒーを飲みながら一時間ほど雑談をした。ヤマニさんは威張ったところのない穏やかな方であった。当時私がヤマニさんの私宅を訪れたなどということが報道陣に知れたら大騒ぎになったに違いない。

クウェートで聞かされたことだがアラブの国で自宅での食事に招待された場合の注意事項は次のようなものだった。勿論その席に女性は一切顔を出さない。子供をほめたりするのは禁句である。その理由は悪魔がそれを聞きつけたら子供に災いをもたらすからだと言う。うっかり床に敷かれた見事な絨毯をほめたりすると厄介なことになる。家の主人はそれを客人に差し上げなくてはならないからだ。このような場合を切り抜けるには次のように言うのだそうだ。「こんな見事な絨毯を私にくださるなんてあなたは実に寛大な方です。ついでにもう一つ私の願いをきいていただけないでしょうか」

主人は「なんでもどうぞ」と言うであろうから次のように続けるのだ。「私の物となったこの絨毯をあなたの家にいつまでも敷いておいてくださるようにお願いします。そうすればまたお宅を訪問した際に私の物となったこの絨毯を再び見ることができるわけですから」

もっとも別の人に問いただしたところ若い世代の間ではそんな習慣はもう無縁だとのことだった。

サウジアラビアでのことだ。仕事の話が終わって相手が私を空港まで送ってくれた。車を降りると彼は私の手を握り「今日はあなたと一緒で楽しかった､これを受け取ってください」と言うなり自分が手にはめていた腕時計をはずして私の胸ポケットに押し込んだ。私はあわてて返そうとしたのだが彼はそのまま自動車を発進させて去っていった。この時計は長い間私のデスクの引き出しに眠っていた。ある時私の愛用の腕時計が具合悪くなり、サウジアラビアでもらった腕時計を使うべくデパートの時計売り場で調整してもらった。ところが店員が「お客さん、この時計は本体もバンドも18金ですね」と言うのだ。道理で腕時計にしては重いなと思っていたのだ。私は礼も言わずに金の時計をもらったことになる。あの時私がどう対処すればよかったのかは今も分からないままである。

飲酒については国によって掟がかなり違う。最も厳しいサウジアラビアでは飲酒の現場を見つかると刑務所行きとのことだった。クウェートでも酒類は持ちこみ禁止だが現地の人たちは自宅でけっこうハメをはずして飲んでいたようだ。カタールではホテルに外人向けの部屋が用意されており、そこでは酒が供されていた。バーレーンやアブダビでは空港で酒類が自由に販売されていたと記憶する。

私がアラブの国を頻繁に訪れていたのは四十年ほども前のことになる。その後アラビア半島の国々はまったく様変わりして未来都市のようになっているらしい。現在ドバイには世界一の高層ビル、ブルジュ・ハリーファ（八百二十八メートル）があり、多くの観光客を集めていると聞く。昔私が訪れた頃、ドバイはインド交易の拠点としての港町に過ぎなかった。そんなわけで私がここに書いたことは今ではすべて現実ばなれした過去の記録に過ぎないかも知れないことをおことわりしておく。

（『ほほづゑ』104号）

戦中・戦後　軽井沢とのつながり

私が中学三年生のとき、米国相手の戦争も最終局面を迎えて東京の空襲が激しくなり、これは危ないということで父は祖父と母と私を軽井沢の山小屋に疎開させ、勤労動員中の兄と二人で東京に残った。山小屋は軽井沢でも奥の高みにあって水道はすでに使用できなくなっており、私が木を切り倒して作った天秤棒にバケツをぶら下げて谷川に水を汲みに行く毎日であった。

たまたま東京の啓明学園という学校がゴルフ場の近くの農家に疎開してきていたのでそこに入れてもらった。私と同じ境遇の中学生の仲間には三井家の次男（私にタバコを吸うことを教えた兄貴分・故人）、後年の栗山駐米大使（故人）、浅野家の長男（往年の美少年・故人）、英語学者井上十吉の孫（ギターが上手なヤンチャ坊主・故人）、中島飛行機創業者の甥（故人）、梅渓家の長男（いつも笑顔の少年・現在八十八歳）などがいた。それに良家の女子七、八人が加わって航空燃料のドラム缶洗浄の合間に楽しく遊んでいたというのが実情であった。軽井沢では作物と言えるものはジャガイモとトウモロコシとカボチャくらいしかなかったので、毎日の食べ物には苦労した。当時東京で配給になった農林3号とかいう味のないサツマイモとベトベトしたカボチャのまずさは一生忘れられない。おかげで今でもサツマイモとカボチャには手が出ない。みんなでゴルフ場の芝生をはがしてジャガイモを植えていたところ、浅間山が大噴火して空高く噴煙を吹き上げたことが記憶に残っている。希少動物ヤマネが家の中に巣を作り、私の体温がちょうど快いのか手のひらの上で丸くなって眠っていたのは楽しい想い出である。八月十五日、終戦の詔勅が放送され、寒くならないうちにと我家は軽井沢を引き上げた。男女の仲間がみんな列車と並んで自転車を走らせながらサヨナラと手を振って送ってくれるのを車窓から身を乗り出して別れを惜しんだ。この仲間は八十歳を過ぎてからも同窓会と称して毎年集まっていたのだが、男性メンバーで残っているのはいまや梅渓通明さんと私の二人だけになってしまった。

次なる軽井沢とのつながりはそれからほぼ五十年を経た後のことになる。石井好子さんの弟、大二郎さんが社長をしていた海運会社が我が国で最初のクルーズ船オセアニック・グレイスを作り、乗りませんかと誘いがあった。五千二百トンと現在の街全体が移動するような何万トン級の船とは桁違いに小さいが実に魅力的な船だった。十年にわたるオセアニック・グレイスでの航海は私にとって忘れることのできない楽しい想い出である。乗船する際は顔なじみのクルーが「おかえりなさい」と出迎えてくれた。しかし旅客定員百二十名、乗組員七十名余ではどうあっても商業的に引き合わなかったのであろう。オセアニック・グレイスは身売りをしてしまった。

夏を過ごす場所を失った私は軽井沢千ヶ滝地区に小さな山小屋を建てた。千ヶ滝の南端に位置する私の山小屋は下から吹き上げてくる風で夏でも涼しいばかりか、遠く八ヶ岳の峰々まで遠望できる。ベランダでオペラを聴きながらビール片手に流れる雲を眺めている気分は最高だ。雲というものは実に不思議な存在で一見じっと動かないでいるようでありながら、あっと言う間に羊の姿から美しい女性に、さらには触手を伸ばした竜へと変化してゆく。眺めていると飽きることがない。夜ともなれば長倉方面で打ち上げる花火を正面に眺めることができる。

この小屋を建てた頃はまだあたりに住居が少なく、朝は鳥たちのにぎやかな鳴き声で眼を覚ましたものだった。今ではそんなことは期待できない。しかし春になるとウグイスが家の周囲三十メートルほどを周回して自分の縄張りを主張するのかうるさいほどに〝ホーホケキョ〟を繰り返す。ベランダの前のカラマツの幹でいつも追いかけっこをしていたリスのつがいは、猿の群れがあたりを徘徊するようになってから見かけなくなってしまった。一度猿の群れが家を取り囲んだ時、ボス猿を睨み付けたところ突然爪を立てて飛び掛かってきた。窓ガラスを隔てていたので何事もなかったが猿と目を合わせるのは避けたほうがよい。

七十歳くらいまではここから軽井沢町植物園へ一時間半ほどかけてたびたび歩いた。親しくしていた佐藤園長さんもだいぶ前に亡くなってしまった。清潔で混みあうことのない千ヶ滝温泉は私のお気に入りだが徒歩で四十分ほどかかるので、今では往きは歩き帰りはタクシーを呼ぶことにしている。

数年前、家の裏にある松の大木の洞に蜜蜂が巣を作り、それを目当てに熊が出た。熊が松の幹を引っ掻いたり齧ったりした痕を見て「これはとても人間が素手で太刀打ちできる相手ではない」と思い知った。私が歩く散歩道にも時々「何月何日ここの近くに熊が出ました」という注意書きが貼られている。身の危険を避けるためには鈴を携帯することが必要だ。

それでも大日向のあたりでどこまでも続くキャベツ畑のむこうに浅間山が裾野を広げているのを眺めたり、秋になって明るい日差しのもと、黄金色に染まった木々の梢が風に揺らいでザワザワと音をたてるのを聴いていると、私にとって軽井沢の生活は幸せいっぱいという感じである。

(『ほほづゑ』105号)

＊　＊

〈好きなことば〉

今日を昨日の単なる延長であると考えてはいけない。明日を今日の単なる延長にしてしまってはいけない。

これは私自身が作った言葉である。私は三十二年前にエンジニアリング会社、日揮五代目の社長に就任した。当時日揮は三期連続しての赤字決算にあえいでいた。異色の事業家・実吉雅郎さんによって創設された日揮は二代目社長鈴木義雄さんの優れた先見性で国際的にも認められる存在となっていた。しかしながら鈴木さんはなにせ社長・会長をふくめ三十三年間の永きにわたって日揮の取締役として経営に当たられたため、社内では何事も鈴木さんに決めてもらうということが抜きがたい体質となっていた。いつしか会社の業績が落ち込み、社内に暗い気分がよどむようになっているのを見て、新社長の私は従来の会社のしきたりを変え、各人がみずからの立場で考え、自由に意見が言える明るい雰囲気を社員の間に醸成することが何よりも不可欠であると感じていた。そこで社員の活性化のために考え出したのがこの言葉である。現在九十歳の老人となった私の日常生活においても、たとえ小さくとも日々なにがしかの変化・改善を目指すべく努力している。

（『ほほづゑ』105号）

寝付きの良し悪し

日本人の半数は睡眠にかかわるなんらかの問題をかかえていると言われている。私は若い頃からあまり寝付きの良い方ではなかった。睡眠薬のお世話にならなければならないほど悩んでいたわけではないのだが横になってすぐに深い眠りに落ちる人を見ると心から羨ましいと思う。これは生まれついての素晴らしい才能だ。私の家内はその面では抜群の能力を有している。夕食のあと「今日はこれこれのテレビ番組を見ますからね」とチャンネルの専有権を宣言するのだが、番組が始まって五分と目があいていたためしがない。まず数分で瞼がふさがり、すやすやと寝入ってしまう。食事のあとすぐ横になると牛になりますよと子供のころ母親に叱られたものだが、今のところ家内が牛になる気配は見えない。

百六歳の長寿を保った父は寝付きのよい人で、横になったらあっと言う間にぐっすり寝入ってしまうのだった。反対に百二歳で亡くなった母はいつも眠れないとこぼしていて、睡眠導入剤のお世話になっていたようだ。兄は父の遺伝でバタン・グーの方である。私は母の遺伝を受け継いだらしい。

若い頃は床に就いてから目がさえてくれば、そのまま夜通し読書で過ごすこともあった。マルタン・デュガールの『チボー家の人々』十三巻を読み通したのもそのおかげだと言ってよいだろう。サマセット・モームやスタインベックの小説に馴染んだのもその一環だ。

しかし年齢とともに睡眠不足は昼間の頭の働きや体力に影響してくる。なんとか寝つきを良くする方法はないものだろうかといろいろな事を試みた。外国では羊が柵を飛び越えるところを想像して一匹、二匹と数えるのがよいとされているが私には全く効果がない。

医者には下戸が多いのか誰しも寝酒はよくないと言う。寝付けないときはむしろ起きて仕事をし、眠気が出てから床にはいるのがよいなどと、私からすると馬鹿げたことを言う医者もいる。それでも私は苦し紛れに酒の力を借りたことがしばしばある。昼間に激しい肉体労働をすれば夜は眠れるのではないかと軽井沢滞在中に木を伐採して薪作りに励んだところ、反対に疲労からヘルペスを発症して閉口した。

仕事で海外出張の多かった私としては飛行機の中で眠れないのに加えて時差の克服が悩みの種だった。ある時睡眠薬を処方してもらいヨーロッパ到着の夜に服用したところ、夜中に目がさめてチョコレートが猛烈に欲しくなり、たしか機内食についていたのをどこかにしまってある筈だと同行した家内の荷物までくまなく探した。翌朝起きてから夜半の異常な行動を反省し、やはり睡眠薬の使用はやめたほうがよさそうだという結論に達した。爾来睡眠薬に手を出したことはない。

難解な本を読んでいれば眠くなるのではないかと考えてヒルティの『眠られぬ夜のために』を手にとってはみたものの余り効果はない。大体この神学者は自分の本を一度にたくさん読み進んではいけないと言っている。少なく読んで多く思索せよという訳だ。フランス語やスペイン語のテキストも睡眠薬がわりに試してみたが却って目がさえてしまう。不眠症にかかわる参考文献をさらってみてもさしたる役にはたたない。それでも医師出身の作家、なだいなだの『不眠症諸君』は面白かった。やぶ医者を自称する筆者が、不眠症に悩んでいるしつこい老人の議論を撃退するためにに交わすのらりくらりのやりとりが、それだけで一冊の本になっている。「眠られぬ夜のために」書かれた本としては推奨に値するだろう。それにしてもこの本を毎晩繰り返し読むわけにはいかない。

カセットテープやCDなどで睡眠誘発のための音楽というのがいろいろ売られている。なかには単に静かな音楽を集めただけのものもあって効果は知れているが、ゆらぎ現象により脳波にアルファ波を増して睡眠を誘うという宣伝文句にひかれて電子音楽のディスクを買ってみた。「ゾディアック」という曲だが、脳波にどの程度影響が出たかは別としてたいへん幻想的な音楽で感心した。「受験時の精神統一」とか「創造力の開発」「胎教」「超能力への挑戦」さらに「恋愛専科」などというのまである。「恋愛専科」がどんな音楽なのかそのうちに聴いてみたい。

芭蕉の奥の細道の朗読テープは睡眠には効果はなかったが、高校時代にもまともに読んだことのなかった古典だけにたいへん勉強になった。

源氏物語の朗読は難し過ぎてさっぱり判らない。難しいからすぐ瞼がふさがってくるかと言えばそうは問屋が卸さない。遠藤周作の『日本人とキリスト教』とか梅原猛の『森の文明と日本』のカセットテープも繰り返し聴いた。いずれも私を夢路に誘ってくれるほどの効果はない。あたりまえだ。講演している先生方は聴いている人が寝入ることを期待しているわけではないのだから。

それでも私にとって睡眠に至る決め手がついに見つかった。それは気に入った落語のＣＤを録音ガジェットにいくつも収録しておいて枕元で聴くのだ。「噺家殺すにゃ刃物はいらぬ、欠伸の一つもすればよい」と言うくらいだから、こんな事を書くと落語家協会から抗議を申し込まれそうだが、私の場合はけっして拙い落語だから退屈して眠くなるのではなくて、好きで馴染んだ落語を聴いていると心の緊張が緩んで脳にアルファ波が増えてくるらしい。円鏡の「粗忽の釘」、文楽の「寝床」、米朝の「持参金」、小さんの「たぬき」などを床の中で聴くわけだ。小さんの「たぬき」では子供達につかまって狸汁にされるところを男に助けてもらった子狸が住み込みで恩返しにやってきて、土間でおやすみなさいと言うなりいびきをかいて寝てしまう。男が「こう寝つきがいいところを見ると、狸にゃ神経衰弱なんていねえな」

と感心している。最近では柳家権太郎の「疝気の虫」、「鰻の幇間」、「試し酒」などを愛好している。気に入った落語を聴いているうちになんとなく寝入ってしまうようになった。しかも翌朝目をさました際に、昨夜は「寝床」の途中までしか覚えていないから寝つきがよかったようだとか、最近は米朝の「持参金」を滅多に聴かないところをみると不眠症とは縁がなくなったのかも知れない、なぞと自己診断することができる。いずれにせよ落語のおかげで寝付きのわるいということがそれほど気にならなくなってきた。このことは落語協会には内緒である。

（『ほほづゑ』106号）

見かけの年齢

私は昭和五年の生まれだが、若い頃は身長が一七二センチあって同世代の人の間では背の高い方であった（残念ながら現在は一六五センチとだいぶ縮んでしまった）。しかし昔から大人（タイジン）の風格に欠けていたせいか常に実年齢よりは若く見られていた。

大学を卒業してヨーロッパに留学していたときのことである。さる会合で駐仏大使夫妻とお会いした。大使夫人に「あなたは高等学校を出てからこちらにいらしたの」と訊ねられて、「いえ、私は大学を出てもう二年になります」と答えたところ、大使夫人はたいそう恐縮されて「これはたいへん失礼なことを申しました。ゴメンナサイ」と謝られた。

米国に滞在していた頃は仲間と酒を飲みに出かけるときなど「お前は年齢を証明できるものを持っていないと酒を飲ませてくれないぞ」とよく言われた。或るとき映画「チャタレー夫人の恋人」を見にいったところ、チケット売り場の女性が「この映画は十七歳以下は見れないのよ」と言う。私は憤慨して「私はきみよりもずっと年上なんだ」と言うと彼女は疑わしそうな顔をしながらもチケットを売ってくれた。

一九七〇年に帰国して最初に就職したのが化学会社だったのだが、当時我が国では欧米諸

三年の海外留学を終えて帰国

国からの技術導入が盛んに行われ、私は英語・ドイツ語が話せるということから何かというと外国の会社との交渉にかり出された。後日エンジニアリング会社に移ったのだがここでは海外プロジェクトを担当したこともあって多くの時間を外国の会社との折衝に費やした。或るとき相手のアメリカ人が「ミスター・ワタナベ　我々の間で貴方は何歳かが議論になっているのだ」と言う。「二十歳台だと言う者もいるがそんな若輩では責任ある地位にいないだろうから三十歳くらいか」と言われて苦笑した。当時私は四十歳台前半であったと記憶する。

五十八歳で私はエンジニアリング会社日揮の社長に選出され、三期連続赤字決算となった会社の苦境を立て直すこととなった。就任早々に客先へ挨拶廻りをしたのだが、ある大会社の社長さんを訪問したところ、会うなり「これは　これは　若い社長さんですなー」と驚いたように言われて返答に窮した。多分私を実年齢より十歳は若く見ておられたのではないだろうか。

当時はまだパソコンというものがオフィスでも珍しい時代で私は新聞に「パソコンを自ら使いこなす社長」と写真入りで紹介されるという現在では信じられないようなこともあった。今ではＩＴに関してはガラパゴス状態ですべて息子に教えてもらう有様である。

若く見られるということはよいことばかりではない。ある時仕事で通商産業省のお偉いさんと話をしていたところ、彼が「渡辺さんはまだお若いからそう言われますがね」となにか若い者をさとすような態度でものを言う。ところが年齢を訊いてみると彼のほうが私より三歳も年下なのだ。またこんなこともあった。パリ行きの飛行機のなかで有名画廊の主人である吉井さんと一緒になった。雑談のなかで私が「我々は同い年ですから」と言ったところ吉井さんは「とんでもない　貴方と私ではだいぶ年代が違いますよ」とむきになって反論する。「だってお互い昭和五年の生まれでしょ」というと吉井さんは納得のいかない顔で黙ってしまった。

我が国で最初のクルーズ船オセアニック・グレイスが就航して以来、私は十数年にわたり休暇をとると必ずこの船の上で時を過ごした。総トン数五千二百トンと現在の街全体が動いているような何万トン級のクルーズ船とは大違いだが、オセアニック・グレイスの船旅は私の生涯で最も楽しい思い出である。ある時、船上で還暦を迎えた乗客への船長主催の祝いの席で私もその一人として紹介されたのだが、食事のあと何人かの方から「あなた本当に還暦ですか。とてもそうは見えませんが」と言われた。船長もなにかの手違いで渡辺さんを還暦にしてしまったのではないかとハラハラしましたと言っていた。

七十歳を過ぎた頃は地下鉄の中で座席に座っていると近くで立っている老人に席をゆずらなくてはいけないかなと思案することが多かった。しかしよく観察すると相手はひ弱な老人に見えても明らかに私よりも年下なのだ。

だいぶ以前のことになるが軽井沢の千ケ滝地区に小さな山小屋を建て、近在の温泉巡りを楽しんだ。しなの鉄道の滋野駅から歩いて四十分ほどのところに御牧乃湯がある。ここの温泉は町営で入湯料四百円だった。湯に浸かっていると、日焼けしてがっしりした体格の老人二人連れと一緒になった。しばらく雑談していると、一人が突然私の手首をぐっと掴んで引き寄せ、「あんたはまだ若いから色気があるのう」と言う。えらい所で妙な爺さんにつかまったなと思ったが、「あんたはいくつだ」と訊くと「わしは七十じゃ」と言う。「なんだ、それじゃ俺より若いじゃないか」と言うとあわてて手を離した。この爺さんは湯から上がって体を拭く時も、納得のいかない顔をして私のほうをちらちら眺めていた。

私は七十五歳頃までは眼鏡なしで新聞を読んでいたし、自分が歳をとったという実感はなかった。地下鉄の駅でも健康のためとみずからに言いきかせてエスカレーターを使わずに階段を歩いて登っていた。それが八十歳を超えたところでガクンと体力が落ち、無意識のうちにエスカレーターの方に足が向くようなった。ニュートンはリンゴの実が落ちるのを見て重力の存在を発見したというが、私は階段を上る時に重力が足をひっぱっているのを実感した。ところが八十五歳を過ぎたところでまたまたガクンと体力が落ちて、それまでなんということなしにやっていたことで疲れを感じるようになった。

八十七歳のときにガンを発症し三回手術をした。白衣で手術台に横たわったところで麻酔医が「お名前と年齢をおっしゃってください」という。「渡辺英二　八十八歳」と答えると「とてもそんな歳には見えないな」と独り言のように言うのだ。

日揮社長時代の著者

手術のあと抗がん剤治療をすることになったのだが、担当医師は抗がん剤の副作用がきついことを詳細に私に説明した上で「この治療は六十五歳以上の人には勧めないのですが、渡辺さんは元気だから大丈夫ですよ。やりましょう」と言ってくれた。しかし治療が始まると体力の低下が著しく、手足の指先が麻痺するのには閉口した。パソコンのミスタッチが多くなる。頭髪を失うのはあらかじめ覚悟していたのでそれほど気にすることはなかったが突然の禿げ頭には家内がショックを受けたのではなかろうか。病院のベッドで点滴を受けていると通りかかった女性看護師が「男の方でもカツラを作られる方がおられますよ」と言う。「九十歳近くなってカツラを作ったってしょうがないよ」と答えると「え、渡辺さん、そんなお歳ですか」とカルテを覗きこみ、「とてもそんなお歳には見えませんね」と言うのだ。

抗ガン剤治療も一年ほど経過するとかなり体力が回復してくる。買い物を兼ねた一時間余の散歩も再開した。私の住んでいる六本木周辺は歩いている人のまあ二割は外国人である。或る日散歩の途中に外国人から国立新美術館に行く路を尋ねられた。「自分は年寄りでケイタイで道を調べることができないのだ」と言う。年齢を聞くと六十歳だとのこと。私が八十九歳だと告げると「それは本当か、とても信じられない。あんたは杖もつかずに早足で歩いていたではないか、元気の秘訣はなんだ」と訊ねる。しばらく雑談をしていると「そうだ、あんたと一緒の写真をとりたい」と言って彼はケイタイを取り出し、通りがかりの黒人親子をつかまえて「彼と並んだ写真をとってくれ。八十九歳だそうだがあんたは信じられるか」と言う。黒人はニコニコしながら写真を撮ってくれた。男は「この写真を妻に見せるのだ」と言って手を振りながら去って行った。あまりなれなれしかったので肩を組んだときに何か掏られたのではないかとポケットをあらためて見たのだが何もとられてはいなかった。

私がいつも実年齢よりも若く見られる理由がどこにあるのかは自分でもよく分からないが、

童顔であること、肥満体でないこと、年齢にしては姿勢がよいことが主たる要因ではないかと思われる。「ご高齢なのに背筋がいつもピンと伸びていますね」と言われることが多い。もっとも一時より身長が七センチも縮んだとあっては形なしなのだが。これからの余生は長くはないがせめて生きている間は健康でいたいものである。

（『ほほづゑ』107号）

駅ピアノ

　どこの国で始まったのか知らないが人の往来の激しい駅の構内や空港ロビーなどにピアノを一台置いて誰でも即興で演奏できるようにしてある。ＮＨＫでは「駅ピアノ」としてこのピアノを演奏した人の様子を収録しているのだがここでみられる人間模様がとても興味深いのだ。白髪の老人夫婦がやってきて妻が夫の弾くピアノにうっとりと耳を傾けていたり、最近離婚して子供とも別れたばかりだという男が「今心を慰めてくれるのは音楽だけだ」と告白したりする。

　アイルランドのダブリン駅だったか、ネクタイをしめた小学校高学年くらいの少年がやってきてテンポの速いジャズを弾きはじめた。なかなか上手だ。そこへ赤い派手なシャツを着た大男がやってきて男の子のうしろから両手を鍵盤に伸ばして四本の手で合奏を始めた。大男はプロのピアニストだとのこと。二人の息がぴったり合ってピアノを取り囲んでいる人々もリズムにあわせて体を動かしている。最後のところで大男が「フィナーレはきみがやれよ」と言って立ち上がり、少年が演奏を締めくくっておしまい。聴いていた人たちは拍手喝采。大男が少年に「君は上手だな　今度一緒にレコーディングしようぜ　きっと売れると思うよ」

と言った。少年は「ピアノを弾くのは楽しい。人にも喜んでもらえるし、ゲームなんかよりもずっと楽しい」とにっこりした。

神戸駅での収録にはいくつか心を動かされるシーンがあった。

中年の女性がラヴェルの「亡き王女のためのパヴァーヌ」を弾いた。取材の記者の質問に答えた女性は音楽大学を卒業したものの今では家事と育児に追われてピアノに向かう時間がほとんどないと言っていた。そこへ同年配の別な女性が現れてベートーヴェンのピアノ・ソナタを弾いた。二人はここで知り合い、偶然にも音楽大学で同期だったことが分かったとのことだ。あとから来たほうの女性はプロの演奏家をめざして努力したものの目標達成に至らず、何度も自殺未遂をしたそうである。でもここで二人が知り合いとなることで元気づけられているという。

オバアサンが「エリーゼのために」の楽譜をかかえてやってきてたどたどしい手つきで弾き始めた。家にはピアノがないので小学校で教わった曲をここで練習するのだとのこと。毎日やってくるのだそうであと十年も生きていたらちゃんと弾けるようになるかしらと笑っていた。夫は肝硬変で寝たきりだとのこと。

オジイサンがやってきて石原裕次郎の曲を上手に弾いた。「ワシは六十歳で定年退職してからピアノを習ったんだ。でも流行歌しか弾けないんだよ」とのこと。「でも私のピアノを聴いてしきりに涙を拭いているオバアサンがいたので理由を訊ねたら、ついこの間亡くなった連れ合いがこの歌が好きでいつも口ずさんでいたんだそうだよ」と言っていた。

人生いろいろである。駅に置かれた一台のピアノが弾く人・聴く人の心をゆり動かすこともあるのだ。

（「老人の繰り言」二二四　二〇二〇年二月二十五日）

忘れ物・落とし物・拾い物

だいぶ以前のことになるが仕事でバンコクに滞在中、夜になって知人にすすめられていたレストランに食事に行った。ホテルでは玄関前に男が小机を前に座っていてタクシーの手配をしている。行く先と帰りまで待たせることを伝えて指示された車に乗りこんだ。タイは食事のおいしいことで有名だ。ビールもシンハは私の好みである。ただ気をつけないとサービスのつもりでグラスに氷を入れてくる。料理はたいへん美味しく、ほろ酔い加減で支払いをすませ、待たせてあったタクシーでホテルに戻った。翌朝まだ暗いうちに眼をさまし、帰国のことを考えて飛行機のチケットを確認しようとしたがチケットが見当たらない。おかしいなパスポートと一緒の筈だがとあちこち探してハタと気がついた。チケットもパスポートもトラベラースチェックもすべてハンドバッグに入れて持ち歩いていたのだ。これはえらいことになった。多分レストランかタクシーの中に置き忘れてきたに違いないが最悪の場合はパスポートの再発行、銀行口座の閉鎖、保険会社への通知など面倒な手続きが必要となる。女性が命より大事にしているハンドバッグも持ち慣れない男の場合は忘れがちだ。明るくなるのを待ちかねてホテルの玄関前に行き、タクシーの手配をしている男に事情を説明した。男

2020年8月11日 記

は大きな帳面を広げて見ていたが落ち着いた様子で「あなたが昨晩どこそこのレストランに行くのに乗ったタクシーの運転手は誰それで今朝もう来ているはずだから呼んであげる」と言う。やってきた運転手は「昨夜はあなたが最後の客だが車内には何もなかった」と言う。こうなると頼みはレストランだ。同じタクシーでレストランに行き女主人に会ったところ、彼女はニコニコしながら「あなたの忘れ物はこれでしょう」と私のハンドバッグを棚から取り出した。中身をあらためて見たものの異常なし。やれやれ助かったと安堵した私はかなりの金額をお礼に渡してホテルに戻った。タイ国の人に私が信頼感を持っているのはこの一晩の経験からである。

私はいくつもマフラーを持っている。一番気に入っているのは紺に赤のストライプが入った絹地で、裏はグレイのウール地で出来ている上等な品だ。ある日散歩に出かけようとしたのだが愛用のマフラーがどうしても見付からない。やむを得ず別のマフラーを首に巻いて散歩に出かけた。私の散歩は六本木を中心として東西南北四方八方にわたっているので散歩の途中に紛失したとしたら広大な地域を探さなければならないことになる。そんなことは不可能であきらめるしかない。たまたまその時は「東京ミッドタウン」に向かっていたので無駄とは知りながら地下の案内所の女性に「ここ一週間の間にマフラーを紛失したのだけれど届いていないだろうか」と訊ねてみた。赤のストライプの入った紺の地で裏はウールで出来ていることを説明したところ、パソコンに向かってキーを叩いていた女性は「しばらく時間をいただけませんか」と言う。私は無駄とは思いながらも三十分ほどガレリアの中を散歩して再び案内所に戻った。するとくだんの女性はにこにこしながら「どうやらおっしゃったのに似た紛失物があるようですので行ってご覧になってください」と言う。別棟の警備員の詰め所で難しい顔をした守衛さんが取り出してきたのはまさに私の探していたマフラーだった。私自身ミッドタウンの中で落としたなどとは考えてもいなかったので、まぐれ当たりもいいところである。寒い屋外から暖房のきいた建物に入ると首に巻いたマフラーをはずしたくなるのは自然の成り行きだ。はずしたマフラーをオーバーのポケットに突っ込んで歩いているうちに落としたに違いない。それにしてもこれだけ多くの人が行き来する場所で落し物をちゃんと届ける人がおり、それを預かってきちんと管理してくれる人がいるというのはたいへんなことである。日本人社会であってはじめて成り立つことではないだろうか。

だいぶ以前のことになるが散歩をしていて六本木の角、交番のすぐそばでお金を拾った。一万円札が二枚小さく折りたたんであって目立たない状態になっている。交番のそばなのですぐに落とし物を届けた。警官は「現金か　これは難しいなあ」と言う。立ち去ろうとした私を警官が呼び止め、住所・氏名・電話番号を書いていってくださいと言う。三ヶ月たって落とし主が現れなかったらあなたの物になりますとのことだ。断ろうとしたのだがふと思いついた。こんな場合に警察とか役所では結局あいまいに処理されてお金は誰かの飲み代に消えてしまうのではないだろうか、試してみるのによい機会だと考えたわけだ。言われるままに住所・氏名を書いて立ち去ったのだが数ヶ月して連絡があり、落とし主が現れないので引き取りにきてくださいとのことだ。ただし六本木交番ではなく水道橋のなんとかいう場所に行くようにとの指示だ。言われたとおりに指定された場所の遺失物係りに出向くとさして長時間待つまでもなく係員が手元の書類を見ながら二万円を手渡してくれたのには正直のところ驚いた。私は心のなかで警察を疑って申し訳なかったとあやまった。当時私は日本化学会の相談役をしており、学会では常時寄付を募っていたのでこの二万円はここに振り込んで一件落着となった。しかしこんなことは日本でしかあり得ないのではなかろうか。

（二〇二〇年八月十一日　記）

最終章　妻と夫と

私は九十歳を越え家内は八十歳を越えた。二人は長い間一緒に暮らしてきた。それでは互いに仲睦まじく暮らしてきたかと言えば必ずしもそうではない。むしろ言い争いをしない日は少なかったと言っても過言ではない。家内と私は生まれも育ちも異なるし、同じ小学校を卒業したといっても戦中・戦後と年代が違うので考え方が異なるのは当然だ。意見の違いにどう折り合いをつけるかが問題である。私は性格からして理屈一本で押すし、家内は感情のおもむくままに対応するから双方が納得する結論というものはなかなか出てこない。「もうオジイサンとは一緒に暮らしたくない」というのが八十歳をこえたオバアサンが九十歳をこえたオジイサンに向かっていつも言う捨て台詞だ。

或るときテレビを見ているとレンコン畑で水に浸かって仲良く働いている老夫婦の姿が映っていた。取材の男が「夫婦円満の秘訣はなんですか」とオジイサンに問いかけるとオジイサンはいとも簡単に「それはアンタ毎日喧嘩することですがな」と答えた。それを聞いて私は我々夫婦も喧嘩しながらまあまあ円満に暮らしてきたのだと納得した。

私はエンジニアリング会社に勤務して海外の事業にかかわっていたので毎月のように国外

へ出張していた。飛行機の中でじっと座っていることにあきあきした私は仕事を引退したあと海外旅行を考えたことはなかった。私が八十歳を超えたころ家内がのんびりした海外旅行がしたいと言い出し、その要望にこたえて私はスイスからフランスへの鉄道旅行とかドブロブニクや東欧諸国への旅とかアンコール・ワット見物などを計画して実行した。私は几帳面な性格なのでこのような私的な旅の思い出を文章と写真を交えた記録として克明に作り上げ、折にふれて取り出しては眺めて楽しんでいた。ところが家内は私が丹精こめて仕上げた旅の思い出の集大成に手を触れたことがない。なぜかと訊ねるとイヤな出来事はなかなか忘れられないけれど楽しかったことはすぐ忘れてしまうのだと言う。それを聞いて私は家内がひねくれた性格なのだと考えていた。ところがテレビである座談会の映像を見ていたところ、女性心理学者が「男性は楽しかった記憶をいつまでも胸に抱き続けているが女性はむしろイヤな思い出が忘れられないのです」と発言しているではないか。私は家内の性格がひねくれているのではなくて女性はみんなひねくれているのだと納得した。

私が長年の念願だったアンコール・ワットを訪問し、そのあとベトナムの首都ハノイに一泊、ハロン湾クルーズに参加した折のことだ。予想に反してハノイからハロン湾までは四時間のバス旅行になる。バスに乗り込んだ際に私が手荷物を前の座席の下に押し込むと家内がそんなところに置いてはいけないと言う、頭上の網棚にのせると今度は置き方が悪いと文句いた。思わず「うちのバアサンは全く口うるさいな」と大声で言うと前の座席に座っていたオジさんが振り向いて「渡辺さん　聞こえましたよ　同情します」と笑った。ところが通路を隔てて隣の席に座っていた女性が「仲良く喧嘩できる相手がいて羨ましいわ」と言うのだ。夫を亡くして一人旅をしている女性のいかにも実感のこもった言葉に私はシュンとなった。

子供たちが独立したあと我が家は二人暮らしの老夫婦には広すぎるはずなのだが実際にはそうはならない。家内は戦中派なので窮乏時代の習慣から物を捨てるということができない。たとえゴミでも家の中に入ってきた物はすべて自分の物だと考えている。家内の部屋は床から天井まで使い古しの紙袋や空き箱が積み上げてある。たしかに有名店の品物がおさまっていた箱などは手がかかっていてデザイン的にも美しいし、捨ててしまうのは惜しいという気持ちは分かる。しかしこれが度を過ぎると家の主人はあたかも廃品倉庫の中で暮らしているような状態になるのだ。数年前のことだ。家の中であちこちに不要な物を入れて放置してあるダンボール箱に私がつまずいて転び、額を五針縫ってもらうハメになった。家内は「オジイサンが不注意だから転ぶのですよ」と平気な顔をしていたが私はダンボール箱を目の敵にしてすべて始末した。ただし家内の部屋は相変わらず空き箱が天井までジグソーパズルさながらに積み上げたままである。

我が家では料理をはじめとして家事はほとんどすべて私が引き受けている。仕事を離れて完全に引退してから気がついたのは元来食の細い家内が毎日三度三度食事の支度をするのにあきあきしていることだった。「私は宇宙食があればそれで充分」などと言っている人間が作った料理が美味しいわけがない。それでは自分でやるかと思い立ったわけだ。私は料理教室に通ったこともなければ料理の本を買ったこともないが、テレビをつければいずれかのチャンネルで料理をしている場面が出てくる。それを見ては試行錯誤の繰り返しである。朝食はトーストとベーコン・アンド・エッグくらいですませるし、昼はラーメン一人前を家内が三分の一、私が三分の二食べてすませる程度なので料理するのは夕食だけである。はじめは失敗が多かったが今では私にとって料理は大きな楽しみでもある。冷蔵庫と食品棚の中に何があるかを確認し、夕食のメニュを決め、リュックサックを背負って買い物をかねた散歩に出かける。キッチンに立って料理の段取りを考えてから音楽を聴きながら料理する。頭と手を使う料理はボケ防止には有効ではないだろうか。

朝起きてまず湯をわかすのだが家内は薬缶をガスレンジにのせて点火するとテレビの前に座って湯を沸かしていることを忘れてしまう。空焚きになると危険なので自動的にスイッチの切れる電気ポットを使えとうるさく言うのだがなかなか言うことをきかない。ガスで沸かしたほうが電気で沸かすより温度が高くなると考えているらしい。「沸騰すれば温度は同じだよ。小学校の理科の時間に習わなかったのかね」と言うとプリプリして「もうオジイサンとは一緒に暮らしたくない」といつもの捨て台詞になってしまう。

毎日配達される郵便物のなかに封筒の宛先のところが透明になっていて透けて読めるようになっているのがある。家内はここの部分はプラスチックだから捨てるときには切り取って封筒は紙、切り取った部分はプラスチックと別に処理しなくてはいけないのだと言う。一枚ごとに処理するのは面倒だからあとでまとめてやると箱に入れて食卓の上に放置するのだが、それがテーブルの上で日毎に積みあがってくる。毎日何億通と全国に配達されている郵便物にそんなことをやっていられないよ　それはセルロースで紙と同じ扱いでいいんだと私が言っても納得しない。

時折ビールの缶が冷蔵庫の外に放置してある。どういうわけだと尋ねると冷蔵庫のなかでカチカチに凍ってしまったようだから解凍しているのだと言う。冷凍室に入れればビールも凍るけれどそうでなければ凍ることはないよと言っても納得しない。とにかく家内が一度思いこんだらそれを変えることはなんびとといえども難しい。

一緒に外出するときなど何時出発とあらかじめ言っておいても直前になってからアレはどこだ　コレが見つからない　手洗いをすませなくてはとキリがない。玄関で立ちんぼをして待っているオジイサンのイライラはつのるばかりである。

まあお互いに先はそれほど長くないのだからレンコン畑のオジイサンの言うとおり毎日喧嘩しながら仲良く暮らしてゆくしかないかと今は達観している毎日である。

フランスのリヨンにて

箱根、ポーラ美術館にて

後書き

現在世界は新型コロナウイルスの感染により世界各地で多くの死者を出し恐怖の淵に立たされています。これからの社会のありかたは今までとはかなり違ったものになるのではないでしょうか。

本書『続の続　塵も積もれば』を私が元気なうちに出版することができて安堵しています。同年配の友人・知己の多くはすでにこの世を去り読後感を訊くこともできないのが残念です。

出版に多大の努力を払ってくださった三好企画の三好寛佳さんに感謝します。

本書のカバーならびにカットはすべて私の描いたものです。

令和二（二〇二〇）年十二月末日

渡辺　英二

〔著者略歴〕

昭和5　(1930) 年　9月26日生れる。

昭和28 (1953) 年　3月　旧制大阪大学理学部化学科卒業。

昭和32 (1957) 年 11月　昭和電工株式会社入社。

昭和45 (1970) 年　5月　日揮株式会社入社。

昭和51 (1976) 年　6月　同社取締役役就任。

昭和53 (1978) 年　6月　同社常務取締役 国際事業本部長就任。

昭和59 (1984) 年　6月　同社専務取締役就任。

昭和63 (1988) 年　6月　同社代表取締役社長就任。

平成8　(1996) 年　6月　同社代表取締役会長就任。

平成14 (2002) 年　6月　同社相談役就任。

平成16 (2004) 年　3月　退任。

〔公職経歴〕

㈳日本化学会相談役／㈳エンジニアリング振興協会理事長／日本プロジェクトマネージメントフォーラム会長／㈳化学工学会会長

〔執筆〕

平成7年 (1995) 年から、財界人文芸誌『ほほづゑ』の同人。

・著書に『塵も積もれば』(2004)『続 塵も積もれば』(2012)、ともに講談社ビジネスパートナーズ。

続の続　塵も積もれば

著者・編集　渡辺　英二
〒一〇六—〇〇三二
東京都港区六本木五—一六—三五
麻布テラス五〇七

発行日　令和三（二〇二一）年二月二十八日

製作・発売　美術の図書　三好企画
〒二七〇—〇〇三四
千葉県松戸市新松戸一—一六二　A—一〇二
電話〇四七—三四七—三二一一
http://miyoshikikaku.com

印刷・製本　株式会社　弘　文　社

＊落丁・乱丁本は発売元でお取替えいたします。
定価は表紙カバーに表示します。
ISBN 978-4-908287-35-0